転生皇女はセカンドライフを画策する

Tenseikojo ha
secondlife wo
Kakusakusuru

槐 enju

アオイ冬子

一迅社ノベルス

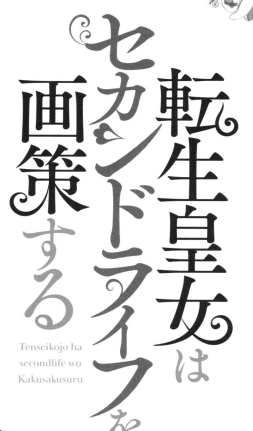

CONTENTS

第一章

転生した朝

朝……柔らかな光を感じて目が覚める。遠くで鳥の囀《さえず》りが聞こえる。

「ここは？？」

自宅であればカーテンを開けるのは私だったし、猫のにゃーごがご飯の催促で冷たい鼻キスをしてくるはずだけど……。

「えっと……？」

素晴らしく大きなベッドに寝ている私。室内もどこかの豪華ホテルのようにきれいに調えられている。

がばっわ!! わ？

はね起きてから、一生懸命昨日の記憶を手繰《たぐ》り寄せる。昨日はいつものように定時に退社し家に帰る……途中!!

「そうだったわ……」

突然後ろから激しい衝撃があった。

あれは交通事故か、それからの記憶がぷっつりとないのだが……。

ゾッとして身体《からだ》を擦《さす》り怪我を確かめる。自分では絶対選ばないようなフリフリとした長袖のネグリジェだ。どうやら怪我はないようだとホッとした途端、違和感に襲われた。

(こんなに痩せてないよ。私、年齢なりにつくとこにはついていたはず)

髪をかきあげて声にならない驚きの声を上げた。

「！」

先週末、いつもの美容室でいつものように前下がりボブに切ってもらった髪が、髪が……髪が……。

（どんだけ長いのよぉ。腰まであるでしょこれ。しかも金髪だし――！）

手も白く、指も細く長い。きれいな形の爪……。

「鏡！　鏡！」

ベッドから抜け出し部屋をぐるりと見回す。ドアが三つも！　豪華すぎでしょ。

寝室ならベッドから一番近いドアがバスルームへのドアのはずと、一番近いドアを開けると呆然《ぼうぜん》とした。

布布布。

小部屋の中にはいわゆる色とりどりのドレスがグラデーションで掛かっている。ここは結婚式場併設ホテルなの？

昨日のあれはきっと交通事故。事故にあえば病院に運ばれる。しかし、ここはどう見ても高級ホテル。しかも、かなり極上。

（誘拐？）

部屋の中に大きめの姿見を見つけ、おそるおそる近づき呆然とした。

（私……誰なの？）

鏡の中には日本人［柳原《やなぎはら》　陽子《ようこ》］とは全く違う金髪碧眼《へきがん》の少女がいた。

「アデライーデ様！　こちらにいらっしゃったのですか？」

（アデライーデ？　え？　私？？）

しばらく呆然と鏡を見つめていた私に誰かが声をかけた。

「え？　ええ……ええ！」

彼女もどう見ても日本人には見えない。茶色に近い金髪に青い瞳《ひとみ》の若い女の子だ。

彼女は不安げな顔から、あからさまにホッとした表情を浮かべ、ゆっくりと近づいてくる。

「おはようございます。お加減はいかがですか？」

彼女はさっと衣装部屋？の中のチェストの一つから暖かそうなグリーンの大判ストールを出してきて私を包《くる》んでくれた。

「昨日《さくじつ》お倒れになったばかりなのです。本日は大事をとってベッドで過ごしましょう。あとから典医様もいらっしゃいますので」

(なんで言葉がわかるの……)

いや……この状態で言葉がわからないより非常にありがたいが。

そして、私のここでの名前はアデライーデ様らしい。

軽くふわりとしているのに暖かいストールに包まれベッドに戻されると、本日はベッドで軽い朝食をと温かいスープが運ばれてきた。

「美味《おい》しいわ……」

「料理長が喜びますわ」

言われるがまま、出されたスープをいただきながら頭の中でぐるぐると考える。

(これは……いわゆる映画やドラマの異世界転生物なのではないか。さっき鏡で見た私は私だけど、私じゃない。この外見も年齢も、住んでいる国も年代すら違うんじゃなかろうか……)

一流ホテルと見紛《みまが》うばかりのお屋敷にお付きの侍女。かなりのお金持ちかなと思っていたけど、典医ってことでどうも私の身分は王族かそれに近いものらしい。

しかし、情報が足りなすぎる。

わかっていることは、ここで呼ばれる自分の名前がアデライーデってことだけ。目の前の侍女と思われる女の子の名前すらわからない。

しかし、ここであなたのお名前なんていうの？　なんて聞いた日には大事になりそうで怖い。それに前世？の私は……私の家族はどうしているのか。にゃーごのお世話は、ちゃんとしてくれているのかしら。

そんなことを考えながらゆっくりとスープを食べ終え、側《そば》で給仕をしてくれている先程の女の子に話しかける。

「私、昨日倒れたのよね？」

「アデライーデ様！　……やはり突然のことにご負担が大きかったのですね」と、その女の子は悲しそうな顔でそう答えると「アデライーデ様。このマリア、ずっとアデライーデ様にお仕えしとうございます」と、私をひたと見つめ、マリアはそう言った。

（なんか決心してるわ……。なんの決心かよくわからないけど、とりあえず貴女《あなた》の名前がわかって良かったわ）

「ありがとう。マリア、嬉《うれ》しいわ」

にっこり微笑《ほほえ》むとノックが聞こえた。マリアが一番遠いドアを開け誰かと何かを話し、戻ってくると典医の訪れを告げられた。マリアは手慣れた様子でアデライーデの身支度を整え、私はベッドで人から身支度を整えられるという慣れないことをしてもらった。

典医は入室後恭《うやうや》しくお辞儀をし、ベッドの側で脈を取り軽い問診のみで帰っていった。曰《いわ》く、体調に目立った変調はないとの診断だった。

（陽子的な精神には大ありですけどね。アデライーデ様的にも倒れるくらいなんだから何かあったんだろうな……かわいそうに。さて、この世界をどうやって調べるべきかよね。スマホがあればいいのに。…………ムリよね。マリアに聞く……は慎重にしないと。あ、そうだわ……）

「マリア。【紳士録】みたいなものはあるかしら」

「はい、貴族録でよろしいでしょうか。先月最新のものが編纂《へんさん》されたようです。お持ちいたしましょうか？」

「ええ、ありがとう。お願いね」

（少し意外そうな顔をしたけど、なぜですか？　と聞かないところが優秀な部下ね）


しばらくするとA3サイズほどの大きさで、ゆうに人差し指一本分の厚さがあろうかという貴族録と書かれた本をマリアは持ってきてくれた。

（良かったー！　なんでかわからないけど、言葉が通じるから文字も読めるんじゃないかと思ってたけど正解だったわ。前世？でも、この世界でも初めて貴族録というものを見るけど、これ書いたプロジェクトチームすごいわ。先代・当代当主ご夫妻と、その未婚の子の情報と姿絵。男系女系親戚関係を体系的にまとめているわ。これ一冊で、この国の社交界はまるっとお見通しね）

この国は【フローリア帝国】。周辺の小国をいくつも呑《の》み込み大きくなった帝国らしい。去年まで戦《いくさ》が続き、今年からやっと落ち着いたようだ。

（ここ数年と思われる没年数が多いわね。若い当主が多いわ……十代で結婚か……大変そうね）

そんなことを考えながら、その日一日はその貴族録を眺めて情報を入れた。貴族録にアデライーデという名前はなかった。

（ほぼ、王族確定ね。まぁ、こんな状態になっていきなり動物に襲われるとか、人買いに売り飛ばされなかっただけ御の字なんだろうけど、正直柵《しがらみ》とか面倒くさそうね。しかし、最大の謎が自分自身とは……。うーん、仕方ないわ。マリアに聞かなくっちゃ。さり気なくね……）

そう考えているうちにいつの間にか眠りについていた。


翌日。

花を眺めたいという名目でマリアを誘い、二人で庭を散歩することに成功した。

素晴らしくお手入れの行き届いた庭園に誰もいないことをさり気なく確認し、マリアに声をかけた。

「ねぇ、マリア。私が倒れた時のことなのだけど。私、動揺していたみたいでよく覚えていないの。教えてもらってもいいかしら」

「はい、あの日アデライーデ様は刺繍《ししゅう》をなさっていました」

（えぇ……私、絶対ムリ。掃除の次に苦手なのはお裁縫なのよ。通信簿でも三より上はとったことなかったし、ボタン付けなんて学校でしかやったことないわ）

「陛下の命を携えた宰相のグランドール様がお越しになると先触れが来て、応接の間でアデライーデ様にご成婚が整ったと閣下がお伝えになりました」

（定番ね。王侯貴族なら政略結婚ベースだろうしねぇ。倒れるってことは、そんなに酷《ひど》い相手なのかしら？）

「アデライーデ様は、承知致しましたとお受けになり、グランドール様の労をねぎらわれグランドール様が退出された後《のち》にお倒れに……」

（ん？　相手は誰？？　名前が出てこなかったけど……）

「そう……ところで私。お相手の方がどなただったか記憶になくて……」

「…………まだ決まっておりません」

「へっ？（ヤダ！　思わず声が出ちゃったわ！）」

振り返った私と視線を合わせないように、マリアは少しうつむきつつ話した。

「今回の戦は前年の隣国との戦のあと、隣国と縁戚関係にあったリステリア領の領主の反乱の鎮圧でした。その時武功のあった方々の何方《どなた》かとのご成婚となります……。おそらくですが……アルヘルム様……バルク国王様かと」

「アルヘルム様……バルク国王……」

（昨日の貴族録の中にあったっけ？）

マリアが言うには、バルク国は帝国の東の果ての小国で、今年帝国と盟約を結び初の参戦を果たした。小国とはいえ目覚ましい戦いぶりで陛下のお目に留まり、皇女を賜る流れとなったそうだ。

表向きは。

口の重いマリアからゆっくりと聞き出した実際のところは、取り上げた……もとい、平定したリステリア領は鉄を産出するわりと豊かな領で、参加した貴族の中に公爵がいるらしく、リステリア領は丸々この公爵が拝領するらしい。もう一人の武功者は先の戦でも活躍し、元隣国に常駐している侯爵とのことで、この武功を含めて元隣国を賜るそうな……。

バルク国王には、何も渡すものがないから第七皇女の御下賜《ごかし》となったようだ。

辺境の小国が帝国の土地をもらっても管理に困るであろうと、親切に見せかけた新参者への報償の出し惜しみなのだろう。

帝国の血が入るというのは聞こえがいいが、男女含めて十二人もいればはっきり言って国内の高位貴族はほとんどが血縁であろう。縁を結ぶことでの国内のパワーバランスにも配慮しなければならない。

影響力の少ない辺境の小国への輿入《こしい》れは、そういう配慮も考えなくていい。

要は、帝国内の力関係である。

（この世界の王族の里帰り事情とかわからないけど、辺境のって言われるくらいだから、そうそうできないわよね。嫁に出したら今生の別れになるのよねぇ。会社関係でもあるよね……聞こえはいいけど体《てい》のいい厄介払いの出向とかね。二度と帰ってこられないやつね。それより！　十二人ってびっくりよ！　どれだけ兄弟がいるんだろう……頑張ったのねー。まぁ、ここって前世？の中世って感じだから病気や戦で死亡率高そうだしね）

ちなみにアデライーデは末っ子ではないらしい。

マリアの話にびっくりするたびに動き出しそうな表情筋と声を殺しつつ、いかにもそうだったわね……という表情をしながら聞いていた。

「いかに皇女の務めとはいえ、帝都でお育ちになったまだ成人前のアデライーデ様に辺境の地へ降嫁しろとは……」

（え？　えええ！　アデライーデっていくつなの！　そういえばクローゼットで鏡を見てから自分の顔見てないわ。成人前だから十代後半よね）

昨日は一日ベッドの中で貴族録とにらめっこし、ベッドで食事や清拭《せいしき》をしてもらっていたのだ。今日はベッドサイドに手水《ちょうず》を持ってきてもらったので、鏡で見た顔を見たのは混乱していたクローゼットルーム？の薄明かりの中だけだった。

「……私の成人まであと……」

「約二年……でございます」

（十八？？　私今十八なの？）

「今春十四になられたばかりのお方に……」

　思わず足が止まった。

（じゅうよん!?　十四って十四歳ってことよね？　中学一年か二年よね。結婚よね？　ちょっと待って！　都条例だったら、捕まるわよ？　いや……ここは都内じゃないし、もとの世界の常識は非常識なのかもしれないけど……けど！　十四になったばかりの女の子が突然外国へ嫁げって言われたら、驚きすぎて倒れるわ……実際倒れてるしね。いや、それよりこの子のお母さんはなにしてるの？？　止めなさいよ！　せめて成人まで待たせなさいよ！　あれ？……そう言えば、混乱してて今気がついたけど、アデライーデ《わたし》が倒れてから誰一人お見舞いに来ていないわよね。アデライーデの側にいたのはマリアだけだったわ）

「お母……様……」

「アデライーデ様……お花をご用意いたしますわ」


花を用意する間、庭園の一角にあるこのベンチで待つようにマリアに促されようやく一人になった。

（絶対この流れなら、アデライーデのお母さんは亡くなっているわ。しかもアデライーデ《わたし》の処遇を見る限り、お母さんのご実家も影響力が小さいお家なんでしょうね。そうよね……成人まで親がいるかいないかは現代でも影響があるものね。まだ十四になったばかりなのにね）

　そんなことを考えていると、小さな花束を持ってマリアが戻ってきた。

　そして思った通り、王家の傍系の霊園の片隅にあった新しい小さな墓がアデライーデの母、ベアトリーチェ・マリアベル・コルファンのものだった。

部屋に帰り、すぐに貴族録をひっくり返し、アルヘルム様を探した。

（……バルク国）

同盟国のカテゴリーにバルク国はあったが、今年盟約を結んだ新参だからか貴族録には地図と国王の絵姿と名前しかなかった。なかなかに凛々《りり》しいイケメンに見えるが、絵師の忖度《そんたく》により三割増くらいになっているはずと、陽子さんは踏んでいる。

一般的には、あながち間違った予測ではない。世の中そんなものだ。

（正確なのは濃茶の髪とグリーンの瞳の色ぐらいなもんよね。年齢欄は空欄……裏付けが取れないなら間違いを載せるより未記入の方がいいからよね。でも絵姿から二十代後半？　いや自信がないな。人の年齢って気にしたことないし、まして異世界人のなんてもっとわからないわ……アデライーデの顔をじっくり見ても、年齢不詳だものね……）

陽子さんは興味のないものには全く無頓着な人である。そう思って、マリアに持ってきてもらった手鏡をじっと眺める。

緩やかなウェーブのかかった腰まである濃い金髪。アクアマリンのような澄んだ蒼《あお》い大きな瞳。その周りには、ブラウンが強い長いまつげ。そばかす一つないきれいな肌には、薄い紅色の可愛《かわい》らしい唇がある。

（美人だわ。私にはもったいないくらいの美人。これでまだ十四だなんて末恐ろしいわね）

何目線なのか、何が末恐ろしいかよくわからないが、陽子さんは手鏡を見つつそう思った。マリアによると、アデライーデは髪と瞳の色は強く父親の血をひき、顔立ちは母親にそっくりらしい。

マリア自身も三ヶ月前にアデライーデ付きになり、引き継ぎとしての知識でしかなかった。ベアトリーチェは数ヶ月前の冬の日に酷い肺炎にかかり、あっという間に亡くなったので、実際にマリアはベアトリーチェには会ったことがない。

(十三の娘を置いて逝くなんて、死んでも死にきれない話よね……)

手鏡の中のアデライーデを見つめながら母としての陽子さんはそう思った。

そして、手鏡をそっと置くと部屋の中を見回す。

(ゴージャス質素っていうのかしら……まるでチェックインしたてのホテルのようね。無駄なものが一切ないわ)

必要なものはすべてある。しかもすべて一級品と思われる。

しかし、そこに住む人の趣味や個性は全くない。クッション一つとってもインテリアには合っているが、これが十四の女の子の私室とは到底思えない。

女の子なら好きな人形やぬいぐるみの一つや二つあってもいいはずだが、そういうものは一切なかった。使った形跡があるのは、真新しい裁縫道具のみ。

アデライーデは、それまで離宮とも呼べないような王宮内の小さな屋敷でベアトリーチェと数人の使用人と暮らしていたが、ベアトリーチェが亡くなり、王宮に引き取られたらしい。

貴族録で確認したが、すでにベアトリーチェの実家の伯爵家も名誉の戦死と流行病《はやりやまい》などにより相次いで亡くなり家はもう無い。領地は別の貴族の手に渡っているらしい。

(天涯孤独なのね。高貴な身分でも十四の女の子には過酷な話よね)

先程、新たにマリアに持ってきてもらった王族録の庶子のカテゴリーにアデライーデの項目を見つけたが簡素すぎるほどの記載しかない。王宮主催の晩餐《ばんさん》会で陛下に見初《みそ》められたコルファン伯爵家嫡女のベアトリーチェ妃から出生。ベアトリーチェ妃入内《じゅだい》翌年生まれとだけだった。

「アデライーデ様、お茶にされませんか？」

「ありがとう。いただくわ」

マリアがお茶のセットを載せたワゴンを押してきた。

貴族録をそっと閉じ、マリアが差し出したティーカップを見た。

（なにかしらこの香りは？　紅茶ではないわね）

そっと口にすると、どうもハーブティのようだ。陽子さんにとってお茶といえば、コーヒー・紅茶・日本茶でハーブティにあまり馴染みはない。マリアが用意してくれたこのハーブティはきっと、アデライーデの好きなハーブティなんだろう。

ゆっくりとハーブティを飲むとおかわりを勧めるマリアに丁寧に断りを入れ、部屋に面した庭に出た。

丁寧に手入れをされた庭を散策しながら植えられている花々を見ると、どんな小さな花も生き生きと咲いている。

（さすがは、王宮ね）

部屋から少し離れたところにある小さな東屋《あずまや》に腰を下ろし、ラナンキュラスに似た可愛らしいピンクの花が揺れている花壇に目をやる。ここだけが、この私室の中でアデライーデに似合う景色だと思いつつ陽子さんは眺めていた。ここはアデライーデの部屋の前庭だ。ガーディナー達が部屋の主《あるじ》をイメージしたのだろうか。マリアが、午後の強い日差しを避けるために東屋に薄い日よけを下ろしてくれた。その布越しのやわらかくなった日差しの中でしばらく庭を眺めていると、ふとその布越しに人影が現れた。

少し癖のある髪を丁寧に撫《な》でつけている黒髪黒目の百八十センチほどの男性と目が合った。上等の生地で誂《あつら》えたのであろう服は派手ではないが品のいい装いだ。

（誰？）

たっぷり十秒ほどお互いに無言でいると、男性の方が胸に手を当てアデライーデに挨拶をした。

「先触れもなく、失礼いたしました。アデライーデ様。グランドールにございます」

宰相グランドールだった。

四十前後であろうか。宰相という役職にしては年若くはあるが、落ち着きのある渋めのなかなかの美男子だ。

バリトンの声も姿に負けず心地よい響きである。

「過日、お倒れになったと聞きお見舞いに参りました。お加減はいかがですか？」

「ご心配をおかけしました。大事ございません」

アデライーデは微笑みグランドールに席を勧めた。

グランドールはアデライーデの対に座り、今までアデライーデが眺めていた花壇に目をやる。マリアがお茶を用意し少し離れた場所にグランドールの侍従と並んで控えたところでアデライーデは、グランドールに茶を勧めた。用意されたお茶はハーブティではなく紅茶だった。

ダージリンに似た紅茶をストレートで味わい、アデライーデはテーブルの向こうで紅茶に口をつけるグランドールをちらりと見る。

「アデライーデ様。お輿入れ先がバルク国王と決まりました」

グランドールはティーカップをソーサーに置くと姿勢を正し、伏し目がちにアデライーデに輿入れ先を告げた。

「そう」

グランドールは無表情なまま少し顔を上げ「ご存知でしたか？」と尋ねた。

「いいえ」

アデライーデはティーカップを置き微笑む。

「いつですの？」

「いつとは？」

「出立の日です」

「……一月《ひとつき》後です」

「そう……。陛下はなんとおっしゃられていましたか？」

「………なんと、とは？」

「この輿入れについてですわ」

「……めでたいことと、とてもお喜びでした」

「そう……良かったわ」

アデライーデは、微笑んでゆっくりと紅茶を味わう。

「私が用意するものはございますか？」

「アデライーデ様が、ですか？　いえ、輿入れの支度は私が抜かりなくいたします。アデライーデ様には輿入れまでの間、お心安くお過ごしになっていただければ……」

「そう……では、バルク国の資料を用意していただけますか？」

「……資料と……申しますと」

困惑を隠しきれなくなったグランドールは、アデライーデを見る。

アデライーデは、微笑みながらグランドールに告げた。

「軍事や外交に関わるようなものは必要ありません。バルク国の習慣、風習、風土、地理、歴史や宗教などについてですわ」

グランドールがわずかに戸惑いの表情を滲ませる。

「こう申し上げてはなんですが、バルク国は帝国より遠く、資料と申しましても……」

「ふふっ」

「アデライーデ様？」

「相手国のことを調査もせずに盟約を結び、皇女を輿入れさせるのですか？」

「…………」

グランドールが一瞬言葉に詰まりアデライーデになにか言おうと口を開きかけた瞬間、アデライーデはグランドールに微笑んだ。

「貴方のお立場もございますしね。無理を言いました。忘れてください」

「アデライーデ様……」

アデライーデは、残っていた紅茶に軽く口をつけるとティーカップをそっと置き、花壇に目をやった。先程の花がゆらゆらと揺れている。

「……風が出てまいりましたね。部屋に戻りましょうか」

「さようですな……では、私はこれにて……」

「ええ、お見舞いありがとう」

グランドールがさっと席を立ち、胸に手を当てアデライーデに別れの挨拶を告げ、従者と共に王宮の方に去って行った。

「ふぅん」

アデライーデは去って行くグランドールを一瞥《いちべつ》すると、また揺れる花壇を眺め始めた。

※※※

（誰だ……あれは誰なんだ）

アデライーデに別れを告げ、足早に王城内の自室に戻る道すがらグランドールはずっと考えていた。

いや、茶を飲んでいた途中からだ。

数日前、グランドールが初めて会った『忘れられた皇女』と言われるアデライーデは、深窓の令嬢らしく、告げられた輿入れの内示に真っ青になりながらも頷《うなず》き、私が退出するのを見送るのがやっとという風情であった。

あまりの蒼白《そうはく》さに、今相手を告げれば倒れると思われるほどであった。そのため、グランドールは輿入れ先を告げずに早々に退出したのだ。

それが、今日会ったアデライーデは輿入れ先が辺境のバルク国と聞いても顔色一つ変えず……まるで小旅行先を聞くかのように微笑み、相手国の情報が欲しいと要求してきた。

要求してきた内容は渡しても問題のない範囲とはいえ、アデライーデの豹変《ひょうへん》に判断に迷い濁しているといきなり言葉で刺された。

「あるはずの情報すら渡せぬと。そこへ皇女《わたくし》を輿入れさせるおつもりですのね？」と、含ませて。

その時、グランドールに向けられたアデライーデの威圧。

穏やかな微笑みに優しく凪《な》いだ海のような声だったが、グランドールは吹き荒れる嵐の海に引きずり込まれるような心境になった。

反撃もできず頷くしかなかった自分を、恥じ入る。

一国の宰相として並み居る貴族や周辺国相手に交渉してきた。それなりの経験も自負もある……その自負がなぜあの時に、ただの十四の少女に砕け散ってしまったのだろう。

(アデライーデ様は、マナーやダンスなどの皇女としての教育やこの国の歴史などの最低限の教育を受けたとは聞いているが、あれはなんだ。あれが十四の小娘だと？　冗談じゃない)

若き日にあった北の国の老練な宰相との会談が思い出された。気圧《けお》されないように無表情を努めたが、それすらもアデライーデに見透かされているような気がする。数日前に初めて会ったあれこそが、『忘れられた皇女』のイメージそのままのアデライーデだった。

儚《はかな》く庇《ひ》護《ご》欲を掻《か》き立てる薄幸の皇女。

だのに、今日のアデライーデは何十年も帝国を治め続けている女帝のような気を持っていた。同じ顔同じ声、確かにあれはアデライーデで間違いない。

間違うはずがない。父親の血統の特色を強く持つアデライーデの身代わりはそうそういない。不安要素は小さいうちに潰しておくべき……。

いや、すでに小さくはない。

執務机のベルを鳴らすとグランドール付きの従者がそっと近寄ってきた。

「お呼びでしょうか」

「アデライーデ様を調べて欲しい」

「アデライーデ様を……ですか？」

告げられた相手が意外だった従者は、アデライーデの名前を繰り返した。

「そうだ」

「……アデライーデ様のどのあたりをお調べいたしましょうか」

「すべてだ。生まれてから今日まで。血縁から交友関係。関わったものすべて。そして……本人が本人であるかも含めてだ」

「承知いたしました」

一礼し薄暗くなった部屋の片隅に消える従者を見送ったグランドールは、椅子に深くもたれかかった。

※※※

陽子さんはグランドールの姿が見えなくなると、揺れる花を見つめながら先程のグランドールとのやりとりを思い起こしていた。

日よけの陰から現れた男性を見て、陽子さんは昨日読み込んだ貴族録の絵姿を脳内で検索した。

（確か、宰相のグランドール……だったかしら）

彼が誰だったか思い出した頃、挨拶をされた。

「過日、お倒れになったと聞きお見舞いに参りました。お加減はいかがですか？」

「ご心配をおかけしました。大事ございません」

挨拶と先触れがなかったことの詫《わ》びに続けて見舞いを言われたので、当たり障《さわ》りなくそう答えた。

（確かに、アポなしで一国の宰相が庶子とはいえ皇女のところに来るのはあまり考えられないわよね。

アデライーデはこの宰相に会ったことあるみたいだし、私からなにかアクション起こして面倒ごとになるのは避けたいわ……。アデライーデらしく、皇女らしく振る舞わないと……)

しかし、陽子さんがアデライーデになってまだ数日。話したことがあるのはマリアだけ。知っている知識は貴族録のみ。この世界の常識、まして王族の常識なんて知りもしない。

(どう振る舞えばいい？？)

陽子さんは、冷や汗を流していた。

対応を間違えれば、「おかしな皇女」のレッテルを貼られかねない。もし仮に、陽子さんがもとの世界に戻り、本物のアデライーデがこの体に戻ってきた時にそんなことになっていたら、アデライーデに申し訳が立たない。

陽子さんは今まで見た海外ドラマや映画の王女や女王を必死で思い浮かべる。前世庶民の陽子さんは一度として本物の王族や皇族に会ったことなど無い。メディアを通してのニュースや映画くらいだ。

(陽子……覚悟を決めて！　女優。女優になるのよ！)

頭の中で往年の海外のクールビューティと言われた名女優をイメージし、なりきって陽子さんは微笑みグランドールに席を勧めた。マリアがお茶を用意してくれる間グランドールは何も言わず、それまでアデライーデが見ていた花壇を眺めていた。

(なにか言いづらいことかしら。まぁ、今なら結婚のことについてよね。相手はバルク国王らしいってマリアに聞いたけど、相手が変わったとか……そんなところかしら)

顔を見つめるわけにはいかないので、陽子さんも花壇を眺めるようにして視界の端にグランドールを捉え、さり気なく観察した。冷たい雰囲気だが顔の造りは優しい顔立ちである。宰相としての長年の気苦労のせいなのか眉間に縦ジワが刻まれている。

(渋い感じね……これはこれで女性には人気がありそうね)

見るからに上等な生地で誂えたであろう服をビシッと着こなしている。華美ではないが上品さで本人を引き立てている。そして少しやつれた感がある横顔には男の色気というものがなくはない。装飾品なのか階級章なのかエメラルドグリーンの石がついたブローチを付けていた。

（四十前後かしら。若いけど宰相だからエリートよね。眉間に立てジワがあるわ。かわいい顔立ちなのにもったいないわね。苦労が顔に出るタイプなのかしら）

割と失礼なことを思いつつ、マリアが用意してくれたお茶に陽子さんは途端にご機嫌になった。

アデライーデには悪いが、ハーブティはあまり好きではない。

ファミレスのドリンクバーで全種類試してみたが、辛うじて飲めたのは赤い酸味があるハーブティだけだった。アデライーデの好きなハーブティも全く飲めなくはないが、一杯で十分と思える。

そして、紅茶を味わいつつ目の前のグランドールについて考える。

（確か侯爵で、皇太子時代からの陛下の側近だったはず。先触れもなしに来たってことは公式ではないのかしら。お見舞いだけでここに来たわけではなさそうね。この人はアデライーデの敵なのかしら味方なのかしら）

そんなことをつらつら考えていると、グランドールがアデライーデの輿入れ先がバルク国王に決まったと、静かに告げてきた。

「そう」

（あら……嫁ぎ先は変わりなく？　あ、正式にはまだ言われてないんだったわね……）

グランドールは無表情なまま少し顔を上げ「ご存知でしたか？」と尋ねた。

「いいえ」

（ええ……噂《うわさ》だけどね。だけど、曲がりなりにも結婚なのに「おめでとうございます」の一言もない

なのかしら)

のね。まだたった十四の子が結婚するのに……お母さんも亡くなっていて心細いのに何も教えない気

少しイラッとしていたが、まだ女優暗示は効いている。

「いつですの?」

「いつとは?」

(いつとは??　出立の日に決まってるじゃない?　辺境の小国に輿入れなんでしょ?)

陽子さんは、苛《いら》つくと主語が無くなる癖に気がついてない。

「出立の日です」

「……一月後です」

「そう」

(それだけ??　出立前にやることとかあるんじゃない?　いくら庶子とは言え皇女の輿入れなのよ。お披露目とかご挨拶とかこの国での披露宴とか!　一生に一度の結婚なのよ!)

かなりイラッとしていたが、まだまだ女優暗示は効いている。

(そうだ!　お父さんはなにしてるのよ!)

「陛下はなんと?」

「…………なんと、とは?」

(!!　この宰相もしかして鈍いの?　娘の結婚なのよ。普段あまり交流が無くとも、十二人子供がいようとも結婚となると話は別でしょう)

「この輿入れについてですわ」

「……めでたいことと、とてもお喜びでした」

「そう……良かったわ」

（宰相の割に嘘《うそ》がヘタね）

グランドールが答える一瞬の間を陽子さんは見逃さなかった。

（……何その間。厄介払いができてめでたいってこと？　このまま何もなしに当日そっと出立なの？ちょっと待って、最後に娘に会ったりしないの？）

陽子さんは問い詰めそうになる気持ちを落ち着かせようと、紅茶に手を伸ばす。

（落ち着いて、落ち着いて……）

そう思って陽子さんはゆっくりと口に含んだ紅茶を味わう。

（そうだ！　輿入れと言えば嫁入り道具。王侯貴族の娘の嫁入りは実家の財力やセンスを見せつけるものよね。日本でもお金持ちだけでなく嫁入り道具には実家の紋が染められてたというし、お道具選んだりするわよね）

陽子さんは、気を取り直してグランドールに声をかけた。

「私が用意するものはございますか？」

「アデライーデ様が、ですか？　いえ、輿入れの支度は私が抜かりなくいたします。アデライーデ様には輿入れまでの間、お心安くお過ごしになっていただければ……」

（…………アデライーデは自分の好みのものすら選べないの？）

そう思って、アデライーデの部屋を思い出した。あのゴージャス無個性なチェックインしたてのホテルのような部屋はこうやって選ばれたのか……。

下にも置かぬ待遇ではある。厚遇ではあるから悪意はないと思いたい。細やかな気遣いはないが。

（男性らしいと言えば男性らしいか……。ブランド品なら喜ぶだろうとか思いがちよね）

思い当たるフシのある陽子さんは、こめかみに軽い痛みを感じつつ輿入れ先のバルク国のことが気になっていた。アデライーデがこれから先暮らす国である。辺境の小国と言われているくらいしか情報が無い。少しでも相手国のことが知りたかった。

「そう……では、バルク国の資料を用意していただけますか？」

「……資料と……申しますと」

困惑した瞳をしたグランドールを見て、グランドールは宰相としてなにか心配しているのかと思い、誤解を解くべく微笑みながらグランドールに告げた。

「軍事や外交に関わるようなものは必要ありません。バルク国の習慣、風習、風土、地理、歴史や宗教などについてですわ」

（相手国の習慣とか知らないと、嫁いだ先で苦労するでしょ？）

当然のこととして陽子さんは主張したが、なぜかグランドールがわずかに戸惑いの表情を滲ませる。

「こう申し上げてはなんですが、バルク国は帝国より遠く、資料と申しましても……」

「ふふっ」

（貴方は！　十四の女の子が！　里帰りもできないような遠く離れた国に一人嫁ぐのにその国の情報も教えないの!?　行った先では何があるかわからないのに！　情報は武器なのよ。知ってると知らないとでは大違いなのよ。誰もいない輿入れ先でなんの情報も無く立ち回れるはずないじゃない。丸腰で戦わせようと言うの？　それじゃ、嫁がせるってより生贄《いけにえ》に捧《ささ》げるようなものじゃない）

女優暗示がゼロになった。

（腹は立つけど、笑顔だけは忘れないようにしよう。睨《にら》んじゃダメ。睨んじゃ……）

「アデライーデ様？」

「相手国のことを調査もせずに盟約を結び、皇女を輿入れさせるのですか？」

陽子さんは静かに冷静に話していたつもりだった。

が、隠しきれない怒気。笑顔は張り付いていただろう。

女優暗示は切れ、代わりに仕事モードになったのを覚えている。

(宰相として一旦断ったものを皇女の要請とはいえ、やすやすと渡さないでしょうね。きっと
これ以上グランドールに頼んでも無駄と、今までの経験から判断した。

「貴方のお立場もございますしね。無理を言いました。忘れてください」

「アデライーデ様……」

グランドールはそれ以上何も言わず……、いや何か言いたげな様子であったがグランドールに構っている余裕はない。どこからかバルク国の情報を入れなければアデライーデの輿入れ先での明るい未来はないのだ。

(元々、薄暗い未来しか予想できないのに、これじゃお先真っ暗だわ)

どこで情報を手に入れようかと考えながら、だいぶ冷めてしまった紅茶に口をつける。

早く一人になりたかったから、早く帰れという意味の「部屋に戻りたい」という言葉で暇《いとま》を告げたグランドールを引き止めもせずにそのまま見送った。無論、部屋に戻る気なんかサラサラない。


「アデライーデ様……」

グランドールが東屋から去ったあと、そのまましばらくぼーっと庭を眺めていたアデライーデにマリアが声をかけた。

「日も暮れてまいりましたし、そろそろお部屋へ戻られませんか？」

「そうね」

「春とはいえ、日が暮れると寒くなります」

そう言っていつの間に用意したのか、あの日の朝かけてくれたストールでアデライーデを包んでくれた。マリアの心遣いが嬉しかった。

「暖かいわ……ありがとうマリア」

そう言って、二人は部屋へと戻って行った。


朝食は心配していたマリアの言葉に従ってベッドでスープを取り、昼は暖かいからとベランダのテーブルで軽くつまめるもので食事を済ませたので、陽子さんは、初めて続き部屋についているこぢんまりとしたダイニングルームで食事をした。

料理は王宮の料理人達がしているのであろう。ダイニングルームの扉の向こうには簡単なキッチンがついている。そこで運ばれてきた料理をマリアが整え給仕をしてくれる。普段マリアはそこでお茶を用意しているようだ。

概《おおむ》ね現世の簡単なコースと同じだった。

卵とピクルスと鶏肉の三種類の前菜、コンソメスープ、香草のサラダ、肉料理は子牛のロースト。

どれも少しずつきれいに盛り付けられとても美味しい。

そして何より陽子さんが喜んだのは、肉料理の時にグラスに注がれた赤い飲み物。

ワインである！

陽子さんはイケる口。以前より飲まなくなったとはいえ、どちらかと言えば酒豪に近い。はやる心を抑えてゆっくりとグラスを取りワインを一口、口に含む。

（おいっしいぃ）

さすが王宮のワイン。普段の食事に付くワインも良いものを使っていると感心し、にこにこと飲み進めているとあっという間にグラスが空になった。マリアがそっと、お代わりを注いでくれる。

「ありがとう！」

マリアにお礼を言ってから、はっと気づく。アデライーデは、イケる口なのかしらと。

（そうよ……未成年だし、飲めないのかも……。でもでも食事に当然のように出してきたわ……飲めないなら出さないだろうし、きっとこの世界では飲むのが普通なのよ。昔のヨーロッパでは水代わりに飲んでいたって言うし……！　きっと、そう！）

陽子さんは「飲んでもいい」という理由を一生懸命考える。それでもやっぱり食事時は二杯までにしよう……というところで自分に折り合いをつけた。

デザートにドライフルーツやナッツの入った一口サイズのケーキに生クリームとベリーのソースがかかったプレートが出てきた時、陽子さんはグランドールが来た時に出してもらった紅茶をリクエストした。

大変美味しかったが、大変名残惜しくその日の夕食は終わった。


夕食後、しばらくして湯浴みの用意ができましたとマリアが呼びに来た。バスルームに入ると当然のようにマリアも入ってくる……。

（これは……。やっぱり。本で読んだようにお姫様は侍女に体を洗ってもらうってことよね。入浴の習慣があるのは良かったけど慣れるまで時間かかるかも。朝、今のドレスを着る時もすべてマリアに着せてもらったけど、絶対一人で脱ぎ着できない……)

服というより、陽子さんにとっては舞台衣装や柔らかい鎧《よろい》の印象に近い。気軽にソファにゴロリ……なんて絶対できなそうだ。プライベートなドレスとはいえ、きっとお高いんだろうなというようなドレス。シミなんてつけた日には落ち込みそうだ。

タイル張りの浴室に猫脚のバスタブが置かれ横にお湯と水の大きな桶《おけ》が置かれていた。脱衣室でドレスを脱がせてもらいバスタブに浸かっていると、浴室仕様の服に着替えたマリアになすがままに全身を洗われる。

(気持ちいいけど、おちつかないわね。でも、慣れないといけないわよね。これからずっと……かもしれないし)

髪をタオルで乾かしてもらい、爪とお肌のお手入れまでしてもらい、フリフリのネグリジェを着せられる。

(………慣れないといけないわよね)

思わずため息が出そうになった。

陽子さんはパジャマ派だ。一度可愛らしいネグリジェを買ったことがあるが、旅館の浴衣と同じで朝起きた時はあられもない姿になっていた。それからずっとパジャマで過ごしている。

(寝る時もお淑《しと》やかにしないと……。いや、朝チェックすればいいのよね。一人で寝てるんだもの)

「お休みになりますか? それともなにか温かいものでもお持ちしましょうか?」

「そうね……ワインを持ってきてもらえるかしら……」

「……ワインでございますか?」

寝室の暖炉の前の一人がけのソファに座った陽子さんは、マリアの顔を直視できず少しだけ引きった笑顔で目を水平に泳がせた……。

（やっぱり、十四で寝酒にワインが飲みたい……は無理がある……わ……よね）

かといって、寝る前にホットミルクとビスケットは避けたい。

昔読んだ漫画に、寝る前にはちみつ入りのホットミルクとビスケットを用意されるお姫様のシーンに憧れてやってみたことはあるが……。

温めた牛乳は一口しか飲めなかった。まず匂いで躓《つま》き、味で玉砕した。

（牛乳は冷たいものに限るわ。ホットミルクは断固拒否よ）

ここは、無難にやっぱり紅茶をと言うべきかと迷っていると、

「かしこまりました」

（かしこまりました？　かしこまりました！）

窓ガラスを見つめ思わずニンマリした陽子さんは、歓喜に震える胸を抑えできるだけ平静に感情を込めず「ありがとう」と言った。

しばらくすると、マリアがワインカートと兼用のティーカートを押してきた。

カートの上にはチェリーやいちごと数種類のチーズが品よく盛られた皿。それに一本のワインがワインバスケットに入って横たわっていた。

アデライーデが座る耳付き椅子――ウィングチェアの横のサイドテーブルにカートを付けると、マリアはアデライーデに声をかけた。

「こちらはデザートワインで、ベアトリーチェ様がお好きだったワインと聞いております」

「マリア……ありがとう」

マリアは、グラスにたふたふとワインを注いだ。

「マリア、今日はもういいわ。私は適当に休むからあなたも休んで」

「はい。何かございましたらベッドの脇の呼び鈴でお呼びください」

ベッドの脇に天井から下げられた艶《つや》を消した少し太めの紅い紐《ひも》がある。

昨日なんだろうと引いたらマリアがすっ飛んできたので、マリアの部屋に繋《つな》がっているのだろう。

マリアが下がってから、陽子さんはベアトリーチェが好きだったというワインを口にした。

前世ではデザートワインの定義は国によって違う。この世界ではどんなワインなのだろう。

口に含むと、渋みはほとんど無く甘みの強い軽い口当たりのワインだった。ウィングチェアに深く座りオットマンに足を置いて暖炉の火を見つめた。

パチッと焚《く》べた薪《まき》から音がする。

「まさか五十九で死んじゃって、異世界に来て十四歳になって、お姫様になるなんて……」

陽子さんは呟く。

そう。前世の陽子さんは二人の子供を持つ五十九歳の平凡な主婦だった。

大勢の同年代と同じく二十代で結婚し、男女一人ずつ子供を産んで子育てにひーひー言い、子供から手が離れたら派遣会社に登録して社会復帰した。

それなりに小さな喧嘩や反抗期はあれど、不倫も家庭内暴力も無い、いわゆる平々凡々とした庶民な家庭。数年前に手に入れた小さな家でこのまま夫と二人、いや……にゃーごとガブリエル、二人と二匹で暮らしていく予定であった。予定外にまだ子供達は家にいるが。

六十歳の定年退職まであと数ヶ月を残したあの日。

それまでの平凡すぎる日常から、この異世界に来た。

もう何がどうなってこうなったかは全くわからないし、戻れるのかもわからない。戻ったとして交通事故にあっているなら陽子さんの体は死んじゃってるかもしれない。

あれは、今まで体験したことない痛みだった。

(生命保険、最低限のしか入ってなかったし……葬儀とかお父さんちゃんとやれているのかしら。早いかもねとか言いつつ、大まかだけどエンディングノート書いておいて良かったわ)

陽子さんは、一人になってまず家族の心配をした。

自分はどうとでもなるが、残された家族、特に夫の雅人《まさと》さんと猫達が心配だった。特に雅人さんは、仕事はできるが家事は壊滅的にダメな人だった。しかも、やる気があるダメなタイプである。

余計に陽子さんの手が増えるがやるなとも言えず、陽子さんは子供の躾《しつけ》以上に気を使い雅人さんには自分のことは自分でやる。使ったものはもとに戻す。ものの場所を覚える。足らないものは補充する役割を子供達と一緒に十年かけて覚えてもらった。躾は一度で済ませた方が効率いい。

今では料理洗濯掃除以外は完璧だ。いつでも施設に入れるくらいにはなっている。

(にゃーごとガブリエル、大丈夫かしら……)

特ににゃーごはママっ子で、家では陽子さんの側から片時も離れない子だ。トイレもお風呂もついてきていた。寝る時ですら陽子さんの足の間に寝ている子だ。

(急に私がいなくなったら寂しがるだろうな……ガブリエルは、パパっ子だから少しは安心だけど……神経質なところがあるからね)

そう思いつつ、また一口ワインを飲んでからマリアが用意してくれたプレートに添えられた二股の金色の小ぶりなフォークを手にとった。ころりとした丸いチーズを刺して口に入れる。

(カマンベールみたい。美味しいわ)

陽子さんは、チーズを味わうとまた暖炉の火を眺めた。

ワインをごくりと飲むと、グラスを掲げて子供達を思った。

子供達は……頑張れ！

とりあえず大学には行かせた。就職もした。完璧ではないが、それなりの家事レベルは躾けた。

あとは自分次第だ。伴侶を見つけるでも良いし、出会わなきゃ出会わないでいい。仕事に生きるも趣味に生きるも好きにすればいい。

自分の口を賄《まかな》えるだけのことをすれば、誰がなんと言おうがあとは好きにすればいい。

私の時代は二十五までに嫁に行かなきゃ、売れ残りのクリスマスケーキと言われ三十過ぎに初めて子供を産んだら母子手帳に高齢出産の判子が押された。

うちの薫《かおる》はすでにアラサーだ。

仕事が楽しいらしく、未だに家から出ていかない。私は憧れの一人暮らしだったんだけどな。一人暮らし。貧乏だったけど楽しかった。

あ、今三十五年ぶりくらいに一人暮らし？だ。

裕人《ひろと》は、年の割にはのんびりしているが今の職場に恵まれてなんとかやっているようだ。

頑張れ頑張れ。

お母さんもここで頑張るよー。

チェリーを摘《つま》むと甘さが口の中に広がる。種は抜かれていて食べやすい。

ワインと合わせると今まで感じなかった微《かす》かな渋みが感じられる。いちごを摘むと、日本のいちごと違い少し固く酸味が強くて甘酸っぱい。ワインと合わせると、口の中でワインの味が変わる。一段甘みが強くなる。

（美味しいワインよね）

陽子さんは、ベアトリーチェがこのワインを好んだ理由がなんとなくわかる気がした。

暖炉は暗い部屋の中を穏やかに暖める。

静かに、時折パチパチと音を立てゆらゆらと焔《ほのお》が揺れる。いくら眺めていても飽きない、優しい赤とオレンジの焔だった。どのくらいの時が過ぎたのか。ワインボトルの半分ほどを飲んでからベッドに入った。

陽子さんは、自分でどうにもならないことはどう解釈したっていいでしょう?と思うタイプだ。不条理なことや憤慨することも少なくなかったけど、そうやって折り合いをつけてきた。

どうして、ここでアデライーデとして転生したかわからない。

わからないけど、どうにもならないならせいぜい楽しむまでである。幸いなのが子供達は自分で生きていける年だったことだ。

ベアトリーチェのようにまだ少女の子を一人残していかなかっただけ、幸せなのかもしれない。

心残りは雅人さんのことだ。

定年退職したら、のんびり過ごすつもりだった。どこに行こうここに行こうなんて予定はなかったが、二人で穏やかに過ごすつもりだった。

(ごめんね。一緒に年をとれなくて。ごめんね。突然で。ごめんね。看取《みと》ってあげられなくて)

陽子さんは、雅人さんを思って広いベッドでひとり眠りについた。

第二章　侍女と文官

翌朝、マリアに起こされた陽子さんは伸びをして、ネグリジェの裾を整える。マリアが銀のトレイに小さなティーカップのハーブティを用意してくれていた。

（ベッドで一杯のハーブティから朝が始まるのね）

差し出された銀色のトレイの上のティーカップを受け取り、寝ぼけ眼《まなこ》でハーブティを味わう。アデライーデの好きなハーブティだ。

（若いと良いわね。起きて痛いとこないし。くっきり見えるし）

豪華なベッドで華奢《きゃしゃ》な少女がハーブティを飲みながら思うことではないけど、まだ十四に戻って数日だから仕方ないわよねと苦笑いしながら飲んでいた。

ハーブティを飲み終わる頃にはすっきりと目が覚め、ベッドから出てマリアに身だしなみを整えてもらいダイニングルームに移動した。ダイニングテーブルには朝摘みの白いマーガレットが飾ってある。

席につくと、小さな壺《つぼ》のような白いカップに入ったオニオンスープが出てきた。

オニオンスープを一口飲んで料理人に感謝する。王宮勤めの料理人なので味は太鼓判を押せるくらいに美味《おい》しい。

朝食やお弁当作りに早く起きてバタバタせず、酷《ひど》い時には家族は食べても自分は食べ損なう——時間的・食べつくされた——ことも無く、給仕をしてもらいお片付けもない。

子供達が成人してから朝はみんなコーヒーくらいになったが、家族が飲んだコーヒーカップを洗っていくのは陽子さんだった。

次にバターの香るスクランブルエッグときのことベーコンのソテー、四分の一ほどにカットされたフライドブレッドが出てきた。

(朝食は、イングリッシュ・ブレックファストに近いのね)

前世の戦争のような朝食風景だった我が家とは大違いだと思いながら、カトラリーを手にとる。

(人様に作ってもらうご飯の美味しくありがたいこと!)

スクランブルエッグをスプーンですくい、たっぷりのバターの香りを堪能しつつも、ちょっとお醤《しょう》油《ゆ》が欲しいなと思ってしまう自分は根っからの庶民だと思いつつ朝食を終えた。

食後の紅茶を飲みながら、アデライーデはマリアに尋ねた。

「ねぇ、マリア。この王宮には図書館とかあるかしら……」

「図書館……。王宮大書庫でしょうか」

「ええ、そこで本を読んだり借りたりすることはできるかしら」

「はい。アデライーデ様でしたら持ち出し禁止本以外、何冊でもお借りいただけると思います。刺《し》繍《しゅう》の図案とかでしょうか?」

「いいえ、色々な本を眺めて勉強しようかなと思って」

「勉強……でございますか?」

マリアは一瞬微妙な顔をしたが少しお待ちくださいと言って、下がっていった。一時間ほど経《た》っただろうか、戻ってきたマリアが二時間ほどしてからであれば大書庫に行けると教えてくれた。

本を読みに行くだけなのに予約がいるとは王族って大変ね……と思っていたら、マリアに鏡の前に連れて行かれた……。

鏡の前で丁寧に髪を梳《くしけず》られ編み込みの入ったハーフアップにされた。フローラルな香りのお化粧水をつけられ軽くお粉をはたかれお化粧される……。

（マリア……何でもできるのね）

手際の良さに感心して見ていると、今度は着替えだとクローゼットから数着のドレスとアクセサリーを出してきた。

「マ……マリア、王宮大書庫に行くのよね？」

「はい。さようでございます。どのドレスにいたしましょうか？　今日はお天気もよろしいですし明るい色のドレスがよろしいかと……」

「本を読みに行くのに着替えは必要？」

「必要でございますとも！」

今着ているドレスでも十分だと思う陽子さんがおずおずとマリアに尋ねると、謎の迫力でにここと楽しげにドレスを並べる。

「アデライーデ様がこちらの王宮に来て初めてのお出かけでございます。どなたにお会いしてもおかしくない装いにいたしますわ。お任せください！」

（マリア……目がちょっといってるわよ？）

マリアは喜々としてドレスはどれが良いかとアデライーデに迫った。

陽子さんはマリアのハイテンションに気圧《けお》され、若草色のドレスを選ぶとアクセサリーはこれがお似合いだとドレスと同じ色の蔦《つた》を模したエメラルドの髪飾りと揺れるイヤリングを選ぶ。

（ひぃ〜！　本を読みに行くだけで宝石を付けるの？　落としたらどうするのよ……）

マリアが宝石箱の中の指輪にも手をかけた時には、丁重に断った。本を傷つけでもしたら申し訳ないからと。

残念そうなマリアを尻目に、これ以上のアクセサリーは心臓に悪いと思っていると、マリアは「アデライーデ様は慎《つつ》ましすぎます。お綺麗《きれい》なのですからもっと着飾っても良いくらいです」と言い残念そうに手にとっていた指輪を置いた。

(確かにアデライーデは綺麗だけど、本を読むのにこれ以上アクセサリーは必要無いわ)

陽子さんは今つけているアクセサリーですら外していきたいくらいだが、これ以上なにか言うとお出かけできないんじゃないかと思って、早々にマリアに着付けてくれたお礼を言った。

ようやく支度が整って部屋から出ると、扉の前にいた二人の護衛騎士が一礼する。

陽子さんはドアの前に騎士がいたのねと驚いたが、騎士達に軽く笑顔を向けマリアに先導され王宮大書庫に向かって歩き出すと、すっと一人の騎士がアデライーデとマリアの後ろについた。

(お城の中でも護衛がつくのね……。高貴な人はちょっとした移動も大変だわ)


しばらく歩いて、王宮大書庫の扉の前に着いた時間はマリアがアデライーデに書庫室に行けると告げたぴったり二時間後であった。二時間は、マリアがアデライーデの支度を愉《たの》しむ……もとい、お支度をするのに必要な時間だったのだ。

マリアと騎士に天井までの大きな扉を開けてもらい、王宮大書庫室に入ったアデライーデは目を見張った。書庫と言っても小学校の体育館のような広さのある大書庫には、高い天井まで壁一面に本が詰まっていた。天井の中央には二列に並んだ明かり取りの天窓がいくつか開けられている。キャットウォークのように中二階がぐるりと配置され、所々に上段の本を取るためのはしごがかかり、大きな窓には本の日焼けを防ぐためにレースのカーテンが掛かっていた。

広い室内の床には、湿気を防ぐためか三十センチほどの脚のついた二メートルくらいの高さの書架がいくつも並べられその棚の端には文字の付いた小さな垂れ旗が下がっている。色で分野を分けているのか、入ってすぐの書架の垂れ旗は朱色で奥の方の書架の垂れ旗は黄色だった。

たくさんの本の匂い。時を超えて人に知識や娯楽を与えてきた本の匂いだ。

今はお天気もよくほとんど風もないので窓もカーテンも開けられている。大書庫室前の庭からの若葉の香りと混ざりなんとも落ち着く雰囲気となる。それは、王宮の大書庫の名に恥じない素晴らしい光景だった。

アデライーデは中に入り、壁を見上げてぐるりと見回す。

陽子さんは、小中高と学校では図書委員をしていたくらいに本好きなのだ。

(素敵だわ！　写真集で見た海外の昔の図書館そのままだわ。なんてたくさんの本なの！　それに革表紙の本なんて初めて触るわ！)

ぐるりと大書庫を見回したあと、ドキドキしながら一番近い書庫の革表紙の本に触れていると後ろから声がかかった。

「これはこれは、我らが王宮大書庫にようこそおいでくださいました。アデライーデ様」

振り向くと白髪に白く長いヒゲの老人がいてこちらを向いてにこにこしている。アデライーデは、その老人を見つけると流れるような所作で美しい淑女の挨拶をした。

所謂《いわゆる》、カーテシィだ。

驚いたのは陽子さんだ。

日本人として真行草《しんぎょうそう》のおじぎくらいは理解しているが、一度として淑女の挨拶なんかしたことがない。それなのに、ごく自然に淑女の挨拶をしたのはきっとアデライーデの体が覚えているのだろうと考えた。

（条件反射で自然な動きができるなんて、きちんとした教育だったのね）

「いやいや、堅苦しい挨拶は抜きでお願いできますかな。この年になりますとどうも堅苦しいのは苦手になりましてな」

（わかるわー。貴方ほどじゃないけど私もその気持ちよくわかるわ）

陽子さんは本好きという共通項以外でも話が合いそうだと一人激しく同意していた。老人は、ほっほっほっと笑いながらアデライーデに近づくと、軽く胸に手を当て挨拶をした。

「この老いぼれは、グリフォン・カレンベルク。大書庫室の長をやらされておりますのじゃ。どうぞグリフォンとお呼びくだされ」

「アデライーデと申します。本日はこの大書庫に入る許可をいただきましてありがとうございます」

「何を言われる。読んでもらってこその本。どうぞ好きな時に好きなだけお使いください」

そう言うと、死にかけなのにこき使われているからと、笑いながら大書庫室を出ていった。

アデライーデは垂れ旗の項目を見つつ帝国の地図と風土を書いた本を数冊選んで書庫内のあちこちにある一人がけのソファの一つに陣取った。椅子の隣には本を置いたりメモをとったりするのにちょうどいいサイズのサイドテーブルがある。気の利くことにメモ用紙と筆記用具も添えられている。早速、持ってきた地図や風土記を読み、必要なことをせっせとメモに書き留めていた。

そんなアデライーデを書架の棚の陰から爛々と見つめるたくさんの目が……。アデライーデは、そんなことに全く気が付かず本を読み込んでいる。

「こらっ！　いい加減に仕事に戻らんか！」

入室からずっとアデライーデを見つめていた者達に静かに叱責が飛ぶ。アデライーデを棚の陰から見つめていたのは約二十名ほどであろうか、みなここ王宮大書庫勤めの者達だ。

仕事もそっちのけで棚と同化して、本を読むアデライーデをうっとりと眺めていた。

いつもはこの王宮の中で一番静かな場所なのだが、今朝は朝から蜂の巣を突《つつ》いたように騒がしかった。


この大書庫に皇女様がやって来るのだ。大書庫始まって以来のことである。

皇帝陛下や皇太子殿下が禁書や保管している持ち出し禁止の外国との密約の書状を見に来ることはある。各大臣の書記官達もやって来る。

しかし、皇女様達は未だやって来たことがない。

大抵は皇女様達の侍女や女官が、仕える皇女様達の好みのものを見繕って借りていくのである。しかし今朝、そんな大書庫に一人の侍女が皇女の来訪を告げにやって来たのだ。

掃除だぁ！　手に取る本に埃《ほこり》が積もって失礼があっていけない。

換気だぁ！　空気が淀《よど》んで咳《せき》でもしたらいけない。

整理整頓・分類には自信があるが、掃除や換気にはちょっぴり自信が無い。文官達は大慌てで掃除と換気をし、ガーディナー達に間引きされたミントをもらいに走った。分けてもらったミントを手分けして大書庫の窓の外にばら撒《ま》きタップダンスをするように踏みしめる。前世の消臭剤のようなものだ。踏まれたミントは風に乗って大書庫の中の空気を清めた。

タップダンスが終わる頃、大書庫前でアデライーデ達が来るのを見つけたら知らせるように配置されていた文官が転がるように大書庫に入ってきた。

「いらっしゃいました！」

その声を聞いて文官達は気づく。どうやって出迎えたらいいのかと。

陛下や殿下の時は、大事な本を抱えていることもあるのだからと道を空けて軽い黙礼にしておくようにとの慣例がある。しかし皇女様を出迎えることなど今まで一度もないのだ。

並んで出迎える？　順番は？　挨拶は？

まかり間違って声をかけられたら、口上はなんと言えばいいのだ。

文官達の喉がゴクリと鳴った。その時、大書庫のドアがゆっくりと開き始めた！

「散れっ！」

年嵩《としかさ》の文官の小声の一言で、書架の陰に蜘蛛《くも》の子を散らすように隠れる。

「俺は今、分類・帝国の歴史書棚なんだ」

「私は今、分類・帝国の偉人書棚だ」

心を無にして隠れた書棚になりきる文官達。それでも目だけはアデライーデが入ってきた扉に釘付《くぎづ》けになる。

そんな文官達のことなど知る由もないアデライーデは、入って来るなり驚きの眼差《まなざ》しで大書庫を見回す。感動した様子で歩を進め中央でくるりとまわり、大書庫を見回した。中央の明かり取りの窓から落ちる光がスポットライトのように、若草色のドレスのアデライーデを浮かび上がらせる。

！！！！！

春の女神様のようだ！

書棚になりきった文官達が見つめる中、アデライーデがすぐ近くの本をうっとりとした目で手に取ると何人かの文官が意識を失いかける。

あれは私が分類した本だ！

あれは俺が修繕した本だ！

あれは俺が埃をはたいた本だ！
そして全員が思った。
あの本に生まれ変わりたい！

その日からアデライーデは、毎日王宮大書庫に通い詰める。

歴史、地理、風土記からはては料理本まで種類は問わず読み漁《あさ》っていた。そう、「教えてくれないんなら、自分で調べますから」とばかりにバルク国に隣接する帝国内の情報を、調べまくっていたのである。国は違えど、隣接する領地であれば気候が推測される。料理からはその地で採れる作物がわかるのだ。そしてわずかだが、隣の国では……とか近隣諸国では……の記述でバルク国との比較が載っていたりする。そんな小さな記事をかき集めていく。

情報が載っていた本の題名、筆者、筆者の略歴、出版年をつけてメモ一枚に記事を抜粋し書き写していく作業を黙々と続けた。王宮大書庫で書き溜《た》めたそれを部屋に持って帰り、マリアに用意してもらった文箱にまとめ夕食後にワインを飲みつつ情報を整理するのだ。

書き出した記事をまとめようとマリアにノートを一冊頼んだら、分厚い日記帳のような立派なノート（陽子さん的には決してノートではない）を渡された。立派すぎて使うには気後れし、結局王宮大書庫からメモを持って帰る時のバインダー代わりに使っている。

そんなことを一週間ほど続けていたある日、無心に作業をしていたアデライーデの元にグリフォンがやって来た。

「お調べものに、王宮大書庫はお役に立ちましたかな？」

メモから顔を上げ「はい！　とても！」と思わず笑顔で答えた。

答えたあとに慌てて立ち上がり「おはようございます。グリフォン様」と挨拶をする。

ふぉっふぉっふぉっとグリフォンは、楽しげに笑いアデライーデをお茶に誘った。王宮大書庫の前庭に出るベランダは他のそれより大きく取られガーデンテーブルセットがいくつか置かれている。その一つにグリフォンはアデライーデを招いた。席に座ると、文官の一人が緊張した面持ちでお茶を運んでくれた。

ティーカップをサーブされた時に「ありがとう」と文官にお礼を言いふと気がつく。そう言えば、ここで初めて職員を見たような気がする。

今まで通った大抵の図書館では多くの職員が返却本の整理整頓や貸し出し業務をしていた。が、ここ王宮大書庫では職員を一人も見たことがない。

時折、書棚の向こうや入り口の方で人の出入りやかすかな人の話し声が聞こえるが、アデライーデが陣どっている帝国の郷土料理本が並んでいるところには訪れる者が少ないのか、誰とも出くわすことはなかった。

書庫と呼ばれるくらいなので、本以外にも管理するものがあるのかもしれないし古い本の修繕などもしているのかもと最初は思っていた。が、あまりにも人と会わないので職員がいないのかと不思議に思っていたのだ。

(なんだ、ちゃんといるじゃない。よかったわ。後で地図を借りられるか聞いてみよう)

文官はちゃんといる……。

交代勤務のはずが、本来休みの者まで出てきてアデライーデの周りにいつも以上にいるのだが、声をかけるのもかけられるのも恐れ多いので棚と化しているのだ。アデライーデが来る前に掃除とタップダンスを済ませ、アデライーデが来るのを待っている。そして、音も立てずにそーっと普段の作業を手早く済ませた者から棚と化しているのだ。

可愛《かわい》く言えば、図書館の妖精。

ぶっちゃけて言えば、ストーカーである。

出されたお茶を味わっているとグリフォンに王宮大書庫の感想を聞かれた。アデライーデは目を輝かせ、蔵書の豊かさ、管理の良さ、分類の正確さを褒め称《たた》える。実際ここの文官は優秀なのだ。

「バルク国のことをお調べかな？」

「はい、嫁ぐ身ですので事前にわかることがあれば自分で調べておこうと思いまして」

グランドールに教えてもらえなかったとはさすがに言えず、アデライーデはそう答えた。

「ふむ……どのようなことを調べられたのですかな」

そう問うグリフォンに、アデライーデは地図を見てバルク国に隣接する帝国内の気候や風習を調べたことを話した。

メモをとったことを話すと、見せて欲しいと言うグリフォンに、走り書きで恥ずかしいのですがとメモの束を差し出した。一枚一枚丁寧に読んだグリフォンが「よくまとめていらっしゃる」と褒めてくれた。そう言われて、前世で資料整理をしていた新人の頃、まとめた資料を部長に褒められたときのことを思い出し思わず笑みがこぼれる。

「それであれば、この本がお役に立つかもしれませんな」

グリフォンは傍らから一冊の本を取り出した。その本は、最近帝国内外を旅行した貴族が出した紀行本だった。

旅行の体験談をまとめた日記のようなものだが、前世と違い庶民が気軽に旅行に行くことはないこちらの世界では、違う街や外国を知れて人気がある。

王宮大書庫でも紀行本の棚は充実していた。

「この本は、最近帝国の東方を旅行した子爵が寄贈されましてな。好奇心旺盛な方のようで庶民の生活や食べ物なども、詳しく書いておられる。さすがにバルク国王宮内のことは書かれていなかったが、何かのお役に立ちましょう」

そう言って渡された本は真新しく、パラパラとめくると所々に挿し絵がある。

「ありがとうございます！」

アデライーデは本を嬉《うれ》しそうに受け取るとグリフォンは満足そうに頷《うなず》き、自身は仕事があるからと席を立った。

アデライーデが淑女の挨拶をしてグリフォンを見送ると、先程の文官が新しいお茶を持ってきた。

「あの……こちらの職員の方ですか？」

「はい、私はここ王宮大書庫の文官でマルク・フルガーと申します」

お茶を持ってきたマルクは、突然声をかけられ叫びだしそうな気持ちを抑え落ち着いて答える。

ちょっとおどおどしていたが……。

マルクは、掃除を済ませ皇女様のお姿を棚になって拝見しようと思っていたらグリフォンに捕まったのだ。この王宮大書庫に資料を探しに来るお客様にお茶を出すのは、まだ新人である彼の仕事でもある。

間近にお姿に拝見し、その皇女様に今声をかけられている……。

マルクはおどおどせずにはいられない。

しかし、そんなマルクの心境など知らないアデライーデは、ここで会ったが百年目とばかりに声をかけた。この大書庫で初めて文官に会ったのだ。職員の声はすれども姿は見えない。本を借りたいので必死である。

「マルクさんとおっしゃるのね」

「！　アデライーデ様。どうぞマルクとお呼びください」

マルクは慌ててアデライーデに嘆願する。

陽子さんは、年代のせいか呼び捨てはちょっと馴染めない。が、ここでは彼の立場もあるのだろうと思ってそれに従った。

「では、マルクとお呼びするわ。地図の貸し出しはできますか？」

昔読んだ本に、古い時代では正確な地図は軍事機密に当たるとあったので、貸し出してもらえるか確認したかったのだ。

「帝国の地図でしょうか」

「ええ、詳細なものでなくていいの。東方の……バルク国の周辺地図があればお借りしたいと思って」

「詳細地図は申請が必要ですが、簡単な領地の配置図でしたらお借りいただけます」

「良かったわ。その配置図を借りたいわ」

「では、お持ちしましょうか」

「もし良ければ、他にも聞きたいことがあるので案内をお願いしてもいいかしら」

「はい！　喜んで」

少し上ずった声で、居酒屋の店員のような返事をしたマルクはアデライーデを地図の書架に案内し、アデライーデの思いつく質問に丁寧に答えてくれた。

その日、アデライーデは領地配置図とグリフォンから借りた紀行本を持って、ほくほくと部屋に戻って行った。

※※※

「こちらがアデライーデ様の調査報告書でございます」

侍従が出してきた報告書をグランドールは受け取ると、それに目を通す。

グランドールの部下達には調査、場合によっては実力行使を専門に行う者達がいる。いわゆる陛下の影と言われる者達だ。

国内外の動向はもちろんのこと、国内、特に有力貴族や妃、後継者候補の皇子皇女も調査対象である。外戚の権威を強め、治世に悪影響を与えそうな動向がないかをだ。

アデライーデの調査報告書を読み終えると、グランドールは侍従に問いかける。

「本当にこれだけなのか……以前のものと変わりないが」

「はい、命を受け再度念入りに調査をいたしましたが……その……アデライーデ様でしたので今までお調べした内容以上のものは出てきませんでした。また診察した典医に確認を取りましたが、間違いなくご本人だとのことです。ただ……」

「ただ？」

「お輿入《こしい》れが決まった時からお輿入れ先のバルク国のことをお調べに王宮大書庫通いをされておられ、その……夜眠れなくなっていらっしゃるのか、ワインを少々飲まれるようになったとのことです」

「ワインを？」

「はい、アデライーデ様のお母君であられるベアトリーチェ様が好んで飲んでいたワインとのことでございます。量も普通の方くらいの量のようですので、ご心配はいらないかと思いますが」

「そうか……わかった。ご苦労」

グランドールがそう告げると侍従は退出していった。

侍従が退出したのを確かめるとグランドールは小さなため息を漏らした。

「あれは本当に『忘れられた皇女』なのだな」

グランドールはもしかしたらアデライーデに入れ替わった別人ではないかと疑っていた。影に調べさせ本人と報告を受けてなお、自身が感じた違和感を拭《ぬぐ》いきれなかった。

アデライーデ以外の王族の調査書は分厚く十数冊に及ぶ場合がある。

面会人や外出の記録。献上品のリスト。場合によれば会話の内容もすべて記録される。妃達や年頃の皇子達の中にはこっそりロマンスを楽しもうとする者もいるので自然と報告書は厚くなる。

妃達は陛下に召されたあと、身篭れば王宮内の部屋から離宮を与えられ、里帰りは出産後にしか許されない。死産した子供との取り替えや生まれた女子を男子に取り替えられないためだ。その離宮で典医や産婆によって見守られながら出産し、陛下の初見を済ませてから祖父母との対面となる。成長中も入れ替わりを防ぐために宰相配下の典医により、本人も気が付かないような身体の特徴や黒子《ほくろ》やあざの有無もすべて記録されている。

ところがアデライーデの場合は、四歳の時には祖父母を始め、ほとんどの縁者が名誉の戦死や病気で相次いで亡くなっている。そのため面会人の記録はベアトリーチェの父を最後にこの十年、一件もない。そしてアデライーデが生まれた前後から周辺国との戦が相次ぎ陛下のお渡りも極端に減っていた。

何度かあった短い休戦期も、実家の権威を使う熾烈《しれつ》な女の戦いに陛下の妃の中では身分の低い伯爵令嬢で、実家という後ろ盾もなくなったベアトリーチェは段々と公の場に出ることもなくなっていった。

ベアトリーチェはどうしても出なければいけない公式行事以外全く姿を現さず、出席した行事でも目立つこともなく、その後のパーティや茶会は欠席していた。ベアトリーチェがそうなのだから、未成年のアデライーデは公式行事にはおろか一度も他の皇子皇女達との交流に招かれたこともない。

利に聡《さと》い貴族達は、陛下のお渡りもなく後ろ盾のない妃が産んだ皇女に興味はないのだ。

そしてそれは貴族達だけでなく、宮中の使用人達も変わらなかった。仕える主《あるじ》の宮中内の序列で自分達の序列も決まる彼らにとって、ベアトリーチェやアデライーデは仕えるに足りない主であった。

そして、パーティや茶会にも出ない母娘は段々と使用人の口にも上らなくなる。ただ儀礼のプロトコールに名前だけが第七皇女アデライーデとだけある。その時だけ思い出したかのように噂《うわさ》になるのだ。あの皇女様は今頃どうしているのかと。

アデライーデが『忘れられた皇女』と呼ばれる由来はここから来ている。

王宮の使用人達からも忘れられているとはいえ、グランドールの部下達の調査対象から外れるわけではない。外れるわけではないが、人の出入りが全くないベアトリーチェ達に付けられたのは影になったばかりの新人達だった。

数人の使用人が仕える王宮の端の小さな離宮住まい。王宮外からの訪問者もなければ手紙もない。訪れるのはグランドールから派遣されるアデライーデの教師や典医のみとあれば、自然と警戒の緊張度は薄れてくる。

図らずも離宮は影の者達の新人教育の場になっていた。四季折々の庭園の草木の植え替え、離宮内の定期的な大掃除や修繕の名目で出入りした。貴族の出入りは全くないが、臨時の使用人は他の離宮では考えられないほどの出入りだった。故に影達の間でアデライーデを知らない者はいない。そして、宮中の使用人達と違い、影の者達にはベアトリーチェとアデライーデの人気は絶大であった。

彼らは離宮で諜報のいろはを学んだ後、妃や皇子皇女の担当についてウンザリするほどの貴族の汚さを見聞きするからだ。豪華なドレスときらびやかな宝飾品で身を飾ってのにこやかな会話は、他の妃をどう出し抜き、陥れ蹴落とすかという腹黒い内容ばかり。上品な口ぶりとは真逆のえげつなさに心が荒《すさ》む頃、思い出すのは新人教育で過ごしたアデライーデ達の離宮だった。

研修時代は、正直何もなくてつまらなくて退屈だと思っていた。

ベアトリーチェも穏やかな性格で、使用人との一線はあるが他のどの妃達より使用人達を大事に扱っていた。人目のないところで二人して境遇の不満や愚痴でも言っているのかとみな一度は思って監視してみるが誰も聞いたことはなかった。

むしろベアトリーチェは常日頃アデライーデに、支えてくれる者がいるから王族や貴族はこのような暮らしができるのだと、皇女の貴女《あなた》はいずれ民のため国のために結婚をするでしょう。立派に嫁ぐのですよと諭していた。

「貴族は民のために、あるのですから」と。

アデライーデだけでなく、影達も一度はベアトリーチェのこの教えを聞いている。

アデライーデも幼少の頃は、庭を駆け回ったりする元気な娘ではあったが、段々と淑やかになりベアトリーチェに生き写しのような穏やかで優しい娘になった。年越しや臨時の使用人の仕事終わりには感謝を込めて刺繍したハンカチなど手渡すのが常であった。

新人達の手で何度も調べられたアデライーデの報告書は典医の身体特徴書と既往歴、家庭教師達の成績書と評価書を合わせても十枚に満たない。今回グランドールからの再調査の命を受けベテランの影が念入りに調査をしたが一枚も増えなかったのだ。

※※※

今日もアデライーデ様は王宮大書庫に通い、大書庫長のグリフォン様からお借りした紀行本と貸し出しをした東方領地配置図をお部屋へお持ち帰りになった。帰り際、アデライーデ様はあまりに自然に本を手にとってお帰りになろうとするので慌ててしまった。

笑顔で「いいのよ」と言われても侍女としてそういうわけにはいかない。

結局は騎士様の「どうぞ、私にアデライーデ様のお手伝いをさせてください」という言葉で本は騎士様が運んでくださることとなってホッとしたわ。

お部屋の前でもアデライーデ様は騎士様に微笑みながら運んでくれたお礼を言われていた。他のご姉妹の皇女様は当たり前って感じでお礼を言うところなんて見たことないのに。

侍女の私が何かするたびに感謝されるし労《いたわ》られる。

アデライーデ様は、本当にお優しい。

マリアは、以前のわがままなぶりっ子第六皇女様のところから異動を願って心底良かったと思った。

マリアは、今年二十一歳。王宮に勤めて五年目の貧乏子爵の長女だ。下には四人も弟妹がいる。

大抵の下級貴族の娘は行儀見習いで数年王宮勤めをして、同じような下級貴族か、もしくは裕福な商人に嫁ぐことが多い。痩せた狭い領地の名ばかり貴族のマリアの実家は、領地からだけの収益では貴族としての体面を維持できず、小さな商会を運営している。それでも苦しい家計に、弟達の学費の足しになればと、マリアは成人後、王宮に勤めだした。

あわよくば王宮出入りの御用達商人と縁を繋《つな》げればという両親の期待も背負っての王宮勤めであったが、残念ながらそれは無理そうだ。皇女様付きで出会える商人は既婚高齢者のみである。

初年は王宮のことなど訳もわからず枕を濡《ぬ》らすことも多かったが、一、二年……長くて三年で寿退社するこの職場で、勤めて五年目となればかなりのベテランである。現皇帝のオシメを替えたというこの道何十年の大先輩方もいらっしゃるが、さすがにそこまでは……望んでいない。

適齢期もやや過ぎ、無理に嫁がずともこのままこの王宮でずっと過ごしてもいいかなと思っている。

アデライーデ様付きなら。

どの職場の主《あるじ》も外面はいいが侍女達だけになると、途端にその外面をあっさりかなぐり捨てる。

誰それより見劣りのするドレスは嫌だとか、ヘアスタイルが気に入らないだとか、お茶会で周りの令嬢が自分を立ててくれないだとか、マリアにとってはどうでもいい、とるに足らない理由で主達は、ヒステリーを起こし侍女達に当たり散らす。侍女達は日々振り回されていた。

特に前職場の第六皇女様の時は、本当に酷かった。

気に入らない侍女やメイドはイビリ抜く。口だけでなく手も出すのだ。

熱いお茶が入れられたティーカップごと投げつけられて火傷《やけど》したメイドもいた。一年は我慢したがもう限界！　こんな職場辞めてやる！　となっていた時に、新人時代から面倒を見てくれた仲の良い先輩から久しぶりにご飯を食べようと声がかかった。

先輩のローズはマリアが新人の時の同僚だ。

同僚と言っても五つ年上のローズは、仕事にも王宮の慣習や人間関係にも慣れないマリアに手を差し伸べて色々教えてくれたり励ましてくれたりしたのだ。長女で母親代わりに弟妹を甘やかすことはあっても、甘えることができなかったマリアは、すぐにローズを姉のように慕って仲良くなった。

その後お互い職場は変わっても、暇を見つけてはローズとお茶を飲んだり、呼ばれればローズの部屋に遊びに行っていた。侍女やメイドは六人部屋が基本の寮だがローズは仕事ができるので鍵付きの小さい個室をもらっていた。

朝から晩まで他人と一緒の生活は気が抜けない。娯楽はおしゃべりと厨房《ちゅうぼう》から時々もらうお菓子くらいしか楽しみはない。そのおしゃべりも、侍女同士の派閥のせいで滅多なことは言えないのだがローズならば他では言えない愚痴も聞いてもらえた。

公休日前夜、厨房から黒パンとハムの塊とお菓子をもらい、ローズの部屋を訪ねて愚痴を聞いてもらっていたら、噂より酷いわねぇと慰められ、その気があるならアデライーデ様の所に変わらないかと誘われた。

「『忘れられた皇女』様の所に？」

「そうよ」

ローズが言うには、つい最近お母様のベアトリーチェ様を亡くし一人になったアデライーデ様だけで離宮暮らしをさせるわけにはいかなくなり王宮に引き取られることになったのだが、今まで仕えていた使用人も高齢でこれを機に退職するらしい。なので、新しい侍女を内々で探しているらしいのだ。

お給料も今のところとあまり変わらないが、当面アデライーデに仕えるのは一人だけになるので、身の回りのことはすべて担当になる。

業務は増えるが一人なら気が楽だし、何より職場環境は良いのよと笑ってローズはハムを頬張った。

「え～。じゃローズが勤めればいいのに」

「私もいいなと思うんだけど、上司に『お前はあちこち行って足らない人手を補え』って言われているのよね」

ローズはマリアが知っているだけでほとんどの皇女や妃の所に行っている。

お掃除から給仕、ドレスの管理。

侍女として機転がきいてオールマイティに仕事ができるローズは、欠員が出たところにあてがわれ、妃や皇女の外出要員としてもあちこちに仕えていて固定の主を持たない。

マリアも『忘れられた皇女』の噂は聞いていた。母親の身分が低く、他の皇子皇女より見劣りがして性格も暗いから表に出てこれない。僻《ひが》みっぽい性格だから年寄しか使用人が居着かない。それにあんな引きこもりのような主を持ったら良い出会いなんてないじゃないかと王宮の使用人達は敬遠していた。侍女やメイドは、仕える主の周りにいる使用人達と結婚することも多い。主の序列が高ければ、それだけで生活は安泰だ。社交もしない主を持てば、それだけ縁遠くなる。

そんな職場なんて願い下げよ。

これがマリアの聞いているアデライーデの噂だ。王宮内のあちこちに勤めているローズがその噂を知らないはずはない。そのローズがいいなと言うのだ。

「ローズは、そこに行ったことあるの？」

マリアはローズが上司からくすねたという上等な赤ワインをちびちび飲みつつ聞いてみた。

「新人の頃にちょっとだけ厨房のお手伝いをしていたわ。アデライーデ様はまだ五つくらいだったかな……よく一緒に遊ぼうとせがまれたわ」

ローズは、ワインをグラスに注ぐとグラスをくるくると回し始めた。

「そうなんだ……」

マリアはハムの塊をペティナイフで削りつつ考えた。

今の所にいたって、ストレスしか溜まらない。あの主が明日から性格が良くなるなんて天地がひっくり返ったってありえない。それなら噂はどうであれ、ローズが薦めてくれるのなら悪い職場じゃないはずだ。削ったハムを黒パンに乗っけて蜂蜜をかけてパクリとかぶりつく。ハムの強い塩味と蜂蜜の甘さが口の中で絶妙に混ざりあう。

（美味しいわぁ）

マリアは噛《か》みしめながら思い出す。

（そう言えば、ここ最近食事を美味しいって思ったことなかったわ）

賄いとは言え王宮の食事だから不味《まず》いはずはない。むしろ今までの食事より良いものが出ているはずなのに、ここ一年美味しいと思った食事がなかったことを思い出す。

（うん！　きっと今よりずっと良いはず！）

マリアはワインで、ハムと蜂蜜と黒パンを飲み込むとローズに告げた。

「私、そこに行きたい！」

マリアの申し出にローズは優しく微笑むと、「良かったわ」と言ってマリアのグラスにグランドールの侍従からくすねたワインをたっぷり注いだ。

「どう？　ちょっとは慣れた？」

勝手口のドアに決められたタイミングのノックがあったので覗き穴からローズを見つけると、周りを確認して配膳カートごとローズをキッチンに入れた。今日のローズは配膳のお手伝いに駆り出されたらしい。

第七皇女付きの侍女になってから一週間、あの公休日から十日目にローズは職場伺いにやって来た。

「もう天国！　本当にローズに相談してよかったわ！　こんな夢の職場があるなんて」

ローズは満面の笑みで「そうでしょ？」と笑った。

カートに乗せられた本日のアデライーデ様の夕食を下ろし、キッチンのホットキーパーにメインディッシュを入れながらマリアはローズに感謝の言葉を続ける。そして口も手もテキパキと動く。

あの日職場を変わりたいと告げたマリアは、アデライーデ様のところはどんなところかローズに尋ねたがローズは明日こっそり連れて行ってあげるから自分の目で見てご覧なさいと、ただ笑うばかりであった。

なんだか子供扱いされているようでマリアはちょっと不満だったが、その日はいつものようにローズに盛大に愚痴を言って過ごした。

公休日、外套《がいとう》をしっかり着込んだマリアはローズに連れられアデライーデの離宮を訪れた。

雪がほとんど降らないこの帝国も、年明けのこの時期はかなり寒い。こぢんまりした古い離宮はひっそりと目立たないように王宮のかなり奥まったところにあった。離宮の前庭は整えられてはいたが華やかさはない。

ところが離宮の裏手に回ると、手入れの行き届いた庭に目を見張る。帝国でも貴重な冬薔薇《ばら》が植えられ、冬だというのにたくさんの花が咲くこの庭だけ早春のようだった。庭の隅に連れて行かれ、ローズが指差した先に大きな窓の側で外を眺めているアデライーデを見てその可憐《かれん》な姿に驚いた。

「ねぇ、ローズ。あの方がアデライーデ様なの？　噂と全然違うじゃない」

「そうよ。あの方がアデライーデ様よ」

「噂では他の皇女様達より見劣りしてるって……」

「ふふっ。噂よね」

マリアは今第六皇女に仕えているが、王宮主催のパーティの手伝いにも駆り出されるので嫁いでしまった皇女達の顔も知っている。どの皇女達も美しいが、それは気合の入った化粧と洗練されたドレスやヘアスタイルの底上げがあるからだ。

窓辺に佇《たたず》むアデライーデは、着飾ることもしていない姿だがとても綺麗だった。

(ほんとに人の噂なんて当てにならないわね。見劣りがするなんてとんでもない。他の皇女様達と並んでも十分お綺麗だわ)

マリアがそう思っているとローズがマリアの外套の袖を引っ張り、寒くなってきたから離宮の使用人部屋に行こうと言った。庭をぐるりと周り使用人口から厨房に入ると、年をとった使用人達が二人を迎えてくれた。厨房は意外に広い。そして、「寒かっただろう」と、暖炉の横の大きなテーブルに熱いお茶を用意してくれた。

「まぁローズじゃないかい？　久しぶりだねぇ」

ローズを知っているらしい何人かの使用人が、ローズに声を掛ける。

マリアは外套を脱いで、熱いお茶をありがたくご馳走《ちそう》になっていると、一番年嵩の下働きのおばあさんがローズに「ローズが、アデライーデ様付きになるのかい？」と尋ねた。

「そうなったらどんなに良いかと思ってたんだけど、私はダメだって」

ローズは心底残念そうに言う。

「でもね、代わりにこの娘《こ》をどうかと思って。今は『あの』第六皇女様付きなんだけど、職場を変わりたいって言うからちょうどいいかなと思って誘ってみたのよ」

ローズがそう言うと、老人達全員の驚いたような鋭い目が一斉にマリアに集まる。

(え？　何？)

マリアは飲んでいたお茶のカップを持ったまま固まる。

『『ローズ』のおすすめの娘なんだね』

年嵩のおばあさんがにこにこしながらそう言うと、老人達は笑いながらマリアを囲みアデライーデ様をよろしく頼むと順に手を取りマリアに願った。

「ちょうどいいから、お昼も食べていきなさい。もうすぐ他のみんなも集まってくるから」

とマリアに断るスキも与えずお茶のおかわりを淹《い》れだす。そうして、老人達に取り囲まれておしゃべりをしていると、さっきの年嵩のおばあさんが昼食の用意をし始めた。

「あ、お手伝いさせてください」

客人と言えど、大先輩達を働かせて自分が座っているのはお尻が痒《かゆ》くなる。アデライーデ様の食事を作ることはできないが、先輩達の賄いならばお手伝いしてもいいだろうと申し出た。

「そうかい、そうかい。助かるねぇ」と大先輩達は口々に感謝してくれ一緒に蕪《かぶ》と鶏肉のシチューを作りはじめる。驚いたことに賄いは十五人分らしい。

随分たくさん作るのだと思っていると、「いつもはじじいとばばあで五人なんじゃがなぁ」と、片腕のない庭師の老人がない腕の方を叩《たた》きつつ「儂《わし》らはいろいろ足らないからのぅ。儂らと同じくらい年寄りのこの離宮の手入れには、時々若い奴らの力が必要なんじゃよ」と言う。

どう答えていいかわからなかったマリアは苦笑いしていると、「あんたの冗談はセンスがないんじゃよ」と隣のお掃除メイドの大先輩に頭を叩かれていた。

ここの使用人達は、老人ばかりだ。

おじいさん達は体格が良くても片腕や片足が動かないのか、杖《つえ》をついている。目がほとんど見えなさそうな人もいる。この王宮では辞めたいと言わなければ、働けるうちはできる仕事を与えられ、追い出されることは無いと聞いたことがある。ここはそういう人が集まっているらしい。

賄いを作り終える頃に、若い庭師や大工達が食事にやって来た。一様にマリアがいることに驚いたが、アデライーデの侍女候補だと老人達に紹介されると、やはり同じようにアデライーデ様をお願いしますと頭を下げられた。

皇女様って使用人から慕われているのねと、賄いのシチューを頬張りマリアはみんなと食事をしながら思う。実家も祖父母をはじめ弟妹含めて九人。通いの使用人や商会の人達も含めるとこんな感じでいつも賑《にぎ》やかに食事をしていた。

(懐かしいな……)

王宮に来て食事の豪華さに喜んだが、それは最初のうちだけだった。いつの間にか食事はさっさと済ませるだけのものになっていたのだ。

こんなふうに温かい食事は久しぶりだ。

大先輩方は優しくて、食後の片付けを手伝いながら実家のことや今までの王宮での暮らしを話し込んでいた。大先輩方もアデライーデ様や亡くなられたベアトリーチェ様の思い出話をたくさん教えてくれた。仕える主ではなく、まるで娘や孫の話をするかのように嬉しそうに話す。

「儂らは身寄りがなくてな。忙しく仕事ばかりしていたら、あっという間にじじいになっていたんじゃ」

「そうそう、マリアもいい人を見つけたらぎっちり捕まえとくんだよ。選《え》り好みをしていたら、私らみたいになっちまうからね」

…………大先輩方のありがたいアドバイスは、すでに適齢期を過ぎかけたこの身にしみる。

気がつくと夕食までしっかりご馳走になり、老人達に見送られてローズと一緒に寮に戻った。寮の入り口でローズに別れを告げると、マリアは久しぶりに実家に帰っていたような気分で早々にベッドに入り眠りに落ちた。

※※※

「ローズかい？」

アデライーデやマリアがベッドに入った頃、アデライーデの離宮の厨房に入ってきたローズに、厨房の年嵩の老女……イリーヌが声をかけた。

「どうでした？」

「甘い子だねぇ」

ローズは入ってくるなりそう尋ねると、イリーヌはおかしそうに答えた。

「そうさなぁ、甘すぎて紐もつけられない。まぁついてもないようだしな」

目の悪いジャックがお茶をすすりながら言う。

「真っ当に王宮勤めを始めた貧乏貴族のお嬢さんらしいのぅ。珍しく躾はしっかりされているし、腹も白そうじゃ」

足の悪いハインツは動かない足をソファでさすりながら言う。

「侍女としてはまぁまぁだよ。でもありゃ閨房《けいぼう》術どころか男も知らないんじゃないかねぇ」

ソフィアはワインを木のコップに注ぎながら言った。

「運動神経はさっぱりだぞ？　暗器の扱いどころか見たこともなさそうだ。包丁捌《さば》きは良かったがな」

片腕のないアレンがパイプを咥《くわ》えながら言う。

老人達は、それぞれにマリアの批評を口にした。

彼らは影達の教官だ。

影達の寿命は短い。そのほとんどが任務の途中で命を落とす。

老人と言われる年まで生き延びられるのは、それだけ用心深く手練《てだれ》なのだ。手足や色香を失い現役を続けられなくなった彼らは、貴重な経験と知識で新人教育にあたる。浮浪児だったローズが上司に拾われ影として育てられた後、ここで彼らにいろはを叩き込まれた。

そんなローズだから、彼らの批評にマリアのことを気に入ったのを見てとった。

「合格だよ。アデライーデ様に害はなさそうだからね」

イリーヌがにやりと笑ってローズにお茶を渡す。

「あの娘の異動は三日後じゃや。今王宮のアデライーデ様の部屋の『点検』をさせてるからな」

ジャックがそう言うと、お茶のおかわりをイリーヌに頼んだ。

「相変わらず仕事が早いんですね」

「当たり前じゃ、昔とった杵柄《きねづか》だからな……それにしばらくとはいえ、儂らの姫様が魑魅魍魎《ちみもうりょう》が棲む王宮で暮らすのだからな」

苦々しそうにジャックはお茶を受け取りながら言う。

ベアトリーチェが亡くなってもアデライーデ一人でこの離宮で静かに暮らすはずであった。

ベアトリーチェの想い出のある離宮を離れなければいけなくなったのは、あの第六皇女にバルク国王への輿入れの話が持ち上がったからだった。第五皇女まではすでに近隣の大国や国内の有力貴族に嫁ぎ、順番から言えば次は未婚の第六皇女の番だった。

しかしその話を内々に受けた第六皇女が、他の皇女は有力貴族や大国に嫁いでいるのに、どうして自分はそんな辺境の小国に嫁がなければならないのか。輿入れは嫌だと言い、ごね出したのだ。

皇女の務めだと周りが説得したが、どうしても嫁げと言うなら修道院に入ると、母親の実家のダランベール侯爵に泣きついた。

ダランベール侯爵家にとって第六皇女はかわいい孫であるが、侯爵家の繁栄のための大事な手駒。

国内の有力貴族への降嫁であれば派閥の強化。大国に嫁げばその国との有力なパイプができるが辺境の小国に嫁がれてもなんの役にも立たない。なんとしても阻止しなければとなっていた時に、ベアトリーチェの訃報が入ったのだ。ダランベール侯爵は天の采配とばかりにほくそ笑んだ。

「フン。後ろ盾のない『忘れられた皇女』一人侯爵家の力でどうとでもなる。帝国のため、侯爵家のために役に立ってもらおう」

そう呟くとダランベール侯爵は、万が一でも逃げられないようにアデライーデを王宮に引き取るように根回しを始め、アデライーデは王宮の要人用の客室に引き取られることが決まったのだ。

「儂らは王宮にはついて行けんからの。自分達ができることをするまでだ」

アレンは、パイプを燻《くゆ》らせながら目を閉じる。

自分達は影である。

元は野良犬のように石を投げられ、薄汚れて道端で死んでいるはずだったのが拾われて影となった。影となってからは命じられれば躊躇《ちゅうちょ》なくいくつもの命を奪いもした。

人並みの幸せなど望むべくもなくまともに死ぬことも無い。自分達は人ではなく影なのだからと思っていたが、なんの因果かこの年まで生き延びた。

任務は果たしたが、腕を失った自分はとうとう年貢の納め時が来たかと覚悟を決めていた。仕事ができない影は始末されるのが倣《なら》いだった。せめて楽に死にたいと思っていたら、今の上司は「お前達には金をかけているんだ。元を取るまで勝手に死ぬな。元を取るまで働け」と影として働けなくなった自分を新人教官としてここに送り込んだ。

まだ死なせてはもらえないらしい。

そんな思いでこの離宮に来たが、ベアトリーチェに会って驚いた。決して恵まれた妃ではない。むしろ他の妃に妬《ねた》みやそねみを持っていてもおかしくないような境遇なのに使用人達にも心を砕き、穏やかに日々を過ごす貴族など初めて見たのだった。

新人教育には手を抜かなかったが、初めて人として扱われる穏やかな日々に長生きはしてみるもんだと思っていたら、ベアトリーチェはアデライーデや年寄りの自分達を残して逝ってしまった。

母親が突然亡くなって誰より悲しんでいるはずのアデライーデは、葬儀のあとみんなを慰めていた。そんな母親にそっくりなアデライーデを、老人達は不敬だが孫のように大切に思っている。

「アレンの言う通りさね。あたし達はあたし達にできることしかできないからね」

ソフィアがそう言いローズの手をとった。

「あんたの選んだ子だ。間違いないいさ」

第三章　想いと思惑

いつもの寝酒セット（ワインとおつまみ）を暖炉の前に用意してもらい、グリフォンから借りた紀行本を片手にアデライーデは、マリアにおやすみと告げた。

（こんな時でも、新刊本のページを開くってワクワクするわね）

陽子さんは深くウィングチェアに腰掛けると丁寧に本を開いた。紀行本は最新のものだけあって、それまで大書庫で少ししか見つけられなかった情報が驚くほど載っていた。

バルク国は帝国の東に位置し深い森に北部と東部が囲まれ西部が帝国と接しているらしい。小国ながら豊かな実りがあり、北部は畜産業も盛んなようだ。領土の南は海に面していて海産物もとれるようだし、他の大陸との交易にも力を入れているらしい。

挿し絵には、港町の風景をスケッチしたものがあった。内陸の帝国育ちのこの子爵様は、この港町がいたくお気に召したらしく、船や魚介料理のスケッチもあった。

（ふーん、南仏って感じかしら。大書庫で見た郷土料理本には魚を煮たり焼いたりする文化があるって書かれていたわね。やっぱり挿し絵があると違うわね。これってアジかしら。こっちのは見たことない魚ね。でも港町があるなんて！　上手《うま》くいけばお刺身も食べられそうね）

旅行に行けば、そこの街の市場に行くのが大好きな陽子さんは、港町の記述ページの挿し絵を眺めワインを飲みながらじっくり見る。そして、どんな魚がとれるのかどんな料理があるのかと想像しながらページを行ったり戻ったりしながら見ていた。

（ふーん。服装は、帝国とあまり変わらない感じね。長いスカートに髪は結ぶかまとめるかなのね）

ぱらぱらとページを進める……。

そう……。陽子さんはファッションにはあまり興味がない。清潔・お手入れ簡単・お手頃価格。そんな三拍子揃《そろ》った服が好きだ。色も合わせやすいという理由でモノトーンとアースカラーで揃えている。

バルク国の貴族の服についてのページを見て、陽子さんは呟《つぶや》いた。

(本当にマリアには感謝しかないわ)

着れない・脱げない・選べない……ドレスは不自由の三拍子である。でも、まぁ部屋着は、なんとか自分で着られる。

問題は紐《ひも》とボタンで着付けるアデライーデのお出かけのドレスだ。絶対一人では着脱が無理な構造だ。そして、王宮大書庫に行くようになって気がついたが王宮という場所柄、細かいルールがあるらしく、日によってマリアが出してくるドレスの色が違う。喜々として「今日はこの色のドレスの中から～」と毎日楽しそうに選んでいる。

(おしゃれが楽しい年頃よね。いろんなものを合わせてみたいわよね。私もおしゃれのために色々やったわよ？　でも、楽なのが一番よぉ。そのうちわかるわ)

ぐびぐびとワインを飲みながらアラカン的なことを思っていると、ふと、薫のことを思い出した。

(薫はおしゃれが好きで「お母さんは黒ばかり着て……喪服か！」とよく言われたっけ。首元に華やかな色持ってくると顔色が良くなるからと、最近の誕生日プレゼントはよくスカーフをもらっていたわね)

…………。

……………………。

まぁそんなに楽しいのなら、着せ替え人形くらいにはなってあげようと陽子さんは、ワインを注いだ。

続けて紀行本を見ていると、バルク国はガラスの産地でもあると書かれていた。板ガラスや石炭も輸出しているらしい。この世界でもどこでも採れるポピュラーなものとしてガラスは使われているようだ。紀行本でバルク国は特筆すべき産業は無いが、風光明媚《ふうこうめいび》で食事は美味《おい》しく人々は穏やかで優しいと締めくくられていた。

絶対この子爵様は食べることが好きな人だろうな。バルク国の記述の三分の二が食事に関することだし。スケッチも風景画は割と簡単に描いているが食べ物の絵は丁寧に描き込んであるし、隅には素材も描いてある。話したら楽しい話が聞けそうだ。

陽子さんは本を閉じると、表紙にデカデカと書いてある子爵の名前を読んだ。

『オットー・ビスマルク子爵』

陽子さんはビスケット好きな太った子爵を、想像した。

翌日、いつものように王宮大書庫に行こうと支度をしていると居室と王宮を繋《つな》ぐドアの側に下げられている呼び鈴が鳴った。

対応したマリアが戻ってくると、グランドールが輿入《こしい》れのことについてご説明をしたいから午後のお茶時間にお伺いしたいと先触れを出してきたと言う。

そういえば、出立の日まであと十日を切っている。

しかし、用意はこちらでする心安く過ごせって言っていたのに何事か。この国の宰相は暇なのかと思いつつも、はいはいと返事をして午前中は王宮大書庫で過ごし、午後は本日三回目の着替えをして待っていた。何かあるたびに着替えをするのに、いささかウンザリするが仕方ない。

居間でグランドールを迎え、席を勧めてソファに座ると陽子さんの中でゴングが鳴った。

女優タイムの始まりだ。

グランドールの侍従が部屋の端に控え、マリアがお茶を出したころにグランドールが口を開く。

「アデライーデ様、輿入れの支度も恙無《つつがな》く整い、門出の日を待つばかりでございます。成人前のアデライーデ様はお披露目前でございましたのでご成婚の祝賀も兼ねて、ご出立前に祝い席を……との陛下の思し召《おぼめ》しがございました」

「…………それはどうしてもしなければならないのでしょうか？」

「は？」

グランドールは思わず声を出して驚いた。

皇女にとって、成人のお披露目と輿入れは一大行事。どの皇女もできる限り盛大に華やかにと強く望む。それをしなくても良いと言われるとは思ってもみなかったのだ。

しかし、見た目は皇女のアデライーデだが中身は庶民の陽子さんである。

ボロを出したくない。慣れない場所でなにかやらかすぐらいなら出席しない方がマシ！　そんな思いで確かめた。

「祝賀の席を遠慮なさると？」

「ええ……できれば……（できればじゃなくって絶対そっちがいいのよ！）」

戸惑いつつ尋ねるグランドールに、陽子さんは苦笑いしながら答えた。

「最後にお父……いえ、陛下にだけお目にかかれればそれだけで良いのです」

少人数、できれば一人だけならごまかしもきくと追い打ちをかける陽子さん。

「嫁ぐ皇女の披露目の席もせぬは、帝国の名折れでございます」

グランドールは抵抗する。

(ちっ‼　そんな見栄はいらないのよー)

陽子さんは年甲斐《としがい》もなく心の中で舌打ちをして叫ぶ。

「それにすでに、公布済みでございます……」

(事後報告なのー！)

「そう……」

ボロを出さない極意は相手と目を合わせないという経験値を活《い》かし、つま先を見つめながら陽子さんは言う。

「そのお披露目の席はいつですの？」

「出立の前日の夜、七日後でございます」

陽子さんは、呆《あき》れかえって「承知しました」と微笑《ほほえ》んだ。

「決まっているのでしたら仕方ないですわね。できるだけ質素にお願いします」

「…………。承知いたしました。努力いたします」

(努力しますか。この世界でもビジネストークは一緒なのね)

努力はしたができなかったって言うつもりだと、陽子さんはお茶に口をつけながら思った。

グランドールはお茶を飲んで落ち着こうとする。祝賀の席の縮小を望まれたことなど初めてだった。

やはりと思うところがあるが、まだ告げねばならないことがある。

「明日、陛下へお別れのご挨拶をしていただきたく……」

「祝賀の席でお会いするのでは？　お忙しい陛下にわざわざお時間をとっていただかなくとも……」

（お披露目の席で会うんじゃないの？　その時にちゃちゃっと簡単な挨拶で良いと思うのよ？）

「アデライーデ様。輿入れの際の陛下へのご挨拶は儀式でございます」

絶対に引けないグランドールは静かに強く告げる。

「本来、輿入れされる皇女様とお相手の方とご一緒にご挨拶されますが、お相手のバルク王は国元におられます。その際はご生母様となりますが、ベアトリーチェ様はお亡くなりになっていらっしゃいますので、僭越《せんえつ》ながら私が、ベアトリーチェ様に代わりご一緒にご挨拶となります」

（儀式って……何するのかしら。面倒だわ……）

「承知しました。明日ですのね」

「はい。後ほどご挨拶用のドレスをお届けいたします」

「………ご配慮感謝いたしますわ」

アデライーデがそう言うと、グランドールは丁寧にお辞儀をし、帰っていった。

（王侯貴族って、面倒くさいのね。でも、ちょっと前まで日本でも嫁入り前は花嫁衣装で仏壇やお墓にお参りしてご先祖にご挨拶って、あったからね）

陽子さんは雅人《まさと》さんとの結婚の時を思い出す。

ちょうどバブルと言われている時期。周りはゴンドラやスモークを使った派手な結婚式をやっていた。社内の飲み会すら億劫《おっくう》になる雅人さんと示し合わせ海外ウェディングとごまかし、結婚休暇と溜《た》まっていた有給休暇をぶち込んで三週間の貧乏ヨーロッパ旅行が、今となってはいい思い出だ。

グランドールを送り出して、マリアに淹《い》れ直してもらったお茶を飲んでいると、すぐにグランドールからドレスが届けられた。

（やけに早いわね）

届けられたドレスは、鴇羽《ときは》色のドレスだった。

やや紫に近い淡いピンク。ドールに着付けられたドレスは少し濃い同色のレースと白のレースで品良く飾られている。

マリアの目が輝いている。それだけこのドレスは素晴らしいものなんだろう。

「お初にお目にかかります。グランドール様付きのマルガレーテと申します。本日はグランドール様より陛下へのご挨拶の時にお召しになるドレスをお持ちいたしました」

届けに来た年配の婦人はそう言うと、優雅な淑女の挨拶をした。

「お祝いありがとう存じます。このような素晴らしいドレス。身に余ります。どうぞ、グランドール様によしなにお伝えくださいな」

アデライーデも淑女の挨拶し、返礼をする。

マルガレーテは「本日は、お祝いの品のお届けと共に、明日の陛下へのご挨拶の時の所作をお伝えに参りました」と、にっこり笑った。

（マナー教師……なのね）

心の中で少しヒクつきながら「よろしくお願いします……」と応じた。

マルガレーテは当日の説明を始めた。

グランドールがエスコートし小謁見の間で陛下にご挨拶をする。その際の入場の仕方、挨拶のタイミング、口上等を説明し、マルガレーテがグランドールの代わりとなり何度か練習をした。

細かいところを教えられ、指南が一段落したあとマルガレーテとお茶を飲んでいると、「アデライーデ様はベアトリーチェ様にそっくりなのですね」と言われた。

「マルガレーテ様は母をご存知なのですか？」

「どうぞマルガレーテと、お呼びください」

「では……マルガレーテ夫人と……」

「……では、そのように。ベアトリーチェ様が御前に上がられた時にほんの短い間でございましたが侍女としてお仕えしました。離宮に移られる時に別の侍女になりましたが、ベアトリーチェ様にお仕えできたことは幸せなことでございました」

ベアトリーチェは家族で参加した新年の王宮主催のパーティで、陛下に見初《みそ》められたこと、伯爵令嬢で陛下の妃になるのは異例とも言えることであったが、陛下の強い希望で側に上がったことを話してくれた。

「お二人でいる時は、いつも笑いあい本を読んだり東屋《あずまや》で庭を眺めたりと幸せそうでございました」

と、懐かしげに話してくれた。

（ベアトリーチェは愛されていたのね。でも、その割に私が、アデライーデになってから一度も会ったこともないし手紙もないんだけど……）

そんなアデライーデの表情を読んだのか、自分が『忘れられた皇女』と呼ばれているのを知っているのだろうと思ったのか、マルガレーテは少し声を低くして続きを話しだした。

眩《まぶ》しいほどのご寵愛《ちょうあい》であったが、離宮に移る頃から隣国との戦争が始まり陛下は国政に忙殺されていったこと。帝国とはいえ莫大な戦費と兵力を賄《まかな》うには有力貴族達の協力は欠かせなかったことをオブラートに包んで話してくれた。

貴族達の協力を仰ぐには、その娘である妃達との仲にも気を配らなければならない。大事に思っていてもしがない伯爵令嬢の娘でしかないベアトリーチェのもとには足繁くは通えないのである。

ベアトリーチェの兄や父は進んで戦に参加したが、有力貴族は参加しないような分の悪い戦に参加させられ相次いで亡《な》くなってしまった。

後ろ盾も無くなってしまったベアトリーチェのもとには、段々と通えなくなっていったのだ。

一見、権力者に見える皇帝に自由はそれほどないのである。

(王様も気楽じゃやっていけないのね)

「アデライーデ様がお生まれになった時は、殊《こと》の外《ほか》お喜びになられておりましたよ」

マルガレーテは当時を思い出しながらそう言った。

「陛下は、アデライーデ様に頂いた刺繍《ししゅう》のハンカチを今もお持ちですし」

「え?」

爆弾発言だ。刺繍ができる年にアデライーデに会っているのなら、明日陛下に会った時にうまく取り繕えるか自信がない。

くすくすと笑いながら、マルガレーテは教えてくれた。

「アデライーデが初めて刺繍したハンカチだと、それは自慢されましてね。まだ四歳のアデライーデ様がベアトリーチェ様に手伝ってもらいながらさされた葉っぱが一枚、刺繍されておりました」

「葉っぱですか?」

「ええ、私達には説明していただけなければ、そうとはわかりませんでしたが。戦地を回られる時も、ベアトリーチェ様の刺繍されたハンカチとご一緒にお持ちでしたわ」

「……知りませんでした」

「お渡ししてからは陛下とはお会いできていませんでしたから……」

「そうですか」

(四歳の時に会ったのが最後なんだ)

少しの間、静寂が流れた。

「アデライーデ様」

ティーカップをそっと置き、マルガレーテはアデライーデの目を見つめる。

「ベアトリーチェ様がお亡くなりになり、本当にお悔やみ申し上げます。ベアトリーチェ様がお亡くなりになった時、陛下も同じく酷《ひど》いお風邪を召して床《とこ》から起きることもできませんでした。ですので……周りの者の判断で、陛下が回復されるまでベアトリーチェ様のことは伏せられておりました。陛下がお知りになったのはベアトリーチェ様の葬儀が済んだ後でございます。アデライーデ様。陛下は決して、ベアトリーチェ様のこともアデライーデ様のこともお忘れになっていたわけではありません。ただ……陛下は、陛下としての責務がございましたので……」

マルガレーテは持っていたハンカチを握りしめていた。

(ああ……。私が、挨拶はしなくてもいいと言ったからなのね。十年近くも放置してベアトリーチェが亡くなっても娘に会いにも来ない。一周忌も過ぎないうちに辺境の地に追い出されるのに、体面だけ取り繕うような盛大なパーティも必要ないし、ましてや会いたくもない。そんな風に思ったのね)

陛下にベアトリーチェの訃報《ふほう》を知らせなかったのはグランドールなのだろう。だから、アデライーデに何事を告げるにしろ本人が来ていたのか。

周りの事情は、今のマルガレーテの話で大体わかった。それはそれで、この世界では仕方のないことなのかもしれないと思う。どんな人もそれぞれの立場ではどうしようもないことがあるのは、陽子さんにも理解できる。

（でも、グランドールもマルガレーテ夫人も陛下側《がわ》に立って話をしているのよね）

陽子さんは、アデライーデはどう思っていたのだろうと考えた。父親を慕っていたのか、恨んでいたのか。会いたいのか、会いたくないのか。

唯一、アデライーデの側に立てるベアトリーチェはもういないのだ。

（今この場で判断はできないわ……）

陽子さんは小さく息を吐いた。

「マルガレーテ夫人」

アデライーデは口を開く。その口元をマルガレーテは見つめた。

「王族とはそういうものですわ。国のためにすべてを捧《ささ》げていらっしゃるのだと理解しています。私も私の役目を果たします。明日陛下にお会いできることを光栄に思いますわ」

そう言うと、アデライーデはマルガレーテ夫人に微笑んだ。

マルガレーテ夫人はほっとしたような少し悲しそうな目をして、しばらくすると下がっていった。

※※※

「ただいま戻りました」

マルガレーテが、グランドールの執務室に入り挨拶をする。

グランドールは何人かの部下達と書類を交わしながら仕事をしていた。マルガレーテはグランドールの返事が無いのに構わないまま、執務室隣の給湯室に入り、お茶を淹れ皆に配り終わったところでグランドールのお茶を別室に運ぶと彼が部屋に入ってきた。

グランドールは、ソファに座るとマルガレーテに椅子を勧め尋ねる。

「アデライーデ様はどうであった？」

「贈られたドレスをお喜びのご様子でした。グランドール様によろしくとのことです」

そうかと応《こた》え「報告を聞こう」と言った。

マナーに関して申し分なく、挨拶もお茶の作法も以前付けていたマナー教師からの報告以上だったこと、本日お伝えした所作も問題ないことをグランドールに告げた。

「そうか」

「ベアトリーチェ様の生き写しのようでございました。所作もお茶を飲むお姿も」

マルガレーテは、懐かしそうに話す。

「それでアデライーデ様は明日のことについてはなんと言われていたのか」

「明日、陛下にお会いできるのは光栄とおっしゃられておりました」

「…………光栄か」

十年ぶりに父親に会うのに嬉《うれ》しいとも嫌だ、でもなく『光栄』。

まるで初めて会う臣下のような返答だ。

「やはり、アデライーデ様は陛下のことをお恨みしているのか」

絞り出すようにグランドールは言った。

当然と言えば当然だ。自分がその立場でもそう思うだろう。グランドール自身も長年忙しさにかまけて「問題がないのであれば報告の必要はない。仔細《しさい》は任せる」と侍従に任せていたのだ。ベアトリーチェ様が亡くなられた時も、陛下が回復するまではと、そのことを伏せさせたのはグランドールだ。ベアトリーチェの葬儀は離宮で執り行われ参列者はなく、皇帝陛下夫妻連名の弔花《ちょうか》とグランドールからの弔花だけが添えられたと報告を受けていた。

グランドールは、陛下が皇太子に決定される前、エルンスト王子と呼ばれていた頃からの側近だった。幼馴染と言ってもいいだろう。

幼い頃から真面目で周りの期待に応えようとしていたエルンスト。なまじ才能があるばかりに余計に周囲の期待は高まってゆく。たまには息抜きしないと爆発するぞ、と言っても「僕は国民の手本にならないといけないんだよ」と笑いながら言っていた。

皇太子時代に結婚した皇后と仲は良い。政略結婚ではあったが長年の婚約期間のせいか、夫婦というより兄妹のような家族のような関係だった。皇后との間には子供に恵まれなかったが、思いの外政治に長《た》けていた皇后は、エルンストの右腕となりエルンストを支えた。

妃を取らねばいけなくなっても皇帝に跡継ぎは必要だからと、あっさり有力な貴族の令嬢を数人推薦し「毛並みはいいのよ」と言ってきた時には、皇后は僕を種馬か何かと思っているようだと苦笑いしていた。

優秀な部下や右腕となる皇后に恵まれても、若き皇帝となったエルンストが治める帝国を狙う輩《やから》は国内外にいた。水面下で交わされる諸外国との駆け引きや国政に忙殺されていた頃、妃を一人迎えたいとエルンストが皇后とグランドールに打ち明けた。

王宮の新年のパーティで見初めたという名も知らぬ令嬢だと言う。「家族で楽しそうにパーティを楽しんでいた。兄とダンスをして笑っている笑顔が忘れられないんだ」と言う。

すぐさま身元を調べ、それがベアトリーチェ・マリアベル・コルファン伯爵令嬢とわかった時には、皇后と二人して反対した。有力でも裕福でもなんでもない弱小な伯爵家の令嬢だったからだ。妃として召してもなんの利益にもならない、むしろ他の貴族達の混乱を招くと反対したが、エルンストは諦めなかった。

どうか許してほしいと二人に繰り返す。結局、皇后が折れてグランドールを説得し始めた。

「エルンストはね、真実の愛を見つけたのよ」

そう笑って皇后は言う。

「エルンストは誠実なの。真面目に誠実に、勉強でも政務でも行事でも取り組むわ。同じように私のことにも誠実に向き合ってくれたの。政略結婚でもね。もちろん、今も皇后として大切にしてくれるわ。皇帝としてね。それがこの国の王子に生まれた自分の務めだと思っているのよ。与えられたことに対して、何一つ手を抜かずに誠実に向き合うの。でもね。エルンストは一つも自分から望んだことなんてないのよ。だからね。何か一つくらいいいかと思って」

皇后はお茶を一口飲んでいたずらっ子のような表情をした。

「実はね。エルンストにはもう『しょうがないから許してあげます』って言っちゃったの。そしたらね。ものすごく喜んで、次は貴方《あなた》を説得すると張り切っていたのよ。だから、『彼女にはもうお話はされたのですか?』って聞いてみたら『まだだ』って。『君達の理解を得てからだ』って言うじゃない。しかも、声かけすらされてないって聞いてもう呆れてしまって……。『そんなに魅力的なご令嬢ならこうしている間に、どなたかとご婚約されてしまうかもしれませんよ』って言ったら血相変えて飛び出して行ったのよ」

抑えきれないといった風情でくすくすと笑う皇后を前に、グランドールはため息をついた。

皇后が後押しするなら、どうしようもない。それに自分も一つくらい陛下の望みを叶《かな》えてやりたいと思う。それからは五月蠅《うるさ》い蝿《はえ》を払いつつ、陛下の望むようにした。陛下は、自分が今まで見たこともない幸せそうな顔をするようになった。

あの隣国との戦争が始まるまでは。

国内の一部の有力貴族の内通で始まった隣国との戦争は、莫大な戦費と兵力だけでなく、国内の貴族の結束の崩壊も引き起こした。再度結束させるには、どうしても有力貴族達の力が必要となり、新たに数人の妃達が召された。

そして、グランドールはベアトリーチェのもとに通うのなら、その分新たな妃達のもとに通ってほしいと進言した。新たな妃達の実家は、抜けた貴族達の穴埋めになるような家だった。その貴族達の力が今の帝国にはどうしても必要だからと。

陛下は顔を強張《こわば》らせ、わかっていると言いベアトリーチェのもとへは段々と通わなくなっていった。

帝国の危機が一番深刻だった頃、ベアトリーチェの父親が戦死し義父への餞《はなむけ》にベアトリーチェの離宮に行ってから渡りが途絶えた。

恨まれるのは陛下ではなく、進言した自分だ。

「いえ、そうはお見受けいたしませんでした」

マルガレーテの言葉に、グランドールは意識を戻した。

「アデライーデ様から、そのようなことは感じられませんでした。ただ皇女の務めを果たすと、その決意だけは、はっきりと伝わってまいりましたが……」

「そうか……」

「……アデライーデ様も陛下にどう接すれば良いかお悩みなのではないでしょうか。まだ十四歳なのですから。しかし、とても十四歳とは信じられないくらいの落ち着きと風格と申しましょうか。品がございました。今までの、どの皇女様よりもです。これまで離宮のみでのご教育とは思えませんでした」

「そうか……わかった。ご苦労だった。もう下がって休んでくれ」

マルガレーテは、グランドールに淑女の挨拶をして下がっていった。

※※※

マルガレーテの退出後、茶器を片付けたマリアはうっとりと鴇羽色《ときは》のドレスを眺めている。

「素敵ですねぇ。今までもいろんな方にお仕えしてドレスを見る機会は多かったのですが、こんなに素敵なドレスは見たことがないです……」

「そう？」

「ええ！　仕立てても素晴らしいし……それにこの鴇羽色って幸せの色と言われているのですよ。既婚者や年配の方のドレスの一部に差し色として使うことはありますが、ドレスではこの色は若い女性しか仕立てないです。大抵は両親が娘の幸せを願って社交界デビューの時に仕立ててくれます。グランドール様はベアトリーチェ様の代わりにアデライーデ様にお作りになったのでしょうね」

「そう……そうかもね」

（成人式の着物みたいな感じね。親が子のために用意する最後の衣装……。ベアトリーチェも用意したかっただろうな……）

陽子さんは、どうしても今はアデライーデよりベアトリーチェの気持ちを考えてしまう。

（私も用意したかったな……見たかった）

薫から、着物は苦しくてイヤだから、その分を短期留学費用にあてて欲しいと言われ、少々モメたが雅人さんの「好きにさせればいい」の一言で薫は留学していった。

陽子さんは、ドレスに近寄りそっと触れてみる。

柔らかい生地はしっとりとした光沢があり絹のような指ざわりがする。繊細なレースは広めのデコルテを少し隠すように使われている。まだ十四歳のアデライーデには少し大人《おとな》っぽいようなデザインだったがレースのおかげで品良くなっている。

「アデライーデ様、もし良かったら裏地に一刺し縫ってもよろしいでしょうか？」

「一刺し、何を縫うの？」

「母親や姉妹が、成人する娘のために裏地に何か簡単な刺繍をするのです。私は、刺繍はちょっと……難しいので一刺しだけでもと思いまして」

「マリア……ありがとう！　嬉しいわ」

マリアもきっと家族にそうされて祝ってもらったんだろう。

「ねぇ、マリアの時はどうだったの？」

「私の時でございますか？」

マリアはいやーな顔をして答える……。

「私の時は母のお古を仕立て直しまして……」

「あら、素敵じゃない？　代々のアンティークドレス」

(そう言えば、お母さんの着物で成人式をって、この前テレビでやっていたわね)

「アデライーデ様、あれはアンティークなどではなく、古着です！　裏地の刺繍は、シミかと思いましたもの」

母親のドレスをきれいに洗ってから、あーでもないこーでもないと言いつつ仕立て直したこと、父親がデコルテが広すぎる！と注文を出し、なかなかデザインが決まらなかったことなどを教えてくれた。

（いいご家族なのね）

陽子さんは、ほっこりしながらマリアの話を聞いていた。

刺繍自慢の母親は紋章を入れたりするらしいが、マリアの実家は「実用縫い」一辺倒だったらしく芸術的な「何か」が縫われていたらしい。

マリアに裁縫箱を持ってきてもらい、好きな色を使ってと差し出した。アデライーデの裁縫箱は上部が開き三段の引き出しがついている、とても美しい飾り彫りの入った裁縫箱だった。上部には針と針山と色とりどりの刺繍糸が収められている。その中からマリアは薄い緑の糸を選びスカート部分の裏地に三針ほど縫ってくれたので、糸切りバサミを探して引き出しを開けた。その時、一番目の引き出しに、刺繍枠に挟まったままのハンカチを見つけた。

（これは……）

引っ張り出すと、盾を背景に二匹のライオンが百合《ゆり》を咥《くわ》え向かいあっている紋章の周りを蔦《つた》が取り囲んでいる見事な刺繍だった。

「フローリア帝国の紋章でございますね。蔦が紋章を囲んでいるのはアデライーデ様の図案ですか？」

「そう……ね……」

アデライーデは、指で刺繍をなぞる。そして、ハンカチを元の引き出しにしまい、次の引き出しから糸切りバサミを見つけるとマリアに差し出して糸を切ってもらった。

暖炉の前でいつものようにワインを用意してもらいマリアにおやすみを告げると、さすがに明日の陛下との対面があるのでマリアは「少しだけ早くお休みください。明日は忙しくなりますから」と言い下がっていった。

「ありがとう。そうするわ」

マリアを見送ったあと、先程見つけたアデライーデが最後に刺繍していたであろうハンカチを、裁縫箱から取り出す。完成され、あとは枠から外すだけだ。

陽子さんはハンカチを枠から外すと、それを四分の一に畳み刺繍を指でそっとなぞった。

丁寧に刺繍されたフローリア帝国の紋章と蔦。

蔦の花言葉は「永遠の愛」だ。その花言葉を、雅人さんと新婚旅行で行ったヨーロッパでたまたま通りかかった教会の前の花屋から教えてもらった。

「新婚さんなの？　ここは地元では有名な教会なのよ。ブーケを持って写真でも撮らない？」

今思えば本当に有名な教会か疑わしい。ブーケを売るための営業トークかもしれないと思うが、蔦の絡まった可愛《かわい》らしい石造りの古い教会を見て記念にと作ってもらったブーケが、多弁の丸っこいバラに蔦のブーケだった。

「でも、花屋としては人生で何度か結婚する人が増えると良いんだけどね」

新婚カップルの前でブラックジョークを言いながら、サービスだと写真をたくさん撮ってくれた。

明日の午後からのご挨拶では王宮大書庫で花言葉を調べることはできない。この異世界でも蔦がもとの世界と同じ花言葉を持つとは限らない。

この刺繍の図案もたまたまかもしれない。

それでも陽子さんはこの刺繍を眺め、少なくともアデライーデは父親を憎んだり恨んだりはしていないのではないかと思う。

紋章のライオンは優しげだ。

絵や刺繍の図案に意味をもたせるのは、この世界でも一緒だろう。ハンカチを裁縫箱に戻し、ワインを呷《あお》ると陽子さんは明日に備えて早めにベッドに入った。

第四章

小謁見の間にて

翌朝、いつものように起き軽めの朝食をとると、マリアにバスルームに連れ込まれた……。

「ね……ねぇ、マリア？　ご挨拶は午後からよね？　ちょっと早くないかしら？」

「間に合うかギリギリでございます、今から身体《からだ》を温めて香油で全身マッサージをしてから再度お風呂に入っていただき、それからお肌と髪を整え軽いお食事をしていただき、仕上げのお化粧をいたします」

（えええええ……どれだけ時間がかかるのよ）

「じゃ、マッサージは良くないかしら？　どこも痛くないし」

「痛み取りのマッサージではありません。美容マッサージです。他の皇女様達は、毎日してらっしゃいますよ。アデライーデ様はずっとご遠慮なさっていたのですから、本日くらいはいたしますわ」

（……いたしましょうかではなく、決定なのね）

マリアの目は燃えている。

マリアのやる気スイッチは昨日ドレスを見た時から、すでに入っている。アデライーデの所に異動になった時、ローズからアデライーデ様の容姿や待遇の良さのことは言わないようにと釘《くぎ》をさされていた。

「良い職場を荒らされたくないでしょう？」

そうやって笑って言われたので出会いもない職場だと同情されたり、アデライーデ様は噂《うわさ》と同じか聞き出そうとする同僚達の質問には、噂通りだと苦笑いでごまかしていた。

本当のアデライーデは美しく優しくて、「あんな噂はデタラメよー」と叫びたいくらいであったが、噂が実は違うと知れれば、アデライーデに出たくもない茶会やパーティなどの招待が来る。そんなことにはさせられない。

耐え忍んだこの数ヶ月。

だが、しかし！　あと少しでバルク国に出立だ。

しかも今日は陛下に十年ぶりにアデライーデの姿をお見せするのだ。ここは侍女として、私の持てる技術のすべてを使って完璧に仕上げるのだ。あのドレスに負けないくらいに！

指をワシワシとぐーぱーして、気合を込める。

（こ……怖いわ……マリア……腰が抜けそうよ……）

陽子さんは温かいはずのバスタブでぷるぷる震えながら、マリアの闘志になすがままに翻弄されていく……。マッサージ、お風呂、ヘアメイクと、途中で食べたであろう軽食の味も何もわからずドレスを着せられお化粧されていく。

どのくらいの時間が過ぎたのか、マリアの「ご覧ください」と持ち出した姿見を見て驚く。

「これは……」

鏡の中には妖精と見紛うばかりのアデライーデがいた。

艶《つや》やかな髪は緩やかで複雑な編み込みのあるハーフアップに結われ、ほんのり色をつけたお化粧はアデライーデの元の美しさを損なわず、可愛《かわい》らしい唇はいつもより少しだけ濃い紅をさしている。

「綺麗だわ……マリア。ありがとう」

振り向いてマリアに礼を言うと「アデライーデ様が元々美しいのです。私はほんの少しお手伝いしただけですよ」とマリアは満足げに頷《うなず》く。そして、お化粧台の上に置いてあった黒いビロード仕立ての宝石箱からプリンセスレングスの真珠のネックレスを取り出すと、アデライーデの首にかけた。

「先程、マルガレーテ様がお持ちになりました。グランドール様からこれをおつけになってくださいとのことです」

巻きのしっかりした粒ぞろいのピンクパール。

「帝国でもめったに手に入らない南の大陸からの舶来物の真珠ですわ」

そう言って、マリアはネックレスとお揃《そろ》いの揺れるピアスでアデライーデを飾った。前世で真珠は馴染みの深い物だが、内陸国の帝国での価値はどれくらいだろうと思っていると、王宮と繋《つな》がるドアの呼び鈴が揺れる。

マリアが応対し、グランドールがエスコートに来たと告げられた。

グランドールはこの国の正装なのだろうか、深い黒の衣装に左胸に勲章をいくつもつけ帯刀していた。いつもながら、なかなかの美男子だ。

アデライーデを目にすると、一瞬見開いた眼を伏せ胸に手を当て挨拶をする。

「アデライーデ様、本日の佳《よ》き日、誠におめでたく心よりお祝い申し上げます」

恭《うやうや》しく挨拶をされ陽子さんはアデライーデとして応《こた》える。

「祝辞をありがとうございます。本日を迎えられたのもグランドール様のご助力にございます」

グランドールの挨拶を淑女の挨拶で返す。

「……では、参りましょうか」

グランドールはアデライーデの半歩前まで来て、軽く左腕を曲げる。

陽子さんは、以前見た映画を思い出しグランドールの腕にそっと手を添えた。グランドールはアデライーデの手が添えられたのを確認してからゆっくりと歩き始める。

アデライーデの部屋から輿入《こしい》れの挨拶をする小謁見の間まではそれほどは遠くない。元々アデライーデが使っている部屋は、国外から来た要人のための客間だからだ。

高齢なゲストも多いので謁見や挨拶、急な交渉を行いやすいようにこの客間は小謁見の間や会議室の近くに建てられている。警護のため、他の客間と違い独立性があり、王宮の者ですら許可のない者は訪れることはない。無論、部屋を囲むかなり広い庭も同じだ。当たり前だが、偶然……道に迷って……では入れない造りになっている。

アデライーデが王宮に移ってからも王宮の人々の目に触れなかった理由の一つは、この客間に住んでいるからである。そして、マリアも寮から出てこの客間の従者の部屋にいるので滅多なことでは同僚達には捕まらない。

陽子さんは、回廊横の咲き誇る庭の花々を、なんて素敵なんだろうと眺めつつ歩いていた。今、自分はごっこ遊びではなく本当にお姫様で隣には騎士がいてドレスを着て王様に会いに行く……。

夢のような設定だ。

子供の頃、夢中で読んだフランスが舞台の某大人気有名少女漫画の世界に入ったかのようだ。グランドールはちょっと年上だが、髪をもう少し伸ばせばアンドレと言ってもおかしくないかもしれない……。そう思って、チラッとグランドールを見ると、視線に気がついたグランドールと目が合いそうになる。

こんな至近距離で雅人さん以外の異性と目が合うなんて、健康診断の時以来だ。

慌てて目をそらして前を向くと、回廊の端にいた二人の儀仗《ぎじょう》兵が王宮の中に通じる扉を開けた。

王宮の廊下に入ると、石造りの王宮らしく外より少しひんやりした空気が流れている。高い天井に赤い絨毯《じゅうたん》が敷き詰められている廊下をグランドールにエスコートされ、ゆっくりと歩を進める。

アデライーデ達の後ろには、マリアを真ん中に儀仗兵が二人つき一行を護衛している。

(まるで、バージンロードね。そう考えると、グランドールはお父さん役かしら……。花婿《はなむこ》って年ではないわね……。グランドールにアデライーデくらいの年の娘がいてもおかしくないわ。小さい頃からの側近なら陛下ともあまり年が変わらないはずだし)

そう思って、またチラッとグランドールを見ると今度はばっちり目が合った。首をあまり傾けず見おろすような黒い目が少し心配しているような色になった。

「どうかされましたか？」

「あ、いえ……バージンロードを歩いているようだと思いまして……」

「！　……………」

グランドールの歩調が少しだけ乱れたような気がする……。

(もしかして……グランドールは花婿ポジションと思ったのかしら)

それは微妙なことを言ったかもしれないと慌ててフォローした。

「あ……グランドール様もお嬢様の結婚の時の練習になるかもしれませんね」

陽子さんは、貴方《あなた》はお父さんポジションよと仄《ほの》めかす。

「…………。おりませんので……」

「？」

「娘はおりませんので……」

「え？　あ！　あぁ……息子さんがいらっしゃるのね」

「いえ……………」

陽子さんも歩調が少し乱れる……。

（しまった……お子さんいらっしゃらないのかも……）

「私は現在、独《ひと》り身《み》ですので……」

「バツイチ⁉」

（あう……。声に出ちゃったわ……）

「バッツ？」

「いえ、コホン……なんでもありません…………お気になさらず……」

陽子さんはそっと目をそらし、ぎこちない笑顔で前を見る……。妙な汗が、背中をたらりと流れた。

妙な汗をかいているのはグランドールも同じだった。

確かにドレスも装身具も用意しろと指示を出した。

しかし、女性の喜ぶことなど何一つわからないと自覚だけはある。アデライーデの客間の支度を侍従に出した後、最終確認を頼んだマルガレーテに「どのように指示を出されましたか？」と冷たい笑顔で言われ、侍従と共に戦慄を覚えたのは記憶に新しい。

なので、アデライーデのドレスや装身具に関してはマルガレーテに丸投げした。

ただのエスコートに過ぎないのに、自分を養い親のように言われグランドールは戸惑っていた。何か知らない言葉を言われたが、あれは最近の若い者達の言葉だろうか。影の者達に調べさせねば……。

（いや。それは後で……ここは、無難にまとめよう）

バッツ……。

バツイチの言葉の意味にグランドールが辿《たど》り着くことは永遠に無いのだが……。

「宰相としてこの身は陛下と帝国に尽くしておりますので、いずれ弟の子供達の誰かを養子にして跡を継がせる予定でございます。本日はアデライーデ様に花嫁の父のようだとお言葉をいただき身に余る光栄でございます」

グランドールは、アデライーデに感謝の意を述べた。

(上手《うま》くまとめたわね。さすがだわ)

陽子さんは、これ幸いとグランドールの話に乗った。

「私も、心強いですわ……」

何が心強いか陽子さんにはわからないが、場をまとめるのは大事だ。

見かけは穏やかに、二人はそれぞれ別のことを思いつつ内心では冷や汗をかきながら体裁を取り繕う……。


そうこうするうちに、二人は小謁見の間に着いた。近衛兵《このえ》の手によって、ゆっくりと扉が開かれる。

小謁見の間という名であるがかなり大きな空間だ。庭に面した大きな窓から入る光は、柔らかに室内を明るくしている。

一段高く高座が設《しつら》えられ、そこに玉座が据えられている。庭とは反対側の壁際には陛下の侍従達が並び玉座の両脇には近衛兵が二人ずつ配置され、他の貴族や皇后の姿はなかった。

アデライーデはそのままグランドールにエスコートされ、玉座の前へと進む。

歩みを止めたグランドールの腕から手を離すと、グランドールはアデライーデの一歩右斜め後ろに下がり、マリアは侍従の末席に静かに着いた。

すぐに小さなベルの音が小謁見の間に響く。

近衛兵が「皇帝陛下の御成りでございます」と触れを出すと高座の後ろのドアが開き、陛下が入ってきた。アデライーデは教えられた通り、引いた脚の膝がつくほどに深く淑女の礼をとり陛下の声がかかるまでそのままの姿勢で待つ。

(若くないとできないわ……でもアデライーデの身体は覚えているのね)

玉座に座るかと思いきや、意外に高座の前に陛下は立った。

「面《おもて》をあげよ」

陛下の声がかかると、アデライーデは深い姿勢のまま口上を述べる。

「陛下にはご機嫌麗しくお喜び申し上げます。アデライーデ、本日皇帝陛下にバルク国王アルヘルム・バルク様のもとへ嫁ぐご挨拶に参りました。本日までの陛下の御恩に報いるため、嫁いだ後もフローリアの名に恥じぬように過ごす所存にございます」

婚儀の挨拶を奏上しゆっくりと顔を上げ、目線は陛下の胸のあたりで止め、膝をゆっくりともとに戻す。同時に目線を陛下に向け陛下に微笑《ほほえ》む。

優雅で皇女らしい完璧な挨拶をアデライーデはやり遂げた。

陛下は、アデライーデと同じ色の髪と瞳《ひとみ》を持つ。しかし、艶やかさは少しくすみ、瞳は長年の激務のせいなのか翳《かげ》った濃い色に思えた。

その瞳がアデライーデの視線と交わると大きく見開かれた。

アデライーデの微笑みを瞳に映すと、驚きと動揺。喜びと後悔、そして悔恨《かいこん》の色をその瞳に映し、口は何かを呟《つぶや》くように薄く開けられたが、一瞬のうちに色はかき消され音にならない言葉は呑《の》み込まれた。

グランドールが口上を添える。

「第七皇女、アデライーデ・フローリア様。皇帝陛下への輿入れのご挨拶にございます」

グランドールは胸に手を当てお辞儀をする。

「うむ、この婚儀をめでたく思う。アデライーデよ。バルク国に嫁いだ後も息災であれ」

陛下が、決められた祝いの言葉を口にすると、アデライーデは先程と同じような深さに膝を折り返礼をする。

これで……輿入れの挨拶は終了した。

マルガレーテに教えられた手順では、陛下の祝いの言葉を受け一拍した後にグランドールが一歩前に進みアデライーデをエスコートして退出すれば、陛下への挨拶は終わるはずだった。

しかし、グランドールはその場にとどまっている。

(私……流れを覚え間違えた？)

戸惑っていると侍従達が一人を残し静かに退出する。エスコートなく動くわけにはいかないアデライーデはその場にとどまるしかない。

やがて、侍従達が退出し終わった頃。グランドールが一歩前に進みアデライーデに手を差し出す。差し出された手に右手を添えると、グランドールはアデライーデを陛下の前までエスコートしてから手を離し、二人から少し離れたところに下がっていった。

「アデライーデ……久しいな」

「はい……」

陛下は先程とは違い、おずおずと声をかける。

「王宮での暮らしに不足はなかったか？」

「はい」

「心安く過ごしておるか？」

「はい」

陛下はアデライーデを見つめ、アデライーデは陛下から目を離せなかった。

陛下の目に悔恨の色が強く滲《にじ》む。アデライーデを見ているようで見ていないようなその瞳は、小刻みに揺れている。

そして、震えるその乾いた唇から言葉を絞りだした。

「余を……私を……恨んでくれて構わない」

「え………」

エルンストは、アデライーデにそう願った。

「皇帝とは名ばかり……即位してから国民に平和も与えられぬ。ベアトリーチェと……そなたの母と交わした皇帝として必ず平和を帝国に取り戻すという約束は、十年経《た》った今も完全には果たされておらぬ……ベアトリーチェが病に伏せていたことも知らず、身罷《みまか》った時も一人で逝かせ……お前の側にもいてやれなかった……何一つ……何一つ皇帝としても……伴侶としても……父としても何一つ満足にできぬ！　与えられるばかりで、務めには何一つ応えられぬのだ……」

絞り出した声でエルンストはアデライーデに告白する。

エルンストの両の手は固く握りしめられ震えていた。

※※※

目の前に娘がいる……最愛のベアトリーチェに生き写しのアデライーデ。

微笑む笑顔も出会った頃のベアトリーチェにそっくりな娘。

皇后やグランドールに止められても、どうしてもベアトリーチェが欲しいと抑えられず、願って自分だけのものにした。

ベアトリーチェが妃として自分のもとに来てくれた時は、この上ない幸せを感じた。夢中になり幸せを日常に感じるようになった頃、時々どうしようもない不安に襲われるようになった。

自分のもとに上がらなければ、伯爵令嬢として相応な婚姻をし、ベアトリーチェであれば相手といたわり合える夫婦となれたかもしれない。

皇帝に乞われれば家としても断ることができぬと、自分のもとに来たのかもしれない。

もしかしたら、心を押し殺し家のためと他の妃と同様に『皇帝』に仕えているのかもしれない。

一緒に過ごし幸せを感じていてもベアトリーチェにどう思われているか不安だった。

自分が幸せと感じるのと同じくらい幸せと感じてくれているのだろうか。自分はベアトリーチェを幸せにしているのだろうか……。

その笑顔は本心なのか？

それを聞くのが怖かった。

ベアトリーチェなら幸せと感じてくれているはず……。いや、もしかしたら……。

聞いてその笑顔に少しでも曇りを感じてしまったら、この幸せはなくなってしまう……。

だが、ある日思わず言葉にしてしまった。

「君は幸せなのか？」

ベアトリーチェは、驚いたような顔をした。そして、はにかむように笑うと、するりとエルンストの胸に入る。

「幸せですわ」

ベアトリーチェはエルンストを見上げる。

「恐れ多いのですが……陛下が陛下でなくとも、私《わたくし》、きっと陛下に恋をしましたわ」

エルンストは、ただのエルンストとして愛するベアトリーチェと真実の愛を分かち合っていると、この日知った。

アデライーデが生まれ、二人から三人になった幸せを離宮の中だけで味わった。

隣国との戦争の始まりで、二人の会える時は目に見えて減っていった。

ベアトリーチェは社交に滅多に参加しなかったが、それでも帝国の窮状は彼女の耳に入っていたようだ。何ヶ月も会えなくとも、訪れればいつものように迎えてくれ笑顔で送ってくれた。義兄殿と義父殿が続けて身罷られた時、泣くベアトリーチェに約束したのだ。皇帝として帝国に平和を取り戻すと。

自分が不甲斐《ふがい》ないばかりに帝国は窮状におちいってしまった。義兄殿と義父殿の死を無駄にはしない。しばらくここには来られないかもしれないが待っていてほしいと言うと、ベアトリーチェは「ええ、お待ちしております」と、笑ってくれた。

そして「いつも陛下と共におりますわ」と帝国の紋章を守るように蔦《つた》が取り囲む刺繍《ししゅう》が入ったハンカチを差し出した。そして、昼間アデライーデが「お父様にあげる！　アデライーデが『ちちゅう』したのよ」と手渡してくれた葉の刺繍のハンカチを重ねた。

「これで私達《わたくしたち》はいつも一緒ですわ」

渡された二枚を左胸の内ポケットに入れ、必ず帝国に平和を取り戻すと約束し別れたあの日。

一日でも早くと寝る間も惜しんで奔走したが気がつけば十年の年月が流れ、やっと国外との戦争の火種が落ち着き、もう少しという時に気づけばベアトリーチェは一人で逝ってしまっていた。

道化のようだ……。

一番大事な人を失い娘も蔑《ないがし》ろにし、自分は何をしていたのだ。

そう思うと、アデライーデに会いにも行けなかった。

こんな父親には会いたくもないだろう……。

アデライーデにしてみれば、母親と自分を放置し続けた覚えてもいない父親だ。恨まれ憎まれていても仕方がない。

そして、この輿入れだ。アデライーデはきっと、父親を憎み恨むだろう。だがそれでいいのだ。

これは罰なのだ。二人を不幸にした自分への罰。

そう覚悟を決めこの小謁見の間に入り、挨拶をしたアデライーデを見て驚いた。

十年ぶりに会った娘はベアトリーチェに生き写しだった……。幼い時もアデライーデは母親似ではあったが、ここまで似ているとは……。

(ベアトリーチェ……)

思わず駆け寄りそうになるのを必死で抑え、決められた言葉を口にするだけで精一杯だった。

娘は自分に微笑みかける。ベアトリーチェにそっくりの顔で……。

グランドールの計らいで手を伸ばせば触れられるところまで娘は来た。

睨《にら》みつけられ拒絶されるのを覚悟していた。

それなのに何を話せばいいのか……。

微笑む娘に言葉が出てこず、ありきたりなことしか口にできない。

娘は、微笑んでくれる。問いに応えてくれる。

臣下のように……。

決して、あの頃のようにお父様とは呼ばず……。

そうだ……自分は二人に許されないことをしたのだ。

罰せられるべき自分は……。

自分は……アデライーデに許されるべきではないのだ。

そう思うと、口に出たのは、

「余を……私を……恨んでくれて構わない」だった……。

そして、エルンストは胸に溜《た》まっていた悔恨の言葉を口にした。この十年……いや皇帝になったその日から思っていた。

そしてベアトリーチェを失ったと知った日から、今日この日まで、何度も何度も己を罵り続けた言葉を口にした。

※※※

(この人は、きっと真面目で不器用な人なのね)

「陛下……いえ。お父様」

アデライーデはエルンストに声をかける。

エルンストは、弾《はじ》かれるようにアデライーデを見た。

「私はおふたりの間のことはわかりませんが、きっと想いあっておられたと思います。あまり会えずとも深い絆《きずな》があって……それにお母様も決して不幸ではなかったと思います。そう想いあえる相手と出会えること自体、奇跡のようなものだと思います」

そう……二人の間のことは二人にしかわからない。夫婦とはそういうものだ。

簡単にベアトリーチェが幸せだったとは言えないが、少なくとも不幸ではなかったはずだ。アデライーデが残した刺繍を見てそう思うのだから。

エルンストはカラカラになった口を開き、

「そうなのか……ベアトリーチェは…………」

と、ベアトリーチェの名を絞り出す。目に浮かぶのは、ベアトリーチェの姿ばかりだった……。

「私は……お前に何もしてやれなかった。物心つく頃から今までずっと……」

「…………では、お父様」

そう言うとアデライーデは一歩踏み出し、はにかむように笑うと、するりとエルンストの胸に飛び込んだ。

「抱きしめてください、お父様。お母様の分も十年分」

そう言うと微笑んでエルンストを見上げる。

エルンストは動けなかった。

あの日のベアトリーチェと、この腕の中のアデライーデが重なる。

抱きしめられるのか……。

一度失ったものを、この手に取り戻せるのか……。

許されるのだろうか……。

手が鉛のように重く、ノロノロとしか動かない。

そんなエルンストに構わず、アデライーデはエルンストを抱きしめる。

エルンストもやっと、アデライーデを抱きしめた。

小さかったアデライーデ。抱き上げると、きゃっきゃと喜んでいた。

腕にすっぽり入っていたのに。

いつの間にか、こんなに大きくなっていたなんて……。

失われていた十年のなんと長かったことか……。

エルンストは嗚咽《おえつ》を漏らし、アデライーデを強く強く抱きしめる。

失った十年を取り戻すかのように、強く。

(これで良かったのよね。アデライーデ……)

二人を見守ったのは、宰相とマリアと侍従長。そして護衛騎士達だけだった。

※※※

「よろしかったのですか?」

「謁見のこと?」

その時刻、皇后は自室のソファで寛《くつろ》いでいた。午後のお茶を運んできた侍女の問いに、サーブされたお茶を一口飲んで皇后は言った。

「はい。ご一緒にお出ましになられなくて良かったのでしょうか」

「私、野暮じゃないのよ」

皇后は笑って二口目を口にする。

「久しぶりの親子の対面に、私がいてもね……」

そう言うと皇后はティーカップをテーブルに置き、テーブルフラワーの白いマーガレットを眺めた。

皇后は、アデライーデに会ったことはない。

正確には、命名式の時に赤子のアデライーデを見たことはあるがそれっきりである。本来結婚の挨拶には皇帝と皇后が同席するものだが、本日の出席は遠慮した。

（本当に、エルンストは生真面目すぎて融通の利かない人なんだから……）

皇后はベアトリーチェのことを好んでいた。そして、純粋にエルンストを愛していたベアトリーチェを姉のような気持ちで見守っていた。皇后はエルンストのことを大事に思っているが、二人の間にあるのは男女の情ではなく、すでに家族愛に近い。

そのエルンストがどうしてもと望んだ相手が、エルンストの想いを利用するような輩《やから》なら「それなりの対処」をしなくてはと思い、妃に迎えてしばらくしてからベアトリーチェを二人だけのお茶会に誘い話をしたことがある。ベアトリーチェは緊張しつつも皇后に礼を尽くし、皇后は思いの外《ほか》楽しくお茶の時間を過ごしたのだ。

なんの駆け引きも社交の話もなく、ただ好きな花や家族の話、領地で流行《はや》っているという庶民のお菓子や祭りのことなど嬉《うれ》しそうに話すベアトリーチェに、エルンストは良い妃を選んだと安心した。念のためにグランドールに命じて、自分の判断に間違いがないか裏付けを取るようにも依頼した。数ヶ月後の報告にも満足がいくものがあった。

ベアトリーチェの実家のコルファン伯爵家も、ベアトリーチェが妃に望まれた後、縁を持ちたい貴族からの引き合いや妬《ねた》みがあったらしいが、驕《おご》ることなく慎《つつ》ましく過ごしているらしい。

弱小とはいえ堅実な領地経営をしているコルファン伯爵家の領地は治安も安定している。あまりに問題がなさすぎで帝国の会議で一度も俎上《そじょう》に上がらなかったので、国内の貴族を大抵覚えている皇后も思い出すのに苦労したほどだ。娘が妃になれば、これを利用して権力に取り入ろうとする貴族社会の中では異質だった。

何度目かの二人だけのお茶会の時にベアトリーチェが皇后に聞いてきたことがある。

「王宮でのお茶会というのは、よく開かれるものなのでしょうか」

「陛下主催のお茶会？」

「いえ……他の妃の方の主催のものです……」

「そうね。規模を問わなければ割とあるわね」

「そうですか」

「…………出席は必須じゃないわよ」

ベアトリーチェの顔に驚きが見えた。

「呼びたい方をご招待するけど、いちいち受けていたら毎日お茶会になってしまうわよ。お茶会の場合は公式行事ではないから、適当に断って大丈夫よ」

「そうなのですね。でも、私は新参ですので……」

「妃はね、平等なのよ。一通りの妃達のお茶会には呼ばれたの？」

「はい」

「それなら、義理は果たしているわ。何かあったの？」

「いえ！　特には……ただ……」

「ただ？」

「私にはよくわからないお話が多く、お返事に失礼があってはと、思いまして」

ベアトリーチェはもじもじと困ったような顔をして答えた。

（洗礼ね……）

これまでの妃は皇后が選定し、会議の承認後内定を打診される。だが、ベアトリーチェは皇帝自身が強く望み妃になった。対外的には皇后が推薦したことになっているがそうでないことは皆が知っている。

皇后の推薦という枷《かせ》がある以上、妃の身分は平等だ。しかし陛下の寵愛《ちょうあい》があれば一歩抜きん出ることができる。だから、誰か一人に寵愛が集中しないようにお互い牽制《けんせい》しあっているのだ。陛下の寵愛がベアトリーチェに固定される前に、妃達はお茶会でベアトリーチェにマウントをとっているのであろう。

ベアトリーチェはその年成人したばかり。それに高位貴族として社交のマナーは教えられていても実際の社交の経験は無いに等しく、年上の他の妃の中にいて、やられ放題なのは想像に難《かた》くない。

「無理に出なくてもいいのよ」

「そう……でしょうか……」

「それに珍しいのは最初だけで、そのうちお誘いも落ち着くと思うわ」

皇后の言葉に少しホッとしたようなベアトリーチェを見て、皇后は微笑んだ。

(この子は社交には向かないわ)

皇后との二人だけのお茶会もベアトリーチェに限ったことでなく、すべての妃と必要に応じて行っている。皇后にとっては仕事の一つだ。

妃達は会話の中に、実家からの要望や他の妃の実家の噂などを織り交ぜてくる。それはそれでいいのだ。彼女達の実家からの使命で帝国にとっても重要な事案の糸口になることもある。

ただベアトリーチェとのお茶会では何も無い。会えば、他愛もない話題で時間を過ごす。社交の中で生きてきた皇后には、ベアトリーチェとのお茶会は人生で初めての経験だった。

エルンストを挟んで本妻と側室ではあるが、皇后は、姉のような気持ちになるこの奇妙な関係の『友人』とのお茶会を密《ひそ》かに楽しみにしていた。

（エルンストもきっと、こんな気持ちなんでしょうね）

皇后はその日のベアトリーチェとのお茶会を終わらせると、グランドールを呼んでベアトリーチェの側仕えに「気が利く」者をつけさせるように指示を出した。

マルガレーテの選別と付き添いにより、ベアトリーチェへのお茶会の誘いは無くなっていった。エルンストがベアトリーチェの離宮に行かなくなっても、『友人』とのお茶会は細々と続きアデライーデの成長も聞いていた。

アデライーデの成長をエルンストより早く聞くのは、少しおかしいと思いつつ……。

いつだったか、エルンストにグランドールの進言も理解できるが、ベアトリーチェに会いに行ってもよろしいのではなくてと、話を向けたが「グランドールからの進言だけでなく自分がベアトリーチェと約束したから」と、やんわり断られた時には、生真面目もすぎると呆《あき》れ返った……。

お尻を叩《たた》いてでもベアトリーチェのもとに送り出そうかとも思ったが、一日でも早く帝国に平和をと奔走するエルンストに呆れつつも、平和になれば二人が会えるようになると共に頑張ってきた。

だがベアトリーチェが亡くなったと聞いた時、友人の死に激しいショックを受けていたが、皇帝が執務をとれない今、皇后である自分がしっかり政務代行をとらなければならない。この状況で陛下にショックを与えることはできないと、グランドールの「陛下が回復するまではお伝えしません」との申し出に頷くしかなかった。

病が回復してから、ベアトリーチェの死を知ったエルンストは呆然《ぼうぜん》として数日部屋から出てこなかったが、その後はいつもと変わらないように淡々と執務を執り行った。エルンストは変わらないようにしていたが、心がここに無いことは皇后には分かった。

アデライーデとの再会にエルンストは怯《おび》えているように見えたが、皇后はアデライーデがエルンストを憎むようなことは無いと信じている。

エルンストとベアトリーチェの娘だ。

ベアトリーチェが大事に大事に育てた娘だ。

きっと今頃、空いた時間を埋めるように過ごしているに違いない。

そこに自分は不要だ。

「ね……ベアトリーチェ。いつかまた貴女《あなた》とお茶を飲みたいわ」

白いマーガレットが微《かす》かに揺れた気がした。

第五章

披露宴とソファ

結婚の挨拶からあっという間に日が流れ、明日は夕方からアデライーデの祝賀の席……つまり結婚披露宴の日だ。

相手は不在だが……。

あの日陛下は長くアデライーデを抱きしめた後、小謁見の間の庭にアデライーデを誘い、ベアトリーチェの話をポツリポツリとしてくれた。陽《ひ》が傾く頃、侍従長に声をかけられ陛下とは別れたが、自室に帰ってから号泣するマリアをなぜか慰めるということになった。

マリアが言うには、あの場に残ったマリアと護衛騎士達は全員もらい泣きをしていたそうだ。さすがにグランドールと侍従長は表情を変えていなかったそうだが……。

そして翌日から他の妃達や高位貴族達からの祝いの品が続々と届き始める。

それは、陛下がアデライーデの挨拶後の予定を急遽《きゅうきょ》、すべて取りやめたという噂《うわさ》が王宮を駆け巡ったからである。陛下が今まで閣議を自分のため、まして子供達のために取りやめたことなど一度もなかった。その陛下が閣議をすべて取りやめにするくらいに、アデライーデは陛下にとって大事な存在だという噂が貴族達を動かした。

捨て置かれた妃。その娘を『忘れられた皇女』と軽んじ、ベアトリーチェが亡《な》くなった時にも弔意の手紙や弔花も贈らなかった彼らは、蒼白《そうはく》になった。

この上、アデライーデへの祝いの挨拶や品も贈らないとなると、陛下のご不興を買うかもしれない……と恐れてのことだった。

アデライーデを王宮に引き取るように根回ししたダランベール侯爵は、ひどく焦っていた。捨て置かれたと思っていたベアトリーチェに実はご寵愛《ちょうあい》があり、アデライーデは忘れられていたのではなく、掌中《しょうちゅう》の珠《たま》の如く大事にされていたのではないか……もし、そうであればアデライーデを第六皇女《カトリーヌ》の身代りにしたことを陛下は心良く思ってないのかもしれない。そうであれば早急に手を打たなければならぬ……。皇女にも直接挨拶くらいしておくべきか。

ダランベール侯爵は、イライラと杖をつき自分の侍従に宰相と約束を取るように指示を出した。


その頃、第六皇女《カトリーヌ》の侍女達は控え部屋にこっそり集まり、声をひそめて相談をしていた。侍女達はマリアがアデライーデ付きになったと知っていたが「とりあえず荷物をもってこいと言われたから」と言いマリアが寮を出てからは会っていない。

「ねぇ、今マリアが王宮のどこにいるか知ってる？」

「知らないわ……」

「マリアも今からどこに連れて行かれるかわからないって、言っていたわよ」

「…………」

今ここで中途半端に報告しようものなら、どうにかしてマリアを探し出し、アデライーデと会えるように算段をつけてこいと言われるに決まっている。

「ねぇ……そう言えばマリアって、最後のご挨拶の時に異動いたしますじゃなくて、お暇《いとま》いたしますって言っていたわよね？」

「ええ。確かにお暇いたしますって言っていたわ」

「マリアがアデライーデ様のところに異動になったことは、侯爵様のあのご様子じゃ知らなそうよね」

「じゃ……報告しなくても良いわよね」

侍女達は、頷《うなず》き合い知らぬ存ぜぬで通すことに決めた。


「すごい量ですね……」

「ほんとね……」

マリアとアデライーデは、続々と届く祝いの品を苦笑いしながら見つめる。陛下と会った後の掌《てのひら》を返したような貴族達の振る舞いに、機微に敏《さと》いというか保身が強いというか……ここまであからさまだと笑うしかなかった。

貴族達は閣議の取りやめの知らせが入ってからすぐに、アデライーデに挨拶しようと八方に手を尽くした。ベアトリーチェへの弔意、結婚への祝賀の意、そしてなにより今までご挨拶が遅れていたことを取繕わねばならないが、どうしても伝手《つて》は見つからなかった。

それもそのはず。

アデライーデが住む客間もそうだが、マリア以外のアデライーデに関わるすべての使用人は影達だからだ。お掃除メイドからランドリーメイド、料理人《シェフ》、運搬人《ポーター》や庭師《ガーディナー》に至るまで王宮に配置されている影がすべてを行うことで、アデライーデの情報は一切漏れなかった。困り果てた貴族達は、宰相のグランドールに取り次ぎを頼むが「輿《こし》入れ前のお忙しい時ですので」と、けんもほろろに断られてしまう。それならばせめて祝いの品を渡してほしいと、グランドールに託してきたのだ。祝いの品は影達によって念入りに検分され、目録付きでやってくる。

マリアは目録帳作りに、アデライーデは返礼の手紙を書くだけで一日が終わってしまうほどであった。

※※※

「おお、グランドール殿。忙しいところ時間を捻出いただき申し訳ない」

（このわしを長く待たせおって……小姓上がりの若造が……）

宰相の応接室でたっぷり一時間は待たせられたダランベール侯爵は、そう心の中で毒づきながらもにこやかに挨拶をする。グランドールは落ち着いた笑顔で「お待たせして申し訳ございません」と挨拶をし対面のソファに腰掛けた。

マルガレーテは、お茶を淹《い》れ直して二人にサーブすると壁際に控えた。

「ところで本日はどのようなご用件で？」

お茶を飲みながらグランドールが尋ねると、

「いや、アデライーデ様のおめでたい門出まであとわずか。ぜひ陛下にお会いしてご挨拶をしたいのだが、その前に貴殿に陛下のご様子を伺いたくてな。久々のご再会で、陛下もさぞお喜びであろう」

（ふっ、アデライーデ様をカトリーヌ様の身代りにしたことへの保身か）

グランドールは、面会の打診があった時からあたりをつけていた侯爵のわかりやすい意図に、思わず笑みがこぼれた。その笑顔の意味を図りながらダランベール侯爵は話を続ける。

「あの陛下が大事な閣議をすべて取りやめたくらいですからな。アデライーデ様を遠く嫁がせるのが、お辛《つら》くなっているのでは？」

「いやいや、それはございません」

「と、言うと？」

「アデライーデ様がバルク国にお輿入れされることに変わりはございませんし、アデライーデ様がバルクに嫁ぐことは陛下がお決めになったことです」

ティーカップをテーブルに置くとグランドールはダランベール侯爵に笑いながら言った。

「それに、この輿入れはアデライーデ様のお立場に相応《ふさわ》しい縁組です。陛下もわかっておられるのでしょう。カトリーヌ様には長幼の順を飛ばしてしまい申し訳ないのですが、カトリーヌ様にはカトリーヌ様に相応しいご縁組を陛下はお望みです」

そう告げると、ダランベール侯爵は難しい顔をして、

「いやはや、未《いま》だにご挨拶は叶《かな》わぬが、お噂ではベアトリーチェ様に似てご聡明《そうめい》な姫君らしいですな。カトリーヌ様には荷が重いこのお輿入れもご立派に務められるでしょう」

「陛下は、カトリーヌ様にはより重要なご婚儀を期待されております」

グランドールの言葉に無表情な中にも満足そうな様子を浮かばせ、ダランベール侯爵は帰って行った。

陛下にはご挨拶のお伺いはしてみるが、お忙しく難しいかもしれないとの返しには、仕方がないともったいぶっていたが、彼の望んだ返事は、グランドールから受け取ったようだった。

ダランベールを見送ると、新しいお茶を用意したマルガレーテがグランドールに声をかけた。

「ご機嫌伺いですか？」

「ああ、アデライーデ様が忘れられた皇女ではないと察したようだ。今回の婚儀で陛下の機嫌を損ねてないか気がかりだったんだろう」

「ご自身でアデライーデ様が嫁ぐようにと根回しされたのにですか」

マルガレーテは呆《あき》れたようにダランベールが出ていった扉を一瞥《いちべつ》すると、新しく淹れたお茶をグランドールに差し出した。

「ダランベール侯爵自身は、自分の根回しでカトリーヌ様からアデライーデ様に代わったと思っているようだしな」

戦の報奨としての『皇女のバルク国への輿入れ』は表向きであって、実際は違う。

バルク国は港を持っている。

内陸国である帝国が、他の大陸への交易の足がかりとするべく重要な意味を持つ輿入れなのだ。ゆえにバルク国が小国のうちに帝国への取り込みを狙っていた。友好国として付き合えるかどうかの大事な婚姻なのだが、第六皇女のカトリーヌもカトリーヌの母の実家のダランベール侯爵も現在のバルク国しか見ていないようで、輿入れを嫌い代わりにアデライーデをと、裏で動いたのを陛下は知っていた。

「そうだな……カトリーヌ様ではな……。本人だけではなく後ろ盾も強欲すぎる。耄碌《もうろく》したのか、先が見えぬようになったのは幸いだった」

アデライーデが輿入れとなれば、帝国には利益しかない。母親の実家の後ろ盾が無いアデライーデが輿入れによってもたらす莫大な利益は、すべて帝国のものとなり、嫁いだ皇女の外戚の下手な介入もないからだ。

カトリーヌの性格から、帝国は国外に出すことを危惧していた。しかし、順位と年齢的にバルク国王との婚姻に見合う皇女は十八歳のカトリーヌしかおらず、内々に打診したところ、ダランベール侯爵がアデライーデを推薦するような動きを見せたので、放置しておいた。

無論、陛下もそれをご存知だ。

皇后と三人での会議の時にバルク国との縁組の話となった。

カトリーヌの性格は、母親に似て虚栄心が強く激情家だ。カトリーヌが今のままバルク国に嫁げば、いずれバルク国で問題を起こすのは火を見るより明らかだった。何事かを起こす前に影に対処させるのもやむなしと思っていた皇后とグランドールに陛下は、「あれも私の子だ。あれを御せる相手に嫁がせる」と言われた。

そして陛下はバルク国の調査書を見ながら、アデライーデに嫁がせると二人に告げた。

「アデライーデには穏やかに暮らしてほしい。このまま帝国にいれば、嫁ぎ先もなにかにつけ権力争いに巻き込まれるであろう。だが一国の王妃で帝国の後ろ盾があれば、それも少なかろうと思う。アルヘルム殿は帝国から降嫁《こうか》した皇女を粗末に扱う人物とは思えぬしな」

「エルンスト……貴方《あなた》それで良いの？　嫁げばアデライーデとはほとんど会えなくなるのよ？」

「………アデライーデは私のことなど覚えてはいないさ」

そう陛下は答えると陰った瞳で書類に目を落とした。

「エルンスト……」

「今まで静かな生活をしてきたんだ。できるだけ同じように静かに暮らせるようにしか、私はしてやれないんだよ」

「ね……一度あの子に会いに……」

皇后がアデライーデに会うように勧めるのを振り切るように、エルンストは「いや……いいんだ」と言うと他の議題を出してきて、この話は終わった。

「せっかく親子の時が持てるようになったというのに……」

陛下とアデライーデの再会を間近で見ていたグランドールは冷めた紅茶を飲み干した。

※※※

「ねぇ……マリア。午後から王宮大書庫に行きたいのだけど……ダメ？」

アデライーデは朝食後のテーブルで、紅茶を持ってきてくれたマリアにお願いをしてみた。

「え？　本日午後からですか？　あの『山』をご存知でそれをおっしゃるのですか？」

ジト目でアデライーデを見るマリア。

まぁ、それも仕方ないくらい祝いの品が床にてんこ盛りだ。昨日まで玄関のベルは鳴りっぱなしで、ドアは開けていたほうがいいんじゃないかというくらいだった。今日も朝食が済んだばかりだというのにすでに何個か来ている。

「えーっと、グリフォン様にお借りした本をお返ししてお礼を言いたいし、王宮大書庫の文官の方達にも最後のお礼を言いたくて……。もうお会いできないかもしれないし……」

陽子さんは、借りっぱなしになっている地図や紀行本のお礼を最後に言いたいと思っていた。

「それは……まぁ……お礼を言われたいのはわかりますが……」

マリアは普段のアデライーデの使用人達に対する態度から、直接お礼をしたいのも無理もないことと思っていた。

だが、しかし！

（王宮大書庫へ行って帰るとなれば、早くても四時間【お支度時間込み】。本日中に記帳と返礼が終わるのかしら……。明日は午前中からお支度だし……。ぐぬぬ……。ここは……心を鬼にしてだめと言わないと！）

マリアが葛藤《かっとう》していると、座っているアデライーデにそっと手を取られた。

「ね……もうお会いできないかもしれないし。最後に……」

と、アデライーデが大きな青い瞳《ひとみ》をうるうるさせながら上目遣いでお願いをしてくる。

（か……可愛《かわい》い……！　アデライーデ様のひきょうものー！）

「ね。お願い」

アデライーデ［中の人　陽子さん］はマリアを見上げながら少し首を傾《かし》げ可愛くお願いをしてみた。

薫直伝の『あざとかわいい』？という必殺技らしい。

「お父さんにもやってみてよー」となぜか練習させられたこの必殺技で、大抵のお願いは叶うらしい。

雅人さんには通じなかったが……（一応試してはみた）。

ごっふぅ……。

マリアの中で何か変な音がした……。

「…………………………。し……しかたありません。その代わりご挨拶だけですよ」

「ありがとう！　マリア」

アデライーデはマリアに満面の笑みを向ける……。

中身はアラカンだが、アデライーデがする『あざとかわいい』の破壊力は抜群のようだ。

（なんか……ごめんね、マリア。でもどうしてもご挨拶したいのよ）

マリアは、なんだか負けた感があるが仕方ない。普段滅多にわがままを言わないし、たまに言うお願いくらい叶えて差し上げたいと気を取り直した。

「あ、お菓子とかあるかしら……」

「お菓子でございますか？」

「ええ、できれば文官の皆さんに、ちょっとした物を持って行ければと思って。クッキーとかキャンディとか」

なんてお優しいんだろう……。文官達にまでお気遣いをされるなんて……。

「頂いたお菓子でなにかあるかしら」

「それはやめたほうがよろしいですわ」

「え？」

「使用人達は、主《あるじ》からの御下賜品を自慢し合うのですよ。アデライーデ様からの御下賜品であれば、食べずに見せびらかすに決まっています。その時に、誰かから頂いたものになると、良い噂と悪い噂が広がります」

「ええ？　良い噂と悪い噂？」

「良い噂はアデライーデ様がお優しいということ。悪い噂は頂いたお菓子がお好きでないから、使用人達に体《てい》よく下げ渡して人気取りをしたと言われます。そしてお菓子を贈った方に恨まれたりします」

（えええええ！　……何その大奥みたいな思考回路！）

半世紀以上生きてきているが、そんなこと考えたこともなかった陽子さんはあいた口が塞がらなかった。

アデライーデがぽかんとしているのに気がついたマリアは、「アデライーデ様はそういうことに対するご経験はありませんものね。でも何かご用意されたいのですよね」と頼もしく笑うと、少しお待ちくださいと出ていった。

三十分ほどしてマリアが戻ってくるとアデライーデに告げた。

「厨房《ちゅうぼう》へ午後に大書庫に果物水《のみもの》を用意してもらうようにお願いしてきました。それと離宮でお仕えしていた皆さんはそういうことはおわかりの方々と思いますので、そちらには日持ちのするお菓子を届けていただくようにお願いしてきました」

「マリア、マリアは最高の侍女だわ！」

陽子さんは感動していた、自分がマリアの年の頃はこんなこと思いもせずに過ごしていた。いや、いまの年でもここまで気がつくことはできないかもしれない。

「でもマリア……本当に私についてきてもいいの？　ご家族と会えなくなるかもしれないのよ。それに結婚だって……」

「もちろんでございますとも！　どこまでもお仕えいたしますわ」

マリアは胸を張って答える。

「嫁ぐのもお仕えするのも変わりありません。むしろロクデナシの宿六を養うくらいなら、好きにお給金を使える今の方が、どれだけ幸せかわかりませんわ！」

庶民は大抵共稼ぎのようで、貴族とはいえ貧乏育ちのマリアは実家の商会で働いているオバサマ方の愚痴を聞いて育ったせいか、変な方向で耳年増だ。結婚に憧れてはいるが、昔はイケメンだったが今は見る影もない甲斐性《かいしょう》なしとかの話を聞いているらしく、マリアの男性観はかなり厳しいようだ。

そして、なぜかヒモ男前提である……。

「そ……そう？　ちょっと違うような気もするけど」

「そんなものでございますよ」

（いや……マリア……かなり歪《ゆが》んでると思うわよ？）

マリアから見たらまだ成人前のアデライーデは、政略結婚のない庶民や下位貴族の結婚に憧れがあるように見えるらしい……。

実際はマリアの三倍は生きているのだが。

「今まで仕えたどの方より、アデライーデ様にお仕えするのは楽しゅうございますわ。もっと着飾っていただければ、もっと良いのですが……」

マリアはニコニコ笑いながら言う。

「（ギクッ）それは……追々……明日着飾るし！」

明日は朝からお風呂の住人になるのを覚悟しなければいけないらしい……。

「ご安心ください。国外に嫁ぐ皇女様の侍女には、お給金の他に両親に年金がつきます。おかげで末の妹の持参金の心配も無くなりますし」

笑いながら言うマリアを見て陽子さんは思った。

（そっか……マリアはマリアで、いろいろ背負っているものもあるわよね）

「ありがとう。マリアと一緒に行けるのは本当に嬉《うれ》しいわ」

陽子さんはこれからのことを思うと、心強い味方がいてくれることに感謝しかなかった。

「アデライーデ様……そろそろお支度いたしましょうか？」

「え！　早くない？　少しお返事書いてもいいかな……って」

「先程厨房に行くついでに、マルガレーテ様にアデライーデ様の代筆をお願いしてまいりましたわ。アデライーデ様は文末のサインだけで良いそうですよ」

「え？　え？」

「最後のご挨拶ですものね。いつもの大書庫通いより念入りにお支度しないと！」

マリアはにっこりと笑い、両手をわしわしとぐーぱーした。

「それでは……王宮大書庫の皆さまのご健康と繁栄を、そしてフローリア帝国の安寧を願って……乾杯」

「アデライーデ様のご結婚を祝して」

「アデライーデ様のご健康とお幸せを願って」

ただ今王宮大書庫では、グラスを掲げ乾杯が交わされていた。

あれからきっちりお支度をされ、マリアにいつもより多くのお飾りをつけられた。本は読まないのですから♪と、指輪とブレスレットも追加され、本日はローズ色のドレスを纏《まと》って最後のご挨拶にと王宮大書庫に来たら、いつもは見ない文官が二十名ほど並んでいた。

こんなにいたのかとびっくりしたが落ち着いて挨拶を済ませると、端の方にマルクを見つけた。

「マルク。おひさしぶりね」

アデライーデが近づくとマルクが慌てて挨拶をする。

「アデライーデ様、ご機嫌麗しゅうございます」

「そんなに畏《かしこ》まらないで」

「いえいえ……そんな」

（……アデライーデ様の後ろの先輩方が怖いんですよ～）

前回たまたまグリフォン様に捕まってお茶出しした後、「どーしてお前なんだよぉ」と軽く小突き回された時の、先輩方の目が怖かった……。

ここ一週間ほど、アデライーデが王宮大書庫を訪れることがパタリと途絶え、どんよりした雰囲気になっていたのだ。元々バルク国に降嫁されるとは聞いていた。短い間の大書庫通いとわかっていても、何故《なぜ》かみんな嫁ぐ前日まで通ってくださると思い込んでいた。

今日はお出でになるかもと毎朝掃除とミントのタップダンスをして先触れを待つが……。来ない……。お昼になっても……来ない。

「そうだよな。女性は嫁入り前にやることとってたくさんあるって聞くしな」

「まして、皇女様だもんなぁ」

「もう、お越しにならないのかな」

「俺……なんであの日休みをとったんだろう……」

そんなことを口々に言い、最後に決まって、

「いいよな……アデライーデ様とお話できた奴は……」で締めくくられる……。

マルクは汗をかきながら「いや、でも明日来てくださるかも」とごまかし続けたが明日は帝国での最後の日。さすがに、今日いらっしゃれなければお会いできないかもしれない。

そんなどんよりした気分で掃除をしていた時に、厨房から菓子職人《パティシエ》が直々《じきじき》に、文官殿達は何人いらっしゃって、二時間ほど後のアデライーデ様がお出ましの時に、王宮大書庫の皆さんにお飲み物を振る舞いたいと頼まれたと言うのだ。侍女も忙しく自分が先触れと場所を確認しにやってきたと、菓子職人が言う。

文官達は歓喜した。お振る舞いもそうだが、アデライーデ様は王宮大書庫を忘れていなかった。最後にやってきてくれると喜んだ。

「まともなグラスなんてありません！　人数はグリフォン様を含めて二十四名です！」

嬉しくてみんな自信満々に菓子職人に答える……。それがどんなに情けない答えでも、今は胸を張って言える。

菓子職人はやれやれと言った顔をして、では後ほどと帰って行った。

休日の文官を寮に呼びに行き、それから一時間みっちり掃除し、その後一時間かけてみんなで身だしなみを整えた。グリフォン様は少し遅れてやってくるそうだ。

そうして皆でアデライーデ様をお迎えした。

本日はローズ色のドレスをお召しで薔薇《ばら》の妖精のように可憐《かれん》でお美しい。そして、その妖精は皆に淑女の挨拶をしてくれた。

「アデライーデでございます。このような素晴らしい大書庫を、少しの間ですが利用できたことをとても嬉しく思います。管理も分類も素晴らしい素敵な場所ですわ」

そう皆に言葉をくださった時には大書庫の文官で本当に良かったと思った。他の部署からは、地味で出会いもない職場だと敬遠されがちだけど、これから皇女様に褒められた誇りを持って大書庫の文官って言えると感動した。

「皆さまに初めてお会いする日が最後の日とは、とても残念ですが、王宮大書庫は私の大切な思い出の場所となりました」

……お会いするのは初めてではございません……。

皆が、少しぎこちなく笑う。

「？」

（変なこと言ったかしら……？　あら！　マルクがいるわ）

アデライーデがマルクに声をかける。

（マルクがアデライーデ様に声をかけられている！　いいな。ずるいぞ！）

（くそっ！　羨《うらや》ましい）

「ようこそ、王宮大書庫へ」

「グリフォン様！」

グリフォンが笑いながら大書庫に入ってくると、アデライーデはグリフォンに近づき淑女の挨拶をした。

「本日は皆様へのご挨拶と、お借りしていた本を返却に参りました」

「これはこれは……ご丁寧に。それに文官達への挨拶、痛みいります」

グリフォンはニコニコしながら貸していた紀行本を受け取り、返礼をする。

「お借りした紀行本、とても素晴らしい本でした。バルク国のことをより知ることができましたわ」

「それは良かった。おすすめした甲斐があるというものですよ」

アデライーデがグリフォンと話している時に、菓子職人がやってきた。

二人の助手それぞれティーワゴンを押している。一台のワゴンにはグラス。もう一台のワゴンには、空の大きなガラスでできたブランデーグラスのような形をしたパンチボールを乗せていた。周りにはグリーンと花が取り囲みとても美しく飾られている。

大書庫のホールの真ん中にパンチボールのワゴンを置くと、菓子職人はワゴンの下からワインの瓶を取り出しパンチボールに注ぐ。その後、フレッシュオレンジジュースとさくらんぼジュースを混ぜ、細かく刻んだオレンジとさくらんぼと桃を入れ、スライスオレンジを入れてゆっくりとかき回し香りつけをすると、銀のレードルでワイングラスに注ぎ始めた。

ワイン入りのフルーツパンチ。

人数分のワイングラスに注ぎ終わると、助手達が銀のトレイにグラスを載せて皆に配る。全員に行き渡ると、菓子職人がアデライーデとグリフォンのグラスを小ぶりな銀のトレイに載せ恭《うやうや》しく差し出した。二人がグラスをとると、助手達は、すっとワゴンの横に並ぶ。

「皆に行き渡ったかな？　本日アデライーデ様が皆と大書庫に感謝ということでのお振る舞いじゃ……一緒に過ごせた時を感謝しようぞ」

そう言って軽くグラスを上げる。

「では、アデライーデ様。皆に一言いただけますかな？」

グリフォンが、アデライーデに水を向ける。

「それでは……王宮大書庫の皆さまのご健康と繁栄を、そしてフローリア帝国の安寧を願って……乾杯」

「アデライーデ様のご結婚を祝して」

「アデライーデ様のご健康とお幸せを願って」

皆はグラスを軽く掲げ、アデライーデとグリフォンは軽くグラスを合わす。

特製のフルーツパンチはとても美味《おい》しい。ワインの味を残しつつも新鮮なフルーツの味が次々に浮かんでくるようだった。

「美味しいわ……」

菓子職人はアデライーデが思わずこぼした一言に満足げに頷くと、フルーツパンチをかき混ぜていた。

「アデライーデ様、よろしければ皆に一言ずつお声がけしてくださらんか」

グリフォンはアデライーデに小さくウィンクして茶目っ気たっぷりに囁《ささや》いた。

（これは……園遊会とかのお声がけって奴よね）

陽子さんは毎年春秋に放送されるテレビ放送を思い出し、こくりと頷くと近くの文官に声をかけた。

「お名前はなんとおっしゃるのですか」

「私はディルク・クラウゼと申します。歴史書の分類を担当しております」

そして一言二言言葉を交わすと、グラスを軽く交わす。

女性や貴人は口をつけるだけだが、下位の者は高齢でない限りグラスを飲み干す。その時に祝いの言葉をできるだけ短く言うのが、フローリア帝国風の習わしだ。

そうやってアデライーデは全員と言葉を交わし、祝いの言葉をもらった。

楽しい時間が過ぎるのは早いもので、マリアがそろそろお時間……という目配せをしてきた。マリアがさり気なくアデライーデを誘導してくれ、皆に別れの挨拶を済ますとグリフォンに紀行本を、マルクに地図を手渡してお礼を言いドアの前で淑女の挨拶をして大書庫を後にした。

アデライーデの護衛の騎士達によって大書庫の扉が閉まる。

「私は今日の日を一生忘れない」

「私は今日を人生最高の日の記念日にする」

文官達は、そう口々に呟《つぶや》き手のグラスを握りしめていた。

その後、王宮大書庫の郷土料理の書棚の近くの椅子の周りにポールが置かれ、誰も座れなくなった。

また厨房の備品台帳に『王宮大書庫にワイングラスを二十四個、永久貸与』と追記されたが、書庫長室のグラスボードの中の一つのグラス以外誰も見ることは無かった。

部屋に帰ると、アデライーデの文机《ふづくえ》の上に礼状の束が置かれ、あとはアデライーデがサインをするだけになっている。そして、「明日のお支度に支障が出るといけないので、ただ今から贈られてくる祝いの品は私の方から礼状をお出しします」とマルガレーテからのメモが添えられていた。

「お世話になりっぱなしだわ……」

さすがにマルガレーテに王宮のお菓子というわけにはいかないと思うので、バルク国からなにか贈ろうと陽子さんは思った。

(それにしても、手書きであんなに礼状を書いたのって、何年ぶりかしら。ペンだこができそうなくらいだったわ。パソコンやスキャナーやプリンターって偉大だわ。それにしても、日本語で礼状を書いてマリアが読めるのを見るのは不思議だったわ。これは転生特典みたいなものなのかしら？　すごく便利だけど不思議ね。まぁ、今こうやってアデライーデになってるのが一番の不思議だけど……)

着替える前に部屋を守ってくれている護衛の騎士達も部屋に呼び、文官達と同じようにお礼を言った。騎士達は少し戸惑いつつもアデライーデの謝意に応《こた》えて、あとわずかではありますがお守りいたしますと、礼を述べ退出して行った。


アデライーデの祝賀のパーティの一時間ほど前にアデライーデはマリアと一緒に王族の間の控えの間にいた。

陛下からアデライーデに贈られたドレスとお飾りを身に纏っている。今朝、先触れの時間通りにアデライーデに届けられたドレスは皇帝陛下からの贈り物に相応しく素晴らしいドレスだった。

光沢のある蜂蜜色の生地に金糸の刺繍《ししゅう》がされ地紋のようになっている。裾の方は淡いローズ色の小花が所々刺されたたっぷりのドレープが動くたびに美しく波打つドレスは皇帝陛下の贈り物の名に相応しい一級品である。

共に贈られたお飾りは三種。

エメラルドの髪飾りと首飾り。それにサファイアの耳飾りだった。

（ベアトリーチェとエルンストの瞳の色ね……。ドレスも二人の髪の色）

この国では自分の髪や瞳の色の装身具やドレスを婚約者や夫婦で贈りあうらしい。陛下はベアトリーチェと自分……両親の色を贈ることでアデライーデの側《そば》にいる。見守っているとの思いを込めているのだろうと陽子さんは少し切なくなった。

マリアが感動してドレスの周りをぐるぐる回り、どの角度から見ても計算されたデザインだと興奮気味にアデライーデに説明してくれる。

イブニングドレスらしく、胸元は大胆に開いている。ドールに着せられたドレスを見て素晴らしさに感動しつつも、十四歳にはちょっと背伸びさせすぎだわ……と思っていると、訪問を知らせるベルが鳴った。

王族御用達デザイナーの、マダム・シュナイダーがお針子を二人連れてやってきた。お針子はトラウザーを太くしたような黒いキュロットスカートを穿いている。マリアはお待ちしていましたとばかりに三人を招き入れた。

「私はシュナイダーと申します。幸運にも王宮に出入りをさせていただいております。アデライーデ様、ご婚儀おめでとうございます。そして、ご披露のパーティでのドレスをつくる栄誉に与《あず》かり身に余る光栄をありがとうございます」

十四歳のアデライーデより小柄で、白髪をアップにしているこの高齢のご婦人……マダム・シュナイダーは、アデライーデにお祝いの言葉とドレスの製作を任されたことへの感謝を告げると淑女の挨拶をした。

「お祝いありがとうございます。マダム・シュナイダー。こんなに素敵なドレスをありがとうございます。着るのがとても楽しみです」

(依頼者は陛下だけど、それを言うのは無粋よね)

アデライーデは軽い淑女の挨拶を返す。

「ありがとうございます。アデライーデ様。でもこのドレスはまだ完成ではありません。今から仕上げをいたしますわ」

そう宣言すると早速マダム・シュナイダーはお針子達に指示を出してアデライーデにドレスを着せる。今も昔もそうだが、男性は女性のサイズを知らないことが多い。

では、ドレスを贈る場合どうするか？　あたりをつけて仕立てさせるのだ。

そんないい加減な！　と思うだろうがデザイナー側も慣れたもので、仕立てる際に調整できるように仕立てておく。遊びなれた紳士などは、一度ダンスを踊れば相手の女性のサイズをピタリと当てることができるらしい……本当かどうかわからないが……。

そして、ドレスは女性に贈られたあと、侍女を何人も雇える高位貴族であればドレス管理をしている侍女が調整を。そうでない場合はドレスを仕立てたデザイナーがアフターサービスとしてお針子を連れて調整に行く。

気に入ってもらえれば新規顧客の獲得である。

ドレスの調整の間のおしゃべりで、依頼主の聞きたいことやドレスを贈られた女性の好みなどをさり気なくリサーチして報告するなど、調整するのはドレスだけではないようだ。

「こちらの靴をお履きになってお試しになってください」

マダムから踵《かかと》の高さの違う靴を勧められる。ドレスの裾の動きが一番美しくなる高さの靴を選ぶためだ。アデライーデはマダムの前で歩いたりカーテシィをしたりと忙しい。マダムの納得のいく靴が選ばれると、次にマダムはマリアに尋ねた。

「侍女殿。首飾りはどれをお使いに？」

「こちらでございます」

マリアが陛下から贈られたいくつもの大粒のエメラルドの周りに繊細な金細工が施された首飾りをアデライーデの首にかけた。

「なんと素晴らしい……」

マダムは首飾りを見て目を細め、アデライーデに近づいたり離れたりしながらじっくりと観察する。ブツブツと言いながら、お針子が持参したかごの中から小花の刺繍がされたドレスと同色のオーガンジーを取り出し、ドレスの襟を縁取ってゆく。仮留めのピンが打たれ、マダムは背の高い方のお針子に目配せした。

「アデライーデ様、お針子の失礼をお許しください」

「え？」

アデライーデがマダムの言葉の意味がわからず戸惑っていると、背の高い方のお針子が自然にアデライーデの手を取って腰に手を回し、「皇女様、失礼いたします」と男性パートでダンスを始めた。

短くダンスを済ませるとアデライーデに礼をして、「マダム。問題ございません」と報告する。

満足げな笑顔でマダムが頷くと、アデライーデの試着が終わったようでドレスはドールに移されお針子達は襟のオーガンジーを丁寧に縫いつけ始める。

着替えたアデライーデとマダムはソファに移動し、マリアが淹れたお茶を飲んでお針子達の仕上げを待つこととなった。

「正式なドレスをとのご注文でございましたが、アデライーデ様のお年でこのドレスの襟は少し開きすぎております。陛下もご覧になった時にご心配のご様子でしたので、今回は襟元をオーガンジーで飾らせていただきました」

どの父親も娘のドレスについて考えることは、同じらしい。

「こちらのドレスはお輿入れの際の品の一つとなると伺っております。ご結婚後はオーガンジーをとってお使いください。アデライーデ様に、私の最後の最高のドレスをお持ちいただけることとなりとても嬉しいですわ」

マダム・シュナイダーは嬉しげな顔でそう言う。

「最後のドレスですか？」

「私、このドレスの納品でドレスデザイナーを引退しますの。ひ孫も生まれますし、そろそろ孫娘にメゾンを譲りませんと……もうすぐ六十ですので」

どうやら、マダムは陽子さんと同い年らしい……。

（それにしても、ひ孫……すごいわ。結婚年齢が低いと世代交代のサイクル早いわね）

「それは……おめでとうございます？」

「ほほほ……私、今度はベビー服と子供服のメゾンを作る予定ですので、アデライーデ様にお子様がお生まれになった時には、ぜひご贔屓《ひいき》に！」

さすがマダム……その年まで現役ドレスデザイナーだったのは伊達《だて》ではない。商魂も逞《たくま》しい。

お針子がオーガンジーを仕上げたと報告がされると、再びドレスを着せられ靴を履き首飾りをつけてのマダムの最終チェック。

それでは……失礼いたしますとマダムが部屋を出る頃にはすでにお昼の時間になっていた。

（…………嫁いだら、ドレスは絶対作らないわ……今持っているドレスを着回すからね！）

もう午前中だけでヘロヘロになって、ランチを頬張りながら陽子さんが決心している時、マリアはランチをサーブしながら心を躍らせていた。

（バルク国にお輿入れされれば、王妃様としてバルク国風のドレスをたくさん仕立てられるはず……今から楽しみだわ～）

別々の思惑を抱えたランチは、こうして過ぎていった。

午後からはいつもより入念にお支度をされ、パーティ前には水分を控えての軽食を取り、着替えてから二人は今やっと、この王族の間の控室に来ている。

（長かったわ……でもこれからが本番なのよね………）

控えの間のドアが開き、陛下の侍従がアデライーデを呼びに来た。

「アデライーデ様、ご到着でございます」

侍従の先導で部屋に入ると、陛下と美しい女性が一人いた。

すぐにその方は皇后陛下とわかり、アデライーデは二人が座るソファの前で深いカーテシィをした。

「アデライーデでございます。本日は私の婚儀披露の宴を開いてくださりありがとうございます。またこのような素晴らしいドレスと宝飾をご用意いただき感謝申し上げます」

お礼の口上をし、顔を上げると二人は笑顔で立ち上がってアデライーデに近づいた。

「アデライーデ、紹介しよう。皇后のローザリンデだ」

「はじめまして、アデライーデ。本当にベアトリーチェにそっくりなのね」

美しい淡い金色の髪を結い上げエメラルドのついた小ぶりなティアラをつけたローザリンデは懐かしむようにアデライーデに一歩近づき、アデライーデの頬をそっとなでた。

「初めて会った頃のベアトリーチェを見ているようだわ」

「皇后様?」

「ふふっ、私とベアトリーチェはたまにお茶をしていたのよ。貴女《あなた》とは命名式の時に会ったきりだけど、ベアトリーチェから時折貴女のことは聞いていたわ」

「え? そうなのか?」

陛下は驚いて皇后に尋ねる。

「嘘《うそ》は申しませんわ。年に一度か二度ほどですが、楽しい時間を過ごしておりましたわ」

「…………」

「だって私は、ベアトリーチェとお友達でしたから」

「……私は本当に愚かだな」

「存じております」

そう言って皇后はくすりと笑うと、アデライーデの手をとった。

「今日は私が、ベアトリーチェの代わりになるわ。良いでしょう? だめかしら?」

「もったいないことでございます」

「嬉しいわ! でもね、ベアトリーチェの代わりなのだから、そこは『ありがとう。お母様』よ」

ローザリンデは、微笑《ほほえ》んで言うと「陛下も……よろしくて?」とエルンストに振り返った。

「ああ、もちろんだとも。友人の君が代わりになってくれるのならばベアトリーチェも喜ぶだろう。私は気が利かないからな」

エルンストは苦笑いをしながら答えた。

（夫婦のあり方はそれぞれよね。この二人はこういう結びつきなのね……。アデライーデのお父さんは特殊な立場の人だし、ローザリンデ様のような方が皇后で、陛下は良かったみたいね）

陽子さんは、今までの自分の人生では計り知れない一組の夫婦を見て思う。

「ありがとうございます。お父様、お母様」

アデライーデがそう言うと、二人は少し驚いた顔をしたが嬉しそうに顔を見合わせた。

「まだ少し時間がある。座って待とうか」

陛下がそう言うと、侍従長が侍従に目配せをしてソファの横に椅子を出してきた。陛下は椅子に、アデライーデと皇后はソファに。

アデライーデを挟むように座ると、三人はまるで本当の親子のように宴までのわずかな時間を過ごした。

王宮の一番大きな広間に国内の貴族が続々と集まっていた。身分の低い者達は時間よりかなり早めに、高位になるほど時間の少し前に入るように調整される王宮のパーティは、手慣れた使用人達により粛々と進められる。

開始時間の少し前に、それまで流れていた音楽に変わり皇帝陛下のお出ましの楽曲が流れる。

出席者達は奏でられる音楽で宴の開始時間が迫っていることを知り、それぞれの地位に相応しい場所に移動して、陛下がお出ましになる扉を注視して静かに始まりを待つ。

その楽曲も終わり、近衛兵が「皇帝陛下の御成りでございます」と触れを出すと皇帝と皇后、そしてアデライーデがゆっくりと会場入りした。

三人の入場を確認すると、男性貴族が頭《こうべ》を垂れ女性貴族はカーテシィをする。

陛下の「面《おもて》を上げよ」の声に応じ、顔を上げた貴族達の視線が三人に集まった。

皇帝、アデライーデ、続いて皇后と並び高座にて皆に相対している。

「皆の者よ、我が娘アデライーデの婚儀の祝いに集まってくれたことを嬉しく思う。ささやかながら宴を供する。限りはあるが楽しんでもらいたい」

そう陛下が皆に挨拶すると、口々に「おめでとうございます」「帝国に幸いあれ」の言葉が飛び、第一王子夫妻からの挨拶が始まった。成人している者しか公式のこの場には出席できないので、第三王子までが挨拶をし、最後に未婚で成人している第六皇女のカトリーヌの挨拶となった。

「陛下、カトリーヌでございます。アデライーデ様のご結婚おめでとうございます」

カトリーヌはそう挨拶を済ませると、アデライーデに視線を向け上から下まで品定めするように見た。

「カトリーヌ、次はそなただな。相応しい縁組を考えよう」

カトリーヌの様子を見ていた陛下が挨拶を返すと、カトリーヌは途端に笑顔となりアデライーデには勝ち誇ったような笑顔を向けた。

「お待ちしております」

そう応えると、皇女の立ち位置に戻っていく。

（お姫様っていうのに、性格悪そうね）

陽子さんは、先程のカトリーヌの視線に笑顔で応え、心の中で毒づいていた。

続いて妃達の挨拶であったが、さすがに年をとっているだけあってカトリーヌのようなあからさまな態度ではなかったが窺《うかが》うような視線を、陽子さんは感じ取っていた。

入場後、貴族達と相対すると皆一様に驚きの視線だった。

まぁ忘れられた皇女と言われていたらしいので、初めてアデライーデの顔を見て皆びっくりしているのだろうと陽子さんは考えていた。

第一王子をはじめとする王子達のにこやかな笑顔は良かっただけに、カトリーヌの微妙な態度と、続く妃達の嫉妬《しっと》を隠した笑顔を見て、心の中で「うへぇ」と、呟いた。

（さすが、王宮。どろどろしているわね。皇后様のお人柄が良かっただけに余計にくるものがあるわ）

妃達の顔はわかる。

寵愛を争った相手の娘だろうから、普通に過されていても気に入らないんだろうな。坊主憎けりゃ袈裟《けさ》まで憎いよねと思うが、カトリーヌのアデライーデを品定めするような視線と「私の方があんたより良い結婚相手を見つけてもらえるのよ」って顔を見て、性格の悪さを感じ取った。

（お姫様って、もう少したおやかでおっとりとしているものじゃないのかしら……これじゃ普通の面倒くさい親戚関係とかと変わらないわねぇ。まぁ、親戚関係よりも、もっと七面倒くさいんだろうけど）

そんなことを陽子さんが考えているうちに、高位貴族の挨拶は終わったようだ。

直接祝いの言葉を述べられるのは、侯爵位まで。全員の挨拶を受けていては夜が明けてしまうので伯爵位以下は、先程の皆の祝いの言葉でまとめられる。

宮廷楽士が音楽を奏で始めると、貴族達は広間の端の方に移動を始めた。

今からダンスが始まるのだ。

婚儀の披露ではその主役達がファーストダンスを踊るのだが、アデライーデの夫はここにはいない。その場合は皇女の兄弟や父親が代理を務める。

しかし、アデライーデには兄弟はおろか外戚もいない。

誰が代理を任命されるのか、任命されるとあればそれは大変栄誉なことなので、貴族達が固唾《かたず》を呑《の》んで見守っていると、皇后陛下が微笑みながら陛下とアデライーデに何事か話しかけていた。

皇后が親しげにアデライーデの肩に手を添え耳打ちしていると、侍従が陛下のマントを解き預かる。

まさか陛下が？

慣例として陛下は皇后としか踊らない。妃達とも皇女達とも寵愛争いの元となるため、公式の場で踊ることはない。皇后以外は国外からの賓客の奥方と、儀礼として一曲踊るのみ。

唯一の例外は皇太后陛下とのダンスだが、皇太后は随分前に崩御されている。その貴族達の動揺をよそに、陛下はアデライーデの手を取り広間の中央に進み出た。貴族達は、皇后をちらちら見つつ、二人に注目する。

「お父様……私達だけで踊るのでしょうか？」

不安げにアデライーデが尋ねる。

「嫌かい？」

「注目を浴びるのに慣れていなくて……」

「私もだよ」

エルンストは広間の中央に行くと、アデライーデをリードしてダンスを踊り始めた。

「もう長い間皇帝だが、未だに注目には慣れぬな。アデライーデが慣れないのも無理はない。ところでダンスはクラウゼ夫人から習ったのだったか？」

「はい……（多分）」

「そうか……娘のファーストダンスの相手とは光栄なものだ」

エルンストはそう言うと、アデライーデに微笑みかけた。

そうして、一曲目が終わって二曲目を続けて踊る。ダンスは同じ相手とは一夜で一回しか踊らない。複数回踊るのは婚約者か夫婦のみだが、親兄弟はこの限りではない。

「アデライーデ、この曲で最後にしよう」

「良いのですか？」

アデライーデがそう言うとエルンストは嬉しげに、そして少し悲しそうに言う。

「あまり得意でなくてな。足を踏まずに踊れるうちに終わらせておこう。皇后になにか言われなかったか？」

「えっと……何も」

エルンストは笑ってそうかと頷いた。

実は皇后には、三曲目を誘われたら一度お休みを入れなさいと耳打ちされていた。二曲目が終わり、高座に戻ると三人には椅子が用意されていた。

「陛下ばかり独占してはズルいですわよ」皇后が高座を降り二人を出迎え、アデライーデの手を取りエルンストに文句を言う。

「ね、なにか飲みましょうか？　踊ったあとだから、シャンパンがいいかしら？　それとも果実水？」

「シャンパンを飲んでみたいです、皇……」

「あら！」

皇后は、そう言うとちょっと目を見開いて、いたずらっぽく声を出す。

皇后はどうしてもここでアデライーデに「お母様」と呼ばせたいようだと思った陽子さんは、それに応じた。

「……シャンパンを飲んでみたいです。お母様」

「そう！　シャンパンね。では席で頂きましょう」

「はい、お母様」

「大丈夫だった？」

歩きながら小声で皇后が尋ねる。

「踏むかもしれないから、二曲までにしておこうとおっしゃられましたので……」

「ふふっエルンストったら。ね？　終わりに一曲ねだってあげて」

「はい。こ……お母様は踊らなくてよろしいのですか？」

「今から三曲目のあの人とは絶対に、踊りたくないわ」

皇后の笑顔から強い意志を感じると、アデライーデは苦笑いした。

高座に戻り、三人は給仕からシャンパンのグラスを受け取り乾杯の言葉を口にする。

「アデライーデの健康に」

「アデライーデの幸せに」

「お二人の健康と長寿を」

軽くグラスを合わせ飲み干すと、その後は席でおしゃべりをして過ごした。楽しくはあったが、皇后による広間の王族や貴族達の解説は、下手なドラマよりスリリングだった。

（嫁いだ後に、帝国の貴族から接触があった場合の参考にね。でも、付き合いはしなくてもいいのよ。その時は連絡をちょうだいね）

にこにこと笑いつつ扇で口元を隠し話すのだから、余計に怖い。そんな皇后を陛下はやれやれと横目で見ていたが、その陛下も最後に踊った時に「なにか辛いことがあったら、我慢せずいつでも父を頼ってほしい」と言ってきた時の目はかなり真剣であった。

（帝国の貴族の動きは内政問題ですが、お父様のそのお言葉は外交問題になりませんかね……）

そう思いつつも「ないと思いますが、あれば必ず……」と約束せざるを得なかった。

※※※

王宮主催のパーティでは、開催から二時間程度で両陛下は中座される。

あとは貴族達の社交の場が夜半まで続く。若い者達は貴重な出会いの場でもあるので大抵は夜半まで残るが、年寄りは陛下の中座後しばらくして三々五々に王宮を後にする。本日も陛下から中座の挨拶があり、お二人はアデライーデ様と共に広間を後にされた。

しかし、この日早々に退出したグランドールを除いて夜半まで誰ひとり王宮から退出しなかった。

陛下達が中座後、広間は静かに蜂の巣を突《つっ》いたようになった。

元々バルク国に皇女が降嫁されるという話は、貴族の間に知れていた。最初は順当に第六皇女のカトリーヌ様との話が流れたが、陛下がひどいお風邪を召してそれどころでは無くなった。三週間ほど後、やっと陛下が公務に復帰された時には降嫁される皇女様は第七皇女のアデライーデ様らしいと高位貴族の間から話が漏れてきた。

アデライーデ様？　カトリーヌ様の下の皇女様はフィリーネ様ではないのか？

長く続いた周辺諸国との戦いで、代替わりをした家は多く、若い当主の中には社交の場にほとんど出なかったベアトリーチェが妃であったことすら知らぬ者もいた。重要人物に対する付き合いは先代から引き継ぎがあったり、若い当主を支える古参の使用人が耳打ちしたりするものだが、すでにベアトリーチェの実家もなく、アデライーデのことを覚えている者は王宮以上に少なかった。また覚えてはいても、アデライーデにご機嫌伺いをする価値なしとの判断で放置していた家もあった。

すぐに貴族の間で、アデライーデが『忘れられた皇女』であると広まった。

この長い戦いで貴族の目は、良くも悪くも国内と周辺諸国にしか向いていない。彼らの目にもバルク国は毒にも薬にもならぬ小国。目立った特産品もなく産出する鉱物も凡庸。帝国の東の端に隣接する小国との認識だった。

それでも周辺国に帝国に好意的な国が一つでも多くあるに越したことはない。約十年にわたる戦いに終わりが見える今だが、帝国と言えど余計な予算など無い。まして今回バルク国が参加した戦いは重要領地の反乱の鎮圧。領地の御下賜は難しい。皇女一人が嫁げば良いのであれば安いものだ。

しかし……バルク国は辺境の小国。順当であれば、お輿入れされるのはカトリーヌ様だが、そんな国に大貴族ダランベール侯爵家の血筋を持つカトリーヌ様はもったいない。だからこそ長幼の順を飛ばされ、『忘れられた皇女』様にすげ替えられたのだ。陛下も帝国のためとはいえ、寵愛の冷めた妃の娘には冷たいものよと、囁かれていた。

ところが……。

ほんの七日ほど前のアデライーデ様の輿入れの挨拶のあと、政務にとり憑かれていると言われていた陛下は、突然すべてのご公務をアデライーデ様のために取りやめた。その一報に高位貴族を始め、国内の貴族に動揺が走る。

実はアデライーデ様は忘れられていたのではなく、掌中の珠のごとく大事に隠されていたのではないか？　いや、それならば小国なんぞに輿入れなどさせぬであろう。

陛下のお考えはわからぬ……。

いや、それよりも陛下がアデライーデ様を大事にしているのであれば、アデライーデ様に長いご無《ぶ》沙汰《さた》を詫《わ》びご挨拶をせねば、陛下のご不興を買ってしまう。皆、必死に取り次ぎの手がかりを探すが取次人どころか、アデライーデが王宮のどこにいるかすらわからない。

亡くなったベアトリーチェともアデライーデとも付き合いのある貴族は誰もおらず、唯一知っているであろうグランドール宰相も「お輿入れ前にてご多忙」とけんもほろろであった。

すぐにグランドールに宛ててお祝いの品を届けさせたが、型通りの礼状が一通きただけだった。特に妃を輩出している高位貴族は、息のかかった王宮の使用人達に皇女の居室を見つけたら褒美を出すと指示を出し、アデライーデの居室を探そうとしたが、一切の情報が入ってこない……。

おかしい。

本当にアデライーデ様という方はいらっしゃるのか？　と言う噂まで出てきた。

そして披露の日。

皆の前に現れたアデライーデを見て皆は声を出せなかった。噂では他の皇女様より見劣りがする外見とのことであったが、皇帝の血筋の濃い金の髪と澄んだ青い瞳を譲り受けた美しい少女であった。

キメの細かい白い肌。スッキリとした鼻筋にバラ色の唇。

どの皇女様よりもお綺麗《きれい》かもしれない。

お召しのドレスは陛下からの贈り物なのだろう。金糸の刺繍をあれほどふんだんに使っているドレスなど見たことがない。

あのようなドレスをご用意するということは陛下がどれだけ大事に思っているかわかるというもの。

そしてドレスより貴族達の気になったのは、アデライーデが身につけている髪飾りと首飾りだった。陛下の瞳の色と同じ耳飾りはともかく、皇后陛下のティアラと同じエメラルドの髪飾りと首飾りをしているではないか。

あれは……皇后陛下がアデライーデ様の後ろ盾ということなのか？

ドレスや宝飾品が上位の者と被《かぶ》らないようにするのは女性貴族の常識である。ただ、それが後ろ盾や母娘の場合は別で、同じ意匠や色をつけ周りにアピールをするのはよくあることだ。

そして、アデライーデの立ち位置に皆が何より驚く。

本来の立ち位置は陛下、皇后陛下、そしてアデライーデ様のはずだ。それが一歩下がっているとはいえ、お二人の間に立たれている。第一王子が皇太子に選ばれても両陛下の間に立つことはない。

ありえない。

そして陛下は先程の挨拶の中で「我が娘」と言った。今までの皇女様の披露の時には「皇女～」といっていたはずだ。

貴族は相手の言葉の行間を読む。また、相手の態度やつけているものでそれらが何を意味しているかを推し量り、貴族社会を生きてきた。そんな彼らにしても、目前で起こっている出来事を推し量れない。

しかし、彼らの静かな混乱は始まったばかりだった。順に挨拶の折、両陛下……特に皇后陛下が大層ご機嫌が良かった。

そして、慣例を破ってのファーストダンス……。

確かに夫君もご兄弟もいなければ、父親である陛下がダンスを踊ってもおかしくはない。

アデライーデ様の場合、外戚もおらず国外へのお輿入れであれば、派閥争いも起きぬしな。

問題無いとはいえ慣例を破ることになるが、皇后陛下もお二人にダンスを勧めていたし、親しげに接していたぞ。

ダンスのあと、高座を降りて迎えに行った皇后陛下をアデライーデ様は「お母様」と呼んだのを私は聞いたぞ。

なんですって！

そして、呼ばれた皇后陛下は嬉しそうに乾杯しようと給仕をお呼びになったわ。

もしかしてアデライーデ様は、実はお二人のご実子なのでは？

ベアトリーチェ様のお子様として隠してお育てに？

ならばどんなに王宮を探しても見つからぬはずだ。陛下が隠しているのだからな。

正統な姫君ならなぜ隠す？

アデライーデ様がお生まれになった頃から数年、帝国は危機に瀕《ひん》しておったからの……。

うむ……表沙汰にできぬことはいろいろあったしの。

いや、わしは覚えているぞ。アデライーデ様はお母上のベアトリーチェ様にそっくりじゃ。

しかし、皇后陛下に雰囲気は似てないか？

でも、お二人のドレスの意匠は色と細部が異なっていましたが、同じものでしたわ。

やっぱり……アデライーデ様は……。

喧々囂々《けんけんごうごう》と話は終わらぬまま、王宮の広間の夜は更けていった。

※※※

三人は宴を中座すると、王族の間に通され扉が閉まるのを確認してからローザリンデが口を開いた。

「疲れたでしょう？」

「今日は慣れぬことばかりだろうしな」

エルンストもアデライーデを気遣う言葉を優しくかけた。

「はい。緊張しましたけど……でも、とても素敵な経験でしたわ」

（確かに素敵な経験だったわ……。素晴らしいドレスを着て煌《きら》めく広間で貴族からの挨拶を受けたり、ダンスを踊ったりなんて映画の中の話でしたからね。素敵だけど、あれを一晩中なんてみんな体力あるのね……。中座って聞いていたから頑張れたけど、十二時までとか言われたらどうしようかと思ったわ）

陽子さんの中でお城のパーティと言えば、シンデレラの十二時の鐘が鳴っても続いていたパーティくらいしかイメージが無い。始まる前に、ローザリンデから私達は途中で中座するからねと聞いてホッとしていた。

「飲み物だけだったからお腹《なか》が空いたでしょう？　ここで軽く食べていきましょうか、ね？」

ローザリンデがアデライーデを誘う。王族の間には、先程はなかった小さなテーブルが用意されていた。小さいと言っても陽子さんの感覚では六人がけくらいの大きさのテーブルだが、王族の間は天井が高く三十畳くらいあるので体感的に小さく見える。お誕生日席に、ひと目で陛下の椅子と思われる椅子が置かれていた。

（ここで食事を取るのは予定に入っているのね）

陽子さんとしては、こんな高価なドレスでの食事はご遠慮したいところだが、ローザリンデに言われて急にお腹の虫が騒ぎ出した。夕方軽く軽食（高級そうなクッキーを数枚）つまんだ程度だが、緊張していてお腹が空いているのに気がつかなかったようだ。

「私達いつも広間でなにかある時は、ここで夜食をいただくのよ。月の半分はここで食事をしているかしら。もうここは第二のダイニングとリビングルームね」

ローザリンデは侍女に扇を渡すとソファに腰掛ける。

「良かったらドレスを着替えてくるといいわ。私もいつもここで夜食をいただく時はドレスを着替えるのよ。あ！　でも。お化粧とヘアメイクとお飾りはそのままでね」

「？」

「取った時に限って、また呼び出されたりするから……そうされないためのおまじないなの。貴女の侍女にドレスを『着替え室』に用意してもらっているから着替えてゆっくりとしましょう」

ローザリンデの言葉が終わると、マリアが斜め後ろからアデライーデに声をかける。

「アデライーデ様、あちらに……」

そう言って指し示す先は、どう見ても壁……。

ローザリンデの侍女が壁をポンと押すと、そこがドアになっていて中に空間が見えた……。

「こ……お母様が先にお着替えになってください」

アデライーデが遠慮してそう言うと、ローザリンデは「まぁ！　ありがとう。でも、私はあちらで着替えるから大丈夫よ」そう言うと、別の侍女がソファの後ろの壁を押した。

（いくつ仕掛けがあるのかしら……）

「では、お先に着替えてまいります」

軽く挨拶をし、マリアに先導されて壁の間に入ると、そこはクローゼットとレストルームが付いた窓の無い小部屋だった。

「アデライーデ様！　すごくすごくお綺麗でしたわ！　高座にお立ちになっていた時もそうですが、なんと言っても陛下とダンスをされている時が一番素敵でした。ああ、でも皇后様と顔を寄せてお話されているご様子も絵のようでしたわ！」

マリアは扉を閉めた途端、溢《あふ》れるようにアデライーデのことを褒めまくっていた。テキパキ手が動いていたが負けじと口もよく動き、あっという間にドレスを脱がされお手洗いに放り込まれた……。

本来ドレスを着て入るこのスペースで、やっとひと心地ついたら猛烈にお腹が空いてきた……。

（お夜食、ご一緒で正解だったかもしれないわ……）

「お飾りとお化粧はそのままでね。ドレスだけ着替えるわ」

「はい、お伺いしておりますわ。若葉色のドレスをお持ちしております」

手早くドレスを着て軽く髪とメイクを整えてもらっている間、小部屋を見回すと陛下達二人の普段着？の端の方に侍女のドレスやメイド服、騎士や侍従の服も見える。

視線に気がついたようで、マリアが説明を始めた。

「あれは有事の時の両陛下の変装用のご衣装ですわ。普段はこちらを着替えの間としてお使いのようですが、本来は有事の際の避難部屋とのことです。この部屋の場所は両陛下の他は皇太子ご一家と極少数の使用人しか知らない場所らしいです。今は皇太子様がお決まりになっていないので、ご利用になるのは陛下達だけだそうです。私もそんなお部屋があると噂で聞いていましたが目にしたのは初めてです。私は生涯口外しないとの誓いを立て、特例ということで入らせていただきました」

マリアも色々あったようだ。

「そんな大事なお部屋を使っても良いのかしら」

「それだけ、両陛下に大事にされているのですよ」

マリアは優しく笑うと「さぁ、終わりましたわ」とブラシを鏡の前に置いた。

支度が済み、王族の間に戻るとすでに着替えを終えたローザリンデとエルンストがソファでくつろいでいた。アデライーデより遅く着替え始めたはずなのに、二人は紅茶を飲み終えようとしていた。

「申し訳ありません。遅くなりました」

「良いのよ。私達は早着替えなの。練習させられるのよ」

「え？」

「式典が多いと何回も着替えないといけないからな」

エルンストはため息をついてティーカップを置くと、立ち上がってローザリンデの手をとった。

「さぁ、アデライーデの祝いをやり直そう」

「ええ、私達だけのお祝いをね」

三人は、完璧に整えられたテーブルに向かった。

テーブルには、グリーンと白の小花が蝋燭《ろうそく》を取り囲むように飾られ、金の縁取りのされた白いプレートと磨き上げられた銀のカトラリーが三人を待っていた。

侍従達が、皆の椅子を引く。

花の形に折られたナプキンを膝に置くとすぐに食前酒《アペリティフ》が運ばれてきた。

金色のシャンパンだ。シュワシュワと小さな泡を上らせながら小ぶりなグラスに注がれる。

エルンストはグラスを手に取り「アデライーデの幸せを願って」と願いを口にし、グラスをアデライーデに向けて少し傾ける。

ローザリンデも「アデライーデの幸せを願って」とグラスを持ち上げる。

アデライーデも「ありがとうございます」と二人の願いをグラスで受けた。

口に含むと口当たりの良い酸味とオレンジリキュールのような香りが抜けてゆく。

「美味しいです」

「本当ね。良いシャンパンだわ……」

「うむ」

ローザリンデも気に入ったようだ。

グラスを置くと、アミューズブーシュが運ばれてきた。細かく刻まれた酸味の強い硬いオレンジと、キツめの塩味の生ハムの刻まれたものがスプーンに載せられている。口に入れると混ざりあって程よい酸味と塩味になる絶品だった。ローザリンデによれば、エルンストの好物らしい。

オードブルは冷たいエビのカクテル。グラスの縁に載るようなサイズでは無い海老を一口大にして香草を枕に、薄いグリーンソースが散らしてあった。セイヨウワサビを刻んで入れてあるグリーンソースに檸檬《レモン》が入っていて、わずかに黒胡椒の香りがする。

(美味しい〜〜！　オーロラソースも美味しいけどこれは大人の味だわ)

いつものお料理も美味しいけど、今日は特に美味しいとニコニコして食べるアデライーデをエルンストとローザリンデは微笑ましく見ていた。

（…………………海老よね？）

手の止まったアデライーデにローザリンデが尋ねた。

「どうしたの？　美味しくなかった？」

「あ！　いいえ、とても美味しいです。でも、内陸国であるこの国で海産物の新鮮な海老って、珍しいと思って……」

「これはね、エルンストが貴女に食べさせたくて、バルク国から取り寄せたのよ」

ローザリンデがそう言うと、エルンストが照れくさそうに海老を食べ始めた。

「バルク国で人気のものと聞いてな……祝いの席には欠かせないらしい。確かに甘みが強くて美味《うま》いな」

（親ってありがたいわよね）

皇帝とはいえ、内陸国のこの国に海老のお取り寄せは難しかったろう……。

「お父様、お取り寄せしてくださってありがとうございます。バルク国は港がありますものね。あちらで新鮮な海老やお魚が食べられると思うと楽しみです」

「まぁ」

アデライーデが楽しそうに言うので、ちょっと安心したような二人だった。

（親っていうのは、いつの時代も子供が可愛くて心配よね。時々お手紙を書いて安心させてあげたいわ……）

「コンソメスープをお持ちしました」

琥珀《こはく》色の澄んだコンソメスープをチューリンで給仕長がサーブする。

（これも美味しい……）

コンソメスープに舌鼓を打って味わっているとローザリンデが声をかけた。

「ね、アデライーデ。バルク国について、どう思ってる？」

「これから発展する国だと思います」

「ほう……どうしてそう思うんだい？　バルク国は静かな小国と言われているが」

「港があるので、貿易で豊かになる可能性があります。他の大陸のことは資料が無かったのでわかりませんが、珍しいものは皆好きだと思いますし、造船と交通が発達すれば、いろいろな珍しいものが入ってきますし、商業が発達すれば活気も出て生活も便利になると思います。それに紀行本で読んだのですが、バルク国のお料理は美味しいそうです。私、お食事やお菓子の美味しい国は将来発展すると思います」

「お食事？」

「はい」

ここからは陽子さんの独断と偏見だ。

「他の国の美味しいお菓子やお料理を楽しめるのは、入ってくる文化を受け入れる柔軟性があります。良いものをなんとか自分の所で作りたいって、工夫する国民がたくさんいるってことだと思います。今は小国でも、きっかけがあれば十分発展すると思います」

(そう……日本もそうやって開国して色んな文化を取り入れて文明開化ってなったのよね)

歴女とまではいかないが、ちょっとだけ歴史好きな陽子さんである。

歴史書斜め読みだけど……。

「それに港町は他の大陸との玄関口ですので、きっと異国情緒溢れるところだと思います。珍しい物もたくさんあると思いますので見つけたらお二人に贈りますね」

にこにことそう答えたアデライーデに、二人は顔を見合わせた。

「うむ……楽しみにしているよ」

エルンストが微笑むと、陽子さんは嬉しくなった。

「桜鱒《ます》のポワレ、アロゼ仕上げでございます。お飲み物は辛口の白ワインをご用意いたしました」

白ワインのグラスが満たされると、皮目がパリッと焼かれた桜鱒が香草とみじん切りの固ゆで卵を刻んだ上に載せられたプレートが出てきた。

「私もお魚好きなのよ。特にアロゼで仕上げたお魚は中身はしっとりとしていて皮がパリパリしていて美味しいわ」

ローザリンデがとても上品にカトラリーを扱って、美味しそうに食べてゆく。

「アデライーデはお魚好きなのね」

「はい、美味しいものは大好きです」

「最近はワインも嗜《たしな》むようになったと聞いたが……」

ぎくっ!!

エルンストが遠慮がちに聞いてきた。

「最近……好みが変わったのか……美味しいなと思いまして……お酒が……」

どぎまぎしながら答えると、ローザリンデが笑いながら頷く。

「大人になったのねぇ」

(見た目は子供、中身は還暦だけどね……)

「私もアデライーデくらいの時はよくワインを飲んでいたわ」

「そうなのか?」

エルンストは知らない話らしい……。

「皆さん、どのくらいから飲まれるのですか」

「そうねぇ……いつから飲んでいいと決まっているわけじゃないけど、大抵社交界にデビューする前に親が慣れさせておくわ。だから、アデライーデも決して早くはないわよ。お茶会もそうよ。お茶が飲めないとお茶会にならないから八歳くらいから薄いお茶から飲めるように練習するわね」

（子供の頃、コーヒーを子供が飲むとバカになると言われて、うすーいコーヒーを作ってもらっていたっけ。インスタントだったけど……。うすーくしても苦かったけど、大人の味って思ったわね）

懐かしい思い出だ。

桜鱒のプレートがきれいになったので、グラニテが出てきた。

イチジクの葉が敷かれたプレートにコロンとした黄色い檸檬が載せられて出てきた。

「檸檬のグラニテでございます」

給仕の説明を受けてカットされた檸檬の上部を取ると、中には粒の粗いかき氷がこんもりと盛られていた。

檸檬の香りがする……。

（檸檬シャーベットかしら……）

口に含むと、全く甘みのない冴《さ》えた冷たさと檸檬が桜鱒と焦げたバターの味をあっという間に追いやった。それに……。前を見るとローザリンデにはベリーのジャムのグラスが添えられている。

「私はもっと甘い方が好きなのよ。アデライーデもベリーを添える？」

きっと、このグラニテはエルンスト好みなのであろう。

「ありがとうございます。今日はこのままいただきます。黒胡椒が振られて美味しいです」

「自慢の氷室があるからね。今年は秋まで氷が持ちそうだ」

「夏も楽しめますね」

（さすが、王宮だわ）

三口ほどでグラニテが終わると子羊のロティが運ばれてきた。

「子羊のロティの春野菜添えでございます」

子羊にナイフを入れると、柔いバターを切るように入っていく。添えられた春野菜も甘みが強い。

オレンジ色のソースがかかっているそれは丁寧に処理されているらしく、臭みのない美味しさだった。

「人参のソースですか？」

「そうよ。料理長自慢のソースでね。私もエルンストも大好きなのよ」

「私もこのソース、とても美味しいと思います」

「料理長が喜ぶな。しばらく人参づくしになりそうだ」

ローザリンデが笑い始めると、エルンストもこらえきれず笑いだす。アデライーデも釣られて笑いだし、三人だけの祝いの席は幸せに溢れていた。


デザートのチーズのプチフールをいただいて、三人はソファに移動した。熱い紅茶を給仕が置くと、侍従長だけ残し皆は下がっていく。

「ね。アデライーデ」ローザリンデがアデライーデの手を取る。

「明日の出立に私達は立ち会えなくてごめんなさいね。慣例でね、私達が見送るのは出陣する兵士達だけなの」

「気にされないでください。慣例なら仕方ありませんもの。それにお二人に大切にされているのは、とても良くわかります」

「静かに暮らすのがお前の幸せだと思っていた」

エルンストがアデライーデの肩に手をかけアデライーデを不安げに見つめる。

「はい。私は静かに暮らすのが一番だと思っています」

「本当か？」

「のんびり穏やかに暮らす以上の幸せはないと思います」

アデライーデは二人に笑いかける。

「ここからバルク国はどのくらいかかるのですか？」

「馬車で七日くらいか……」

「たくさんお手紙を書きます。バルク国王に時々里帰りをお願いしてみます」

「そうね、お願いしてみるのも良いかもね」

ローザリンデは優しく笑う。

王妃が国を離れることなど滅多にない……。

「街道を整備してもらうようにお願いしてみますね」

「街道を？」

「ええ、里帰りのためにって言うのは気が引けますけど、交易のためにって言えば、整備してくれるかもしれませんし」

アデライーデがそう言うと、二人は声を出して笑い始めた。

（私……おかしなこと言ったかしら……道は国の大動脈だと思っていたけど……）

「アデライーデはいい王妃になるわ」

「そうだな。バルク国王は王妃の尻に敷かれそうだ」

きょとんとしているアデライーデに、「過去に偉大な皇后が同じことを言ったのだよ」エルンストはアデライーデに笑いながら言った。

「西の国はお芝居がとても盛んなの。どうしても一座を呼びたくて『あの国の織物とうちの小麦の交易をするために』って街道を整備してもらったの」

「芝居も楽しかったが、他にも良い縁が増えてな。おかげで未だに頭が上がらぬ」

エルンストは愛おしげにアデライーデの頭を撫《な》でる。

「アデライーデ、思うように穏やかにな」

「ええ、きっとバルク国で穏やかに暮らせるわ」

ローザリンデがアデライーデの頬を撫でる。

「陛下……そろそろお時間でございます」

侍従長が別れの時を告げると、「うむ」とエルンストがアデライーデの手を取り、ソファから立ち上がった。

「息災でな……」

最後にアデライーデを優しく強く抱きしめると、エルンストは短く別れを告げた。

「お手紙をちょうだいね」

ローザリンデもアデライーデを抱きしめた。

「はい、お二人ともお元気で……」

アデライーデは二人に別れを告げるとマリアに連れられ、王族の間を後にした。

※※※

アデライーデが部屋を出ていくと、とたんに静寂が訪れた。

先程までのあたたかさが嘘のように、しんとした部屋は急に広くなったように感じた。

「泣いているのか」

「え？」

ローザリンデが頬に手をやると確かに涙が頬を伝っていた。

「気がつかなかったわ……」

エルンストはローザリンデに向かい合うと指で優しく涙で濡《ぬ》れたローザリンデの頬を拭《ぬぐ》う。

「ベアトリーチェとは私、お友達だったのよ」

「ああ」

「十も下だったから、妹がいたらきっとこんな感じでお茶をしただろうなって思っていたわ」

「楽しかったかい？」

「ええ、お茶会って楽しいことだって、ベアトリーチェに教えてもらったわ」

ローザリンデの涙は止まらない。

「アデライーデはベアトリーチェにそっくりでびっくりしたのよ。生まれ変わりかと思ったくらい」

「私もだよ」

「私、お母様って言われてすごく嬉しかったわ……」

「…………」

「皆に自慢したかったの……私の娘よって」

「私もだよ」

「貴方、挨拶の時にちゃっかり言っていたじゃない。『我が娘』って」

エルンストを軽く睨《にら》んでローザリンデは言う。

「君はアデライーデにお母様って言わせていたじゃないか。しかも高座を降りて、皆の中まで迎えにまで来て」

「だって、貴方アデライーデとダンスを踊ったじゃない。しかも二曲も」

くっくっと、エルンストが笑うとローザリンデは口を尖《とが》らせた。

エルンストはローザリンデを、ソファに座らせた。

「今気がついたけど。私、他の妃達が羨ましかったのかもしれないわ」

「そうなのかい？」

頬に残った涙の筋を、親指で優しく拭き取るとエルンストは、ローザリンデの額にキスをした。

エルンストは気がついていた。

ごくたまに……。

茶会の時に妃達にまとわりつく王子達に。

夜会の時になにか妃にわがままを言っている皇女達に。

完璧な笑顔に、ガラス玉のような焦点が消えた目をする時があった。

すぐにもとに戻るが……。

「だから、アデライーデとお揃いの宝石《いし》のティアラにしたのかい？」

「いいでしょ？　だって私の瞳もベアトリーチェと同じ碧《みどり》なのよ。いつだったか、たまたま似ている髪型になった時に、仲の良い姉妹みたいって侍女達に言われたもの」

帝国の貴族には金髪や碧の目が多い。ベアトリーチェもローザリンデも美しい碧の目をしている。

ローザリンデはその瞳に勝ち気さを、ベアトリーチェは穏やかさを表していた。

「それは、私も見たかったな」

「だめよ。女同士のお茶会なんだもの」

ローザリンデは笑う。

ローザリンデは、冷めてしまった紅茶を一口飲んでティーカップを置いた。

「ベアトリーチェが妹で……貴方が兄弟で……アデライーデが娘だったら……ずっと家族で一緒にいれたかしら……」

「私は兄弟なのかい」

「ええ。私の弟よ」

ローザリンデはエルンストの肩にもたれかかった。

「ほんとよ。ベアトリーチェが妹で……アデライーデが娘だったら……って思ったわ」

エルンストはローザリンデの肩を抱く。

「ベアトリーチェは、怒るかしら……」

「怒ると思うかい？」

ローザリンデは、首を振った。

「きっと……」

「きっと？」

「笑ってくれると思うわ……」

第六章 バルクへ 凪とうねり

翌日、バルク国に向かう馬車の中でアデライーデは、マリアと二人向かい合っていた。

出立前、グランドールからバルク国王に宛てた書状や輿入《こしい》れの目録などの引き継ぎのための文官、護衛の騎士や従者達を紹介された。輿入れのお道具を積んだ荷車も合わせると結構な大所帯になるようだ。ローザリンデの言葉通り、エルンスト達の姿はなくグランドールに見送られ王宮の正門からの静かな出立だった。約一時間に一度休憩を取ると聞いて、こまめな休憩だと思っていたが……。

納得だった。

(お尻と腰が痛い……、それに舗装されてない道で馬車酔いしそうだわ……)

王族用の最高級馬車らしいが、陽子さんにとっては、自転車で舗装されていない道を長時間走っているようなものだった。帝都の中は石畳だったのでまだ良かったが、街道は整備されているとはいえ、土。轍《わだち》や穴を踏んだ振動がほぼ直接お尻に響く。現代の車に乗り慣れている陽子さんにとってはかなり厳しい。

変わりゆく景色にマリアは感嘆の声を上げるが、陽子さんは轍ごとに声を上げそうになる。景色は素晴らしいが、それよりもお尻と腰が痛かった。

(王族と言えど旅って楽じゃないのね)

毎回の休憩ではこっそり伸びをし、お尻を揉《も》んだ。そして、遠征用のトイレ付馬車を付けてくれたグランドールには本当に感謝しかない。

一時間に一回の休憩で一日約六時間の移動。馬の食事に時間がかかるため、お昼は長めに取るようだ。そして、早めに宿場の名のあるホテルに泊まるが、泊まる先々で歓迎セレモニーが繰り返される。本来、皇女様が立ち寄ってくれたもてなしにと領主主催で盛大に歓迎パーティが開かれるらしいが、「成人前で公式行事に慣れぬから」と帝国からのお達しがあったらしく、最低限の社交で済んでいるが……。

そのホテルがある領主夫妻のご挨拶と、ホテルオーナーのご挨拶。これは絶対に外せないらしい。

領主夫妻は、輿入れの披露の時に一度しか姿を現していないアデライーデに、なんとしても覚えめでたくなりたいと、いろいろ話を振ってくる。が、慣れない馬車の旅で疲れきっているアデライーデは、早くドレスを脱いでお風呂に入りたい一心だった。グランドールが付けてくれた文官が、予《あらかじ》め決められている時間できっちり止めてくれて本当にありがたかった。

残念そうに下がってゆく領主夫妻と違って、世慣れたホテルオーナーの対応は良かった。どのホテルオーナーも、「当ホテルにお泊まりいただき光栄でございます。皇女様はお疲れでございましょう。お好みがわかりませんでしたので、こちらでご用意させていただきました。お好きなものをどうぞ……」と、簡単に挨拶をして、大ホールいっぱいのご馳走《ちそう》を用意して下がってゆく。

ほっとして食事を終え、あとはお付きの騎士や従者達にご馳走を任せ、部屋でお風呂に浸かるともうくたくただった。

マリアを始め、同じように馬車に乗っている文官達や騎乗している騎士達は平気な顔をしているというのに……。

(体力、つけなくっちゃね。私だけへばっているわ……)

中身の陽子さんもそうだが、アデライーデ自体の体力もそうある方ではない。ダンスを習ったりしていたようだが、ほぼ引きこもりの生活が基本だったのだから、持久力がないのはしょうがない。

（確か馬車って時速八～十キロくらいって聞いたことあるわ。時速十キロだとして一日六十キロの七日で四百二十キロくらいかしら。東京から京都か大阪くらい……かな。案外近いのね。三時間でとは言わないけど一日くらいで行けないかしら……お尻がもたないわ……）

そうして、七日目のお昼過ぎにバルク国の国境に着くと、国境にはバルク国からの迎えの一団がアデライーデ達を迎えに来ていた。

「お初にお目にかかります。フローリア帝国第七皇女アデライーデ様。私はバルク国宰相ブルーノ・タクシスと申します」

宰相と名乗る男性は年の頃は三十前後、濃い茶色の髪にヘーゼル色の瞳で厳つい顔をしていた。ブルーノ・タクシスは少し緊張した面持ちでアデライーデに挨拶をする。

ここは国境の近くの草原。帝国側は、午前中に少し離れた場所にテントを張り、引継式に備えて身《み》嗜《だしな》みを整えていた。

午後を少し回り、バルク国の用意した大きなテントの中で行われた引継式で、アデライーデは初めてタクシスと対面した。

「初見の印象は大事ですからね」

マリアは、ここぞとばかりにお飾りを吟味しアデライーデを着飾らせる。

国を跨《また》ぐ輿入れの際、国境で母国の護衛騎士から相手国の護衛騎士達に引き継ぎをされる。警備の責任問題からの慣例だ。輿入れのお道具は荷馬車ごと相手国に引き渡され、皇女の住む宮殿で互いの国の担当文官達が確認しあって引き渡されるのだ。

（朝着替えたのに……。そりゃ早着替えの練習は必要なわけだわ）

それでもマリアに言わせると馬車の中でのドレスと、謁見用のドレスは違うらしい。確かに馬車の中ではパニエっぽいものは着けなかった。

「アデライーデでございます。タクシス宰相閣下、国境までお出迎えをありがとうございます」

アデライーデはそう挨拶をして、淑女の挨拶で返す。

（三十くらいかしら……。グランドール様も若いなと思ったけど、この方はもっと若いわ。薫とあまり変わらないくらいかしら）

アデライーデに続きグランドールの名代のヨハン・ベックも挨拶をすると、「遠路遥々《はるばる》、お疲れでございましょう。どうぞ、こちらにお茶のご用意をしております」

タクシスに勧められ、アデライーデが席に着き文官とマリアは後ろに控えた。

簡易テーブルの上にはクロスがかけられ、可愛《かわい》らしいオレンジ色の花のティーセットで紅茶が用意された。

帝国で飲んでいた紅茶とは違い、バルク国の紅茶は少し渋みが強い。が、添えられた蜂蜜を入れるとその渋みもまろやかになり、ほどよい甘さになる。

「美味《おい》しいです。蜂蜜を入れるとまた違った味わいになるのですね」

「お口にあって幸いでございました。この蜂蜜は紅茶に入れても色を損なわない、我が国自慢の蜂蜜です」

タクシスは、ホッとしたような顔で返した。

蜂蜜は、蜂が集める花の種類によって紅茶に入れると黒く変色するものもある。だが、この蜂蜜は紅茶の色を全く損なわず、砂糖とはまた違った味わいがある。

「ええ、これからこの紅茶を飲めると思うと楽しみですわ。それと……先日陛下と皇后様とバルク国の海老をいただきました」

「なんと……我が国の海老を、でしょうか？」

「ええ、陛下がバルク国ではお祝いの席に欠かせないものだとお聞きしたらしく、輿入れをする私に食べさせたいと取り寄せてくださったのです。新鮮でとても美味しかったですわ。陛下も初めて食べたそうですが、とても美味しいと褒められていましたわ」

アデライーデは、にこにこと海老を褒めまくっていた。

「それはとても光栄なことです。両陛下にお喜びいただけるとは……」

タクシスは驚きを隠せないようだった。

海老を生きたまま運ぶのは難しい。水車に入れて運んでも鮮度が良いのはせいぜい一日程度だ。馬を宿場ごとに乗り継ぐ早馬を飛ばしても三日はかかる帝都まで新鮮なまま運ぶとは……。春のこの時期どれだけ大量の氷と馬や人員を使ったのだろう。

『忘れられた皇女』として陛下に捨て置かれたと聞いていたが、その皇女のために、わざわざ大変な労力をかけて我が国の海老を取り寄せるだろうか。

しかし、目の前で嬉《うれ》しそうに話す、この可憐《かれん》な皇女が嘘《うそ》を言っているようには見えなかった。

しばらくすると、用意が整ったとの知らせが入り、アデライーデ達は騎士達への慰労と別れの挨拶をした。この時より、アデライーデは帝国の馬車からバルク国側が用意した馬車に乗り換え、バルク国の騎士達に護衛されるのだ。

テントから馬車へのエスコートをタクシスがしてくれた。用意された馬車に乗り込むと、マリアがグランドールの名代のヨハン・ベックから聞いた今後のスケジュールを教えてくれた。

王城に着くと、侍従長の挨拶を受けひとまず迎賓室《げいひんしつ》に通される。その後着替えてから休息して夫となるアルヘルム王に到着の挨拶をし、挨拶が済めばお二人で晩餐《ばんさん》をとるとのことだった。

そして明日、ご家族へのご紹介と重鎮達への紹介。

結婚式まで客間で過ごし、二週間後に結婚式をあげ晴れてアデライーデはこのバルク国の王妃になる。

(私、結婚するんだ。これって、再婚かしら?)

長閑《のどか》な田園風景を眺めつつ、そんなことを考えていたらマリアの声に現実に引き戻された。

「アデライーデ様。バルク王宮が見えてきましたわ」

マリアが指差す方向に、白い石造りの壁と青い屋根を持つお城が見えた。

タクシスの馬車に先導され、王宮の正門から入る。

そして、王宮の入り口に馬車が止まり、侍従長とずらりと並んだ文官達に出迎えられた。先に馬車を降りたタクシスにエスコートされ迎賓室に通されると、侍従長の挨拶を受けた。

「フローリア帝国第七皇女アデライーデ様、バルク国にようこそおいでくださいました。私は国王陛下の侍従長をしているクライン・ナッサウと申します」

「歓迎ありがとうございます。アデライーデでございます」

アデライーデはナッサウの挨拶ににっこりと微笑《ほほえ》む。ナッサウは笑顔の表情は変えず、一拍おいて恭《うやうや》しくお辞儀を返す。

「アデライーデ様、長旅お疲れでございましょう。国王陛下にお会いする前に少しお疲れを癒《い》やされるとよろしいかと。お部屋をご用意しております。女官長に案内させましょう」

タクシスがそう言うと、控えていた女官長が進み出た。

「ありがとうございます。それではお言葉に甘えて少し休ませていただきます」

そうアデライーデが告げると女官長は、アデライーデとマリアを連れ迎賓室を出ていった。

※※※

「タクシス様、あのお方が『忘れられた皇女様』ですか？」

「そのようだが……」

「気になることでも？」

「ああ……陛下とお会いしたい」

「かしこまりました」

タクシスはナッサウを伴い、急ぎアルヘルムの執務室に向かった。

バルク国にもアデライーデが『忘れられた皇女』との話は入っていた。当初、降嫁されるのは第六皇女のカトリーヌ様との打診であったが、すぐに、第七皇女のアデライーデ様ではどうかと使者がバルク国に訪れた。

強大なフローリア帝国の意向に小国のバルク国が否と言えるわけもなく、大国と縁を結べるのであれば誰が降嫁されても変わりがないと、アルヘルムは受け入れた。元々この輿入れ自体、盟約を結んだばかりの小国にとって降って湧いたような『うますぎる』話だったのだ。

が、政略結婚とは言えど急な皇女のすげ替えに調査をさせれば、どうも小国には大貴族に縁のあるカトリーヌより後ろ盾もないアデライーデで十分……という話が流れていると報告があった。

「バカにされたものよ」

いかに小国とはいえ、小国なりの矜持《きょうじ》は持っている。帝国の厄介払いに付き合わされるとは……と腹が煮えるが、帝国は後ろめたいのかアデライーデの輿入れには破格の条件を付けてきた。

アデライーデが婚姻している間、帝国への輸出品の関税を大幅に引き下げるとのことだった。皇帝の娘婿というのも栄誉だが、それだけでは腹が膨れない。帝国にとってはわずかな金額でもバルク国にとっては経済効果の方が大きな魅力だった。

「アルヘルム様、アデライーデ様お着きでございます」

「そうか、とうとうお着きか……」

侍従長がアルヘルムに報告すると、書類から目を上げその黒みがかった深いグリーンの瞳《ひとみ》に面倒くさそうな色を強く浮かばせた。

「陛下。少し休まれては？」

「そうだな……このあとは大儀なことが続くしな」

「タクシス様が目通りを願っております」

「皇女様の出迎えの報告であろう。茶は二人分。ポットは置いて行ってくれ」

「かしこまりました」

すぐにタクシスが入室し、アルヘルムに挨拶をするとアルヘルムは目の前のソファを勧めた。

ナッサウはテーブルにティーカップを置き、タクシスのサイドテーブルにシルバートレイごとティーポットを置いて静かに退室する。

扉がカチャリと閉まってから、タクシスはたっぷり蜂蜜を入れ、カップの紅茶を飲み干す勢いで口にするとやっと一息ついたようだった。

「どうだった？」

「本物の皇女様だな。噂《うわさ》は当てにならん。他の皇女達より見劣りがするとか言われていたが、あれで見劣りがするなら他の皇女達は女神か妖精だな」

「随分買っているな」

「あぁ、帝都でご婦人方に揉まれたからな。だがな……」

「だが？」

「子供だ」

「ふぅ…………だな……」

「十三だったか？」

「いや、今春で十四になったそうだ」

「…………いくつだ」

「だから、十四だと……」

タクシスがティーカップを置いて手をアルヘルムに向ける。アルヘルムは顔を横にそむけてぼそりと呟《つぶや》いた。

「…………三十一」

「夏が来れば三十二だろう？」

「でも、今は三十一だ！」

「女のように一つの年に拘《こだわ》るとは……」

「それでも、倍以上の年は離れているぞ」

「正確には十八だな」

「…………あぁ。まだゲオルグの方が年齢的には釣り合うな」

ゲオルグ・バルク王弟殿下、二十五歳。本物の独身貴族である。

「それでも十一も上だが……。国王は皇女と違って一人だからな。変えられないぞ。譲位するなら別だが」

「…………」

「真剣に悩むな。年の差婚は王族貴族にとって、わりと普通だぞ」

この二人は年も近く、母方の従兄弟《いとこ》で幼い頃から一緒に育ったせいか、二人だけになると兄弟以上に砕けてじゃれ合う。

タクシスは、ティーポットのお茶を二つのカップに注ぎ足し勝手に蜂蜜を入れた。

「この紅茶を美味《うま》いと言っていた。お世辞には聞こえなかったな。それに……皇帝はあの皇女のためにうちから海老を取り寄せたらしいぞ」

「うちから？　帝都に着くまでに傷むだろう」

「今の時期なら、早馬と氷でなんとかなる。すこぶる高価になるがな。うちの祝いの席には海老を使うと聞いて取り寄せたらしい。皇帝もうちの海老を気に入っていたと言っていたぞ」

「厄介者じゃなかったのか？」

「噂はわからん。お前の目で見て判断してみろ。年は近くとも、第六皇女より良かったんじゃないかと思うがな。まぁそれも噂だが」

「…………そうだな。このあと、会うのか……子供相手にどうすればいいんだ……」

「ちゃんと着替えて食事もするんだぞ。初見は大事だからな。どうしても無理ならお客と思って扱えばいいさ」

「お前も……」

「断る。婚約者二人の間に入るほど無粋じゃない。それに俺も今から食事の約束なんだよ。グランドール宰相閣下名代のヨハン・ベック次席文官長殿とな」

にやっと笑ってそう言うとアルヘルムを一人執務室に残し、タクシスは自室に戻っていった。

※※※

アデライーデは女官長に連れられ、貴賓用の客間に到着した。

「皇女様、こちらが婚儀までの間お過ごしになるお部屋でございます」

日当たりの良い落ち着いた感じの部屋で大きな窓から庭にも出られるようになっていた。帝国のアデライーデがいた部屋よりはこぢんまりしていたが、きれいに清掃され女性好みの調度品や花が飾られている。

「素敵な部屋ですね。用意をありがとうございます」

「お褒めの言葉ありがとうございます。ご挨拶が遅れ申し訳ございません。私、女官長のヨハンナ・マイヤーと申します」

そう言うと、アデライーデに、深い淑女の挨拶をした。

「なんとお呼びすればよろしいのかしら」

「ヨハンナとお呼びいただければ……」

「そうね……では、マイヤー夫人ではどうかしら。これから色々教えてもらうことも多いと思いますし」

(マリアのような薫《かおる》達より下の年ならあまり抵抗はないけど……ね)

どう見ても陽子さんの実年齢に近そうな……五十は過ぎているであろう……ヨハンナを呼び捨てにするのは、慣れない……。

「……もったいないことでございます」

「ありがとう。では私の侍女のマリアを紹介しますね」

マリアは一歩進み出ると「マリア・ウェーバーと申します。アデライーデ様付きを仰せつかっております。以後、よろしくお願いします」と挨拶をした。

マイヤー夫人も「こちらこそ、よろしくお願いします」と挨拶を返す。

メイド達を統《す》べる女官長とマリアのような侍女は、上下関係ではなく対等になるらしい。対面が終わったところでマイヤー夫人がアデライーデにお伺いをたてた。

「お茶のご用意をいたしましょうか？　それともお風呂を先にいたしましょうか？」

「そうね。少しゆっくりしたいからお茶をいただいてからお風呂にします」

「承知いたしました。ではマリア様、給湯室のご説明をいたします」

マリアはマイヤー夫人から施設の説明を受けるために連れられて行く。

アデライーデが、窓から庭を眺めると植え替えをしたばかりといった庭が見えた。きっとアデライーデのためにガーディナー達が頑張ったのであろう。

しばらくすると、マリアが続き部屋から戻ってきた。キッチンとお風呂とレストルームの使用方法の説明を受け確認をしてきたらしい。

「お風呂とレストルームは新しいものでした。お輿入れに合わせて改装された様子ですわ」

マリアは感心していた。

「それに……続き部屋には、事前に届けられていた細々した日用品が収められていました。ちゃんと目録付きでどこにあるのかも記されていました。マイヤー夫人って仕事が丁寧で見習わないといけないですね」

そう話していたら三人のメイド達がティーワゴンでお茶を運んできた。

「ねぇ、マリア。貴女も座って」

「いえ！　とんでもありません。アデライーデ様と同席するなど……」

「ね。お願い」

アデライーデは、胸の前で手を組み『あざとかわいい』攻撃を繰り出す。

「む………ふぅ……はい………」

「ね、ここよ」

ソファの横を指定し、妙に緊張しているマリアを座らせる。そして、さっきからことの成り行きを見て固まっているメイド達に二人分のお茶をお願いした。

メイド達は紅茶を出すと、そっとティーワゴンの脇に控えた。そして、目をうっすら閉じ耳に集中する……。

「マリア、ここまで付いてきてくれて本当にありがとう。とっても嬉しかったわ。でもね、もし少しでも後悔したりしているなら今からでも遅くないのよ」

「何をおっしゃるのですか。ずっとお仕えしますと申し上げたではありませんか」

「ありがとう。じゃあね、お願いがあるの」

「…………手を前で組まないでくださいい……」

「え？　だめなの？」

「はい……何でも『はい』と言いそうになるので……」

「聞いてもらえるなら、手を組んだ方が………」

「…………こほん！　お願いとは何でしょうか？」

マリアは咳払《せきばら》いをし、アデライーデが手を組むのを阻止した。

「もうここは帝国じゃないのよ。一緒にお食事をしたりお茶をしたりしたいわ」

「アデライーデ様は、ご結婚なさるのですよ。アルヘルム様とこれからお食事やお茶をされると思いますが……」

「もちろん、そうだと思うけど、お忙しいこともあると思うの。そんな時は一人より二人でのお茶や食事の方が楽しいと思うわ。ね？　お願い」

（そう……陛下達と食事をして気がついたわ。美味しい食事だけど、一人での食事よりおしゃべりしながらの食事の方が美味しいってことを思い出したわ。それに……マリアはいつ食事しているんだろうって思っていたのよね）

侍女の食事は基本、毒味を兼ねて主《あるじ》と同じものを事前に食べる。アデライーデ一人分でも数人分と多めに運ばれてくるので、支度前に一口ずつ全種類毒味をし、お片付けの合間や自室に戻ってから残りを自分の食事として口にしていたのだ。

「でも、それでしたら、アデライーデ様のお食事のお世話は……」

「メイドさん達にお願いできないかしら……」

そう言われて、メイド達がビクリと顔を上げる。

「私には、彼女達の指揮権はありませんので、あとでマイヤー夫人に相談してみますね」

「そうね。マイヤー夫人に相談するのがいいわね。もしそうなったら、皆さん、よろしくね」

アデライーデがメイド達ににっこり微笑むと、メイド達はおずおずとスカートをつまみお辞儀をした。

「じゃ、マリアとの初めてのお茶会を始めましょうか」

「緊張しますわ」

「すぐに慣れるわよ。お茶を飲むだけですもの」

出された紅茶には、砂糖と蜂蜜が添えられている。アデライーデは蜂蜜をマリアに勧めた。

「この国のお茶はお砂糖より、蜂蜜があっていて美味しかったわ。マリアも蜂蜜を入れて飲んでみて」

「さようでございますか？　蜂蜜を入れるのは初めてです」

マリアは、渡された蜂蜜の入っている片口を受け取りティーカップに注ぐと紅茶に口をつけた。

「本当に美味しいですわ。砂糖とはまた違った味わいですわ」

「ね。お父様達にもお手紙で勧めてみるわ」

マリアとの初めてのお茶会はメイド達に見守られつつ、聞き耳を立てられつつ和《なご》やかに過ぎていった。

アデライーデはマリアに鴇羽《ときは》色のドレスを着付けてもらい、真珠のお飾りをつけていた。

初めてここのバスルームを使うので、三人のメイド達にも手伝ってもらった。いつもより手早く入浴を済ませられたので、マリアの入念なマッサージを受けるともうこのまま、寝てしまいたいくらいだった。

三人のメイドさん達から「お手伝いできることがあれば」と申し出があったので、ありがたくドレスのお支度まで手伝いをお願いするとさすが、王宮勤め。若くても手慣れている。

マリアがお化粧と髪をハーフアップにする手付きを食い入るように見つめていたメイド達は、マリアが持ってきたドレスを出してきた時に、「まぁ！」と目を輝かせる。

「帝国では、成人のお披露目の時に纏《まと》うドレスなのです」とマリアが説明をすると、「さすが皇女様のドレス……素晴らしいです」「お手伝いするのが怖いくらいです」と言いながらも、そつなく手伝ってくれた。

「バルク国では成人のお披露目の時に何か決まっていることがあるの？」

アデライーデがメイドの一人に声をかけると、緊張した面持ちで少し恥ずかしげに「帝国のようにドレスに特に決まり事はありませんが、女性貴族は何か生花で髪を飾ることと男性貴族は家の色を表すチーフをつけるくらいでしょうか」とバルク国のお披露目事情を教えてくれる。

「まぁ、色とりどりのドレスで華やかなのね」

「いえ、帝国のお披露目に比べたら……」

メイドは、恐縮しきりでアデライーデのドレスの裾を整えていた。お支度が済むと、先程メイドの一人が呼びに行ったらしいマイヤー夫人がアデライーデの先導のために訪れてきた。

「お支度はお済みでしょうか」

「ええ、彼女達に手伝ってもらって助かりましたわ」

「もったいないことでございます」

マイヤー夫人が目配せすると、メイド達は一礼をして下がっていった。

「では、ご案内いたします」

マイヤー夫人に案内された部屋は、最初に通された迎賓室だった。

入室して「こちらでお待ちを」と、部屋の中央にエスコートされるとすぐにアルヘルムが奥の扉から侍従長を伴い入ってきた。

三十前後で濃茶の髪に黒みがかった緑の瞳。渋みはないが、男性らしいキリッとした顔立ちをしている。王という地位のせいか落ち着いた印象だ。背も高めの百八十くらいでスラッとしている。

(この世界の人は美男美女が普通なのかしら。イケメン率高いわね)

「遠路遥々我が国までお越しいただき感謝いたします。フローリア帝国第七皇女アデライーデ様。こちらはバルク国国王アルヘルム・バルク陛下でございます」

侍従長のナッサウにそう紹介されるとアルヘルムはにこやかに笑いながら「初めてお目にかかる。フローリア帝国皇女アデライーデ殿下」と胸に手をあて挨拶をした。

約束されているとはいえ婚儀までの身分は、帝国の皇女であるアデライーデの方が高い。

「歓迎ありがとうございます。アルヘルム国王陛下」

アデライーデも淑女の挨拶を返す。

(確かにブルーノの言う通り美しい姫君だ。帝国の血筋の特徴を色濃く引いているし……皇帝の実子なのは間違いないようだ)

アルヘルムと宰相のブルーノ・タクシス、それにナッサウ侍従長はアデライーデが帝国で忘れられた皇女と言われているのを知っている。

「お疲れになったでしょう。早速ですが、ささやかながら殿下のために晩餐を用意しています。いかがですかな?」

「ありがとうございます。楽しみですわ」

アルヘルムは会話が途切れる前に、さっさとアデライーデを晩餐に誘った。

ナッサウは内心ぎょっとしたが、驚きを押し殺し……顔には出さず侍従達に目配せをすると一人の侍従が静かに退出して行った。本来であればここで少しお茶をするか庭園を散策し親睦を深める予定だが、どうせ晩餐中に会話がある。晩餐に誘うと、思いの外アデライーデは嬉しそうに同意した。

(助かったわ。ここで長くお話になるより、早く終わらせて部屋に戻りたいわ)

(助かった。手早く晩餐を終わらせよう)

案外この二人、似た者同士かもしれない。

助かったと思っている二人をよそに、慌てているのはすぐに晩餐を始めると知らせを受けた厨房《ちゅうぼう》と給仕達だった。

それぞれの思惑を胸に、アルヘルムは晩餐の間にアデライーデをエスコートした。

アルヘルムにエスコートされ貴賓室隣の晩餐の間に移動すると、美しくテーブルセッティングされていた席に案内された。侍従達が二人の椅子を引き着席する。

「アデライーデ皇女殿下、食前酒はいかがですか？　お好みでなければ果物水などもご用意できますが」

アルヘルムがアデライーデを気遣う。

「ありがとうございます。食前酒をいただきたいと思います」

(食事にはジュースよりお酒がいいです)

「では、食前酒を」

(一応飲めるんだ)

アルヘルムの言葉に給仕が食前酒のボトルを選び、金色の酒がグラスに注がれた。

「殿下との出会いを祝して」

「陛下のご健康を願って」

軽くグラスを掲げ食前酒を口にした。

(少し酸味が強い白ワインのような味だわ……発泡してないからシャンパンとも違う……なんのお酒だろう……)

「蜂蜜酒は初めてですか?」

「ええ、初めていただきました。美味しいですね」

「バルク国では養蜂が盛んなので、よく飲むのですよ」

「そういえば、タクシス閣下にお会いした折にバルク国では紅茶にも蜂蜜を入れるとお聞きしたのですが、蜂蜜はバルク国ではよく使われるのですか?」

「ええ、料理や菓子などにもよく使いますね」

「初めて紅茶に蜂蜜を入れていただきましたが、とても美味しいと思いましたわ」

アデライーデは、にこにこと蜂蜜酒を口にした。

(蜂蜜酒って、甘いお酒かと思っていたけどそうでもないのね。子爵の書いた紀行本に蜂蜜酒のことは書いてなかったけど、この国には美味しい物がたくさんありそうで、期待が持てそうだわ)

「気に入っていただけたようで光栄です」

帝国の貴族はワインやシャンパンを好む。蜂蜜酒は古くからある酒だが、帝国では一つ格が落ちるような扱いを受けていた。戦勝の祝いの席で口直しに馴染みの蜂蜜酒を頼んだ時の貴族達の冷笑は今でも覚えている。

だが、アデライーデは蜂蜜酒を気に入ったようで、くいくい飲んでゆく。

アルヘルムはさり気なくこの少女を観察していた。蜂蜜酒を飲む時にどんな表情をするかと思っていたが、美味しそうに飲むアデライーデの心の内を計りかねていた。

(嫁ぐ国に慣れようとしているのか？　それとも若いので単に知らないだけなのか……)

グラスが空く頃、前菜が運ばれてきた。

前菜は、小鯵の酢漬けと人参《にんじん》と生ハムのマリネ。グラスには白ワインが注がれた。

(鯵だわ！　こっちに来て初めて！　やっぱりお魚はいいわねぇ。お肉も美味しいけど、続くと飽きちゃうし。お箸《はし》があれば最高なんだけど)

「………魚がお好きですか？」

アデライーデが真っ先に鯵の酢漬けに手を出したのでアルヘルムは、意外そうに聞いてきた。

「ええ。好きですわ。バルク国の食のことを書いた紀行本にも魚料理のことが書かれていて、とても楽しみでしたの」

「ほう……我が国のことが帝国で紀行本に……」

「食に造詣《ぞうけい》の深い方が書かれたようで、港町で食べた食事のことが生き生きと書かれていました。絵もお上手《じょうず》なようで挿し絵もありましたわ」

「それでは、そのうち港町の方もご案内いたしましょう」

「ありがとうございます。お手すきの時に是非」

コンソメスープと刻んだ卵と小海老を散らしたミモザサラダが順に出てきて魚料理は海老のアクアパッツァだった。

丸く形を整えられた蕪《かぶ》と食べやすいように殻は剥《む》かれ一口大にされた海老がゴロゴロ入っている具だくさんのアクアパッツァ。上には刻んだ香草がちらしてある。

陽子さんは感動しつつ、箸ではなくフォークが進んでいる。

「帝国の最後の夜に両陛下とバルク国の海老をオードブルでいただきました。とても美味しかったですが、こちらの海老のアクアパッツァはそれ以上に美味しいですね」

「料理長が聞くと泣いて喜びそうですね」

アルヘルムは、白ワインを傾けながらアデライーデが食事をするさまを眺めている。

続く肉料理はボリュームのある牛肉のステーキで、デザートはナッツと干しぶどうの入った小ぶりなケーキに蜂蜜がかけられたものだった。

食事中は当たり障《さわ》りなく料理や道中の話をし、アルヘルムは思っていた以上にアデライーデとの会話が弾むことに驚いていた。

帝国の皇女は気位が高く扱いにくいと聞いていた。まして親子でもおかしくない年の差。この晩餐も会話が弾むことなく淡々と終わるだろう、気の進まぬことなら『処理』は早い方がいいと思っていたからさっさと始めたのだ。

（意外だな……大人《おとな》の会話がちゃんとできる。そういう教育は皇女ならこの年で教育が済んでいるということなのだろうか）

アルヘルムに限らず、王侯貴族は年下と会うことは成人まであまりない。ほぼ大人の中で育ち、幼少期に出会える同年は選ばれて用意されたご学友程度。成年後には、身分の何たるかの教育を受けた者達だけなのだ。初めて年下とダイレクトに接することができるのは自分の子供達ぐらいなのだから、大抵はどう年下に接していいかわからないのである。

当初の予定ではさっさと晩餐をとったあとは、ブルーノと会う予定だったが、アデライーデに興味が湧いたアルヘルムは、食後のお茶が出てきた時に、アデライーデをベランダに誘った。

「少し庭園でも眺めませんか？」

顔合わせの後の晩餐が済めば、即解散と思っていた陽子さんは少し意外だったが、食事中の会話は楽しくできたし、断る理由もないので快諾する。

(そんなに長くはないだろうし……初めてのお誘いは断らない方がいいわよね)

給仕は給仕長に、本日二度目の急な予定の変更を足早に告げに行く。

お茶を飲み終わる間にベランダの席が整えられていたようで、すっかり日のくれた庭園の所々には篝火《かがりび》が焚かれていた。そろそろ晩春とはいえ、日が暮れれば肌寒くなる。ベランダのソファに移動したアデライーデには暖かな羽織物が用意された。

「飲み物は何がよろしいですか？」

「では、蜂蜜酒を」

陽子さんは遠慮なく酒を所望した。度の過ぎない飲みニケーションは、嫌いではない。酒飲みの性《さが》である。

(これから夫婦になる相手なら早めにコミュニケーションが取れていたほうがいいしね。お茶より口が軽やかになるはず)

二人の前に蜂蜜酒が用意されると、給仕達は下がり侍従長とマリアだけがベランダの端に控えていた。

「殿下とのご縁に」

「皆さんの歓迎に」

軽くグラスを掲げ蜂蜜酒に口を付けると、アルヘルムから話しかけてきた。

「殿下には、我が国の食事を気に入っていただけたと思って良いのでしょうか」

「もちろんですわ。これから楽しみです」

「帝国の方は魚をあまりお好みでないと聞いてきましたが、殿下は魚がお好きと聞き料理長が張り切っておりました。これから腕を奮ってくれると思います」

「とっても楽しみですわ」

アルヘルムは、一口蜂蜜酒を口にするとアデライーデに問うた。

「殿下はバルク国をどう思われますか」

「どうとは？」

「帝国に比べ、小国の我が国は殿下にとってこれから不自由なことも多いと思いますが……」

「皇后様も同じ質問をされましたわ」

「皇后陛下が？」

「ええ、全く同じ質問です」

「殿下はなんとお答えになったのですか？」

「これから大きくなる伸びしろのある国だと思いますと答えました。それに……お食事も美味しくて楽しみな国だとも。お父様も皇后様もバルク国は落ち着いた穏やかな国だから安心だと、送り出してくださいましたわ」

「それは最上の賛辞ですね」

「帝国でバルク国のことを私なりに勉強しましたが、もっとこの国を知りたいと思います」

「殿下は……そういう風に我が国を思ってくださっていましたか」

と、アルヘルムは笑顔でグラスを手にとった。

（聞く限り厄介払いではないような……嘘で取り繕っているようには見えないが……）

和やかである。

（今……今ならお願いできるかも……）

陽子さんは場の和み具合を計って、いつ切り出そうかと思っていたお願いを口にする。

「あの……もしよろしければ、できれば『殿下』はおやめになっていただけると……」

「…………」

確かに今は皇女なので正式な敬称は殿下だが、陽子さんにとって殿下といえば下膨れで踊りが上手な殿下しか思い浮かばない。

（連載当初から読んでいたのよ……。殿下呼びされると、どうしても頭をあの曲がぐるぐる回るのよね……）

アルヘルムは、アデライーデのお願いに少なくない衝撃を受けた。

国の大小を問わず、未婚の王族貴族女性を敬称無しで呼ぶことができるのは家族のみ。幼い頃からの婚約者であれば私的な場では愛称で呼んだりするが、結婚までは大抵『名前＋嬢』と呼ぶ。そして、社交界で女性から敬称無しで呼べというのは、肉食系婦人の直接的な「お誘い」の時くらいだ。

（確かに二週間後には婚姻だが……積極的なのか……。それとも名前で呼べと言っている意味を知らないのか？）

「だめ……でしょうか。帝国でも殿下と呼ばれたことが無く、呼ばれるのに慣れてなくて……」

「そういうことであれば……アデライーデ様とお呼びしてもよろしいでしょうか」

ぱあァァとアデライーデの顔が輝いた。

（良かった！　これで解放されるわ！）

(そうだよな。こんな子供がお誘いなど無いな。思ったよりしっかりしているから考えすぎた)

「ありがとうございます。陛下」

「では私のことも陛下ではなく、アルヘルムとお呼びください」

「よろしいのですか？　陛下は呼ばれ慣れていらっしゃるのでは？」

「よく呼ばれるが、未《いま》だに慣れないですね」

「ふふっ……お父様も同じことを言っていましたわ。未だに注目に慣れないって。どこの国の国王もみな同じなのかもですね」

「…………。そうかもですね」

蜂蜜酒のボトルが空になった頃、冷えてきたのでとベランダの二次会はお開きになった。

(殿下呼びもやめてもらったし、なかなかに有意義な晩餐だったわ)

美味しい食事と暖かな羽織物のお礼を言い、アデライーデは別れの挨拶をしてマリアを連れて自室へと戻っていった。

アルヘルムは晩餐室までアデライーデを見送ると、ブルーノが待つであろう執務室に戻っていった。

※※※

アルヘルムが執務室に戻ると、すでにブルーノ・タクシスがソファで書類を見ていた。タクシスのソファのサイドテーブルには、昼間のお茶に代わり蜂蜜酒とワインのボトルが置かれている。

「遅かったな」

「あぁ」

タクシスはグラスを取り出すとアルヘルムの前に起き、蜂蜜酒とワインのどっちにするか聞いてきた。アルヘルムは蜂蜜酒を指差す。

「どうだった？　皇女様との晩餐は」

「意外に会話は弾んだよ」

「へぇ、意外だな」

乾杯をしてグラスに口をつけてからアルヘルムが切り出す。

「皇女様は、あの年でも普通に大人との会話や晩餐をそつなくこなすように教育されているのか」

「それはわからんが、晩餐の後に庭を眺めようとベランダに誘ったんだって？」

「あぁ、ちょっと興味が湧いてな。魚が好きだとか、うちの蜂蜜酒を美味いと言ってベランダでも頼んで飲んでいたよ」

「気に入られようとしてか？」

「…………いや……あれは違うな。楽しんで食べていたし酒好きそうだ」

その通りである。

「メイド達からの報告も上がっているぞ」

アルヘルムが入ってくるまでに読んでいた書類が、マイヤー夫人が纏めたメイド達からの聞き取り調査の報告書だったらしい。渡された書類にざっと目を通すと、タクシスをちらっと見やる。

「褒め言葉しかないんだが……」

報告書には、メイド達がアデライーデの部屋で見聞きしたほぼすべての出来事が事細かに書かれていた。

アデライーデはメイド達にも穏やかに接していたようだし、帝国から連れて来た侍女も気さくな人柄のようで、アルヘルムとの顔合わせの支度はメイド達と一緒にしたらしい。メイド達個別の感想がついていたが、『仕事に対して感謝されたことが嬉しかった』『アデライーデ様と仲の良い侍女がうらやましい』などとあり、アデライーデ付きのメイドになる話が来た場合、どうしたいかとの問いに全員が「是非！」と答えたらしい。最後に「これからお仕えしないとわかりませんが謙虚な方のようです」と、マイヤー夫人の心証が添えられていた。

「ヨハンナもか……」

小国と言えど周辺国との付き合いはあり、賓客もたびたび城を訪れる。アルヘルムやタクシスの前では良い顔をしても使用人、特にメイドは「しゃべる道具」扱いの貴族がほとんどだ。気を抜いているからメイドから思わぬ話を聞くことも多い。

「宰相閣下名代のヨハン・ベック次席文官長殿との晩餐はどうだったんだ」

「こっちは予定通りだったよ。花嫁衣装は一週間後に到着予定。明日、輿入れ道具の目録を立ち会いのもと確認し、その後に受領式。で、ベック氏は、婚儀の見届け人の役目が終わるまで税率改定の細かい擦り合わせの会議をするのでよろしく、という味気ない会話の晩餐だったよ」

「実のある会話じゃないか」

「実はなかったのか？」

アルヘルムは報告書を置き、ワインを手に取り二つのグラスに注ぐと片方をブルーノに差し出した。

「殿下と呼ばないで欲しいと、言われたよ」

「…………それはまた……積極的な」

昼間に会った少女が、アルヘルムを誘うさまを想像できなかった。紅茶とバラの花のジャムで生きていそうな少女だったが……。

「いや、単に呼ばれ慣れていないらしい。成年前だからと言われればそう思うが、私的なパーティにも一切出たことがないような口ぶりだった。忘れられた皇女というのは本当のようだな」

「いや、それもわからんらしいぞ」

タクシスはそう言うと、二杯目のワインをグラスに注いだ。

「ライエン伯爵の所に行かせていた文官から、先程聞いた話なのだが……」


ライエン伯爵はバルク国と国境を接する領地の領主である。敵対する国との国境に領地を持つ伯爵は『辺境伯』と呼ばれ高位貴族としての身分や自軍を持ったり自治権があったりするが、静かな小国の隣に位置するライエン伯爵は、国境に領地を持っただの伯爵である。ライエン伯爵家は誠実な一族で、アルヘルムが帝国と盟約を結ぶことになったのもライエン伯爵家との長年の付き合いによるものが大きい。今回国境での引継式でも、ライエン伯からのこまめな連絡と情報でスムーズに行えたのだ。

「それではアデライーデ様は、皇帝の唯一の正統な実子かもしれないと？」

「あぁ、その噂がある。帝国での婚儀披露の時に皇后陛下のティアラと同じエメラルドの髪飾りをつけていたそうだ。皇后の瞳は碧《みどり》だしな。終始仲睦まじい様子だったらしい」

「じゃ、なぜうちに降嫁されるんだ。実子なら女帝になるんじゃないのか」

「帝国が危ないって言われていた頃があったろう？」

「あぁ」

空になったアルヘルムのグラスにタクシスは、ワインを注いだ。

「あの頃にアデライーデ様は生まれている。皇后も皇帝の名代であちこち行っていてしばらく臣下の前に出なかった時期があったらしいんだ。ひっそり産んで暗殺を避けるために忘れられた皇女として隠して育てたと言う者もいる」

「…………」

「だが生母はベアトリーチェ様との話もある。母親に生き写しだと言う者もいるんだ」

「ただすでにベアトリーチェ様の生家は死に絶えて血族はいない。そして母子共にほとんど社交をせずに離宮でひっそり暮らしていたから、両陛下くらいしか事実を知る者はいない。もしかすると本人も知らないかもしれない」

「…………」

「なぁ、この婚儀……『白い結婚』で良かったのかもしれないな」

『白い結婚』とは、花嫁または両人が幼い場合、結婚はするが初夜は迎えず成人してから夫婦生活を始めるというシステムである。低年齢での妊娠出産は体がそれに耐えられず、死産や難産で母子共に亡くなってしまうことを経験則で知っているからだ。

そして、白い結婚の間の離婚はお互いに瑕疵《かし》が付かない。

アデライーデが未成年であるため、当然成年までの白い結婚は条件としてついていた。合意の返事は当人同士の顔合わせが済んでからというのが慣例のため、明日ベック氏にアルヘルムから告げられる予定となっている。

「そうだな……帝国の意図が読み取れないしな」

「まぁ、うち程度では帝国の内情は読み取れないがな」

「晩餐の席で、うちの国をどう思うか聞いたんだ」

「ほう。で、なんと?」

「伸びしろのある国と言われたよ」

「上手いな」

「皇后も同じことを聞いたらしい」

「へぇ」

「皇帝も皇后もバルク国は落ち着いた穏やかな国だから安心して送り出してくれたと言っていた」

「…………。そこだけ聞くと皇后の実子っぽいな。可愛い娘を暗殺や陰謀渦巻く帝国から、妃の子としてのんびりした国に逃がしたと。それなら関税の引き下げも見えない持参金として持たせたと言われても納得はする」

「そうだな……どちらにしろ、賓客として扱うのに変わりはない。少なくとも皇帝の娘であることには変わりないからな」

「そうだな」

明日があるからとタクシスが部屋を出たあと、空になったグラスに酒を注ごうとしてアルヘルムがボトルに手を伸ばすと、いつの間にか二本ともボトルは空いていた。

※※※

アルヘルムとの晩餐も終わり、自室に戻ると先程のメイド達が入浴のお手伝いをとやってきた。

「ありがとう。では入浴はメイドさん達にお願いしようかしら。マリアは食事がまだでしょう？」

「アデライーデ様、私の食事は後でも大丈夫でございます」

「人手がある時はお願いするのも大事なことよ。お互いに慣れない環境なのだから、気がつかないうちに疲れが溜《た》まっていることもあるわ」

メイドの一人が、一歩進み出る。

「侍女様のお食事もお持ちしております」

「ありがとう。さすがね。マリア、冷めないうちにいただかないと」

「わかりました。ドレスだけお預かりしますわ。それではアデライーデ様の入浴をお願いしますね」

マリアは渋々ながらメイド達に入浴を任せることにした。支度前の入浴でメイド達の手際の良さは見ている。

マリアはメイド達に入浴の手伝いを任せると、アデライーデの脱いだドレスを持って出ていった。

入浴中、アデライーデとメイド達は今日の晩餐のメニューの話で盛り上がっていた。海老のアクアパッツァは国外からの賓客にも好評な料理長自慢の一品らしい。

明日の陛下のご家族や重鎮貴族達との顔合わせは午後からだから、午前はゆっくりできる。

ふかふかのベッドに入るとどっと疲れが襲ってきた。

(明日はたくさんの人に会うのよね。結婚式前の親族紹介みたいな感じになるのかしら……。午後からだから、お茶しながら?)

そんなことを考えているとすぐに意識は遠のいた。


翌朝目を覚ますと、いつもより少し陽は高く昇っていたので、昼食と兼ねたブランチをお願いし、午後からのアルヘルムのご家族や重鎮達へのご紹介に備えた。

午後になり、陛下から贈られたドレスとお飾りで貴賓室に向かうとすでに入室していたアルヘルムとタクシスに、笑顔で迎えられた。先導してくれたマイヤー夫人が他の女官やヨハン・ベックと並んで控える。

「ゆっくりできましたか？」

アルヘルムがアデライーデを気遣い、声をかけてきた。

「ええ、おかげさまでゆっくり休めましたわ」

（午後からにしてくれて本当に良かったわ。おかげさまで大分疲れは取れましたよ）

「今から家族を紹介しますが、お声がけをお願いできますでしょうか」

「もちろんですわ」

二人の会話が済むと、侍従の一人が「ご入室でございます」と告げ扉を開く。次の間から男性を筆頭に入室があった。

アルヘルムとアデライーデの前に一列に並ぶ。

「アデライーデ様、紹介します。先王ご夫妻はすでに亡《な》く、私の兄弟はこの弟のゲオルグだけです」

紹介されたゲオルグは一歩前に進み出て胸に手を当て挨拶をした。

「お初にお目にかかり光栄です、ゲオルグ・バルクと申します」

アルヘルムによく似た顔立ちで、同じ濃茶の髪と黒みがかったグリーンの瞳の二十代半ばの男性だった。

「私の同母弟で今年二十五になります」

アデライーデは軽く会釈し「初めまして、アデライーデと申します」と挨拶をした。

（そうか……異母兄弟がいる場合もあるのね。裕人と同じくらいね）

「妃のテレサです」

紹介されたテレサは一歩前に進み出て、深いカーテシィをした。

「テレサと申します」

明るい茶色の髪を結い上げたテレサは、落ち着いた三十歳くらいの優しげな顔立ちの美しい女性で茶色の瞳は緊張している風だった。

(薫と同じ年くらいかしら。年上の奥様なのね)

アデライーデの「初めまして」との挨拶を受けると、テレサは隣の男の子達に前に出るように促した。

ムスッとした十歳くらいの明るい栗色の髪の闊達《かったつ》そうな男の子は一歩前に出ると、その茶色い目でアデライーデを睨んでいた。

(あらまぁ、ご機嫌斜めねぇ。このくらいの年頃だと、こういう席では不機嫌になる子がいるのよね)

同じ髪と瞳の幼稚園児くらいの男の子は乳母に手を引かれて笑いながらもじもじしている。三人目は女の子。二歳くらいのようで乳母の腕の中ですやすやと寝ている。午後のお昼寝の時間のようだ。

「第一王子のフィリップ、第二王子のカール、そして第一王女のブランシュです」

アルヘルムがそう紹介するとテレサがフィリップに小声で「ご挨拶は？」と声をかけるが、フィリップはアデライーデを睨んだまま動かない。

(第一王子？　ゲオルグ様のお子さんじゃなくて、アルヘルム様の子なの？)

アデライーデが戸惑っているとテレサがフィリップの背に手を添えて「ご挨拶しましょうね」と優しく声をかけた瞬間、フィリップはアデライーデを睨んだまま指差して大声で叫んだ。

「母上を追い出そうとしているくせに！　お前なんか帰れ！」

「フィリップ！」

アルヘルムの怒声が飛ぶと、隣にいたカールがびっくりして泣き出してしまった。そしてその泣き声につられて今まで大人しく寝ていたブランシュまで起きて泣き始める。

あっという間に貴賓室に、子供達の泣き声が響き渡った。

タクシスが乳母達に「退室を」と短く指示を出すと、乳母達と一緒にテレサがフィリップを引きずるように連れて退出していった。

「アデライーデ様、愚息が失礼をいたし大変申し訳ございません。愚息に代わり謝罪いたします」

アルヘルムは、アデライーデに膝をついて詫びた。この非礼を理由に輿入れの取りやめになどなったら、帝国からどのような報復があるかわからない。ましてアデライーデが噂通り正統な皇女だった場合、バルク国など帝国の前に簡単に消し飛ぶ。

アルヘルムは今更ながら、この婚姻の重さを思い知らされた。上手くいけばいいが、そうでない場合この国は……。

「私からも甥《おい》に代わりましてお詫び申し上げます。何卒、お慈悲を」

ゲオルグもアルヘルムの横で膝をつく。青ざめて成り行きを見守っていたタクシスを始めその場にいた使用人すべてが、深々とアデライーデに頭《こうべ》を下げている。

「膝を上げてください、お二人共。年端のゆかぬ子供のことですし。戸惑われているだけでフィリップ様はお母様が大好きなのでしょう」

(私もこの状況に戸惑っているのよ……早く顔を上げて！)

なかなか膝を上げないアルヘルムにアデライーデは実力行使で、アルヘルムの手をとり「さぁ」と声をかけた。

ようやくアルヘルムは膝を上げアデライーデの手をとりかえした。

「愚息をお赦《ゆる》しいただけるのでしょうか」

「赦すも赦さないも子供のしたことですし、私は気にしてなどおりません」

「寛大なお言葉、感謝いたします」

「お慈悲をありがとうございます」

アルヘルムは再度頭を下げ、ゲオルグも膝を上げ礼をする。

「ゲオルグ殿下もお気になさらずに。アルヘルム様、次は要職の方々へのご挨拶でしたでしょうか？」と、笑顔で言うとアルヘルムは安堵《あんど》した顔をし、アデライーデと共に謁見の間に移動した。


謁見の間でバルク国の大臣達や高位貴族からの挨拶を受けたが、陽子さんは別のことを考えていた。

（テレサ様は、アルヘルム様の妃なのね。で、フィリップ様を筆頭に三人お子様がいる……早熟なこの世界で三十前後なら日本の四十くらいのイメージかしら。そりゃあ結婚して跡継ぎもいるのが普通よね。まして国王なら早めに跡継ぎ残すのも役目の一つだろうし……陛下も十二人も子供がいたし。アラサーでこれから結婚が普通の日本とは違うわよね。つまり、子供もいるご夫妻のところに、中学二年生の女の子がやって来て、正妻になるから奥さんは第二夫人にしましょうねって話なのよね。紫の上と女三宮みたいに、身分が上だと後から来ても年下でも正妻になるのね。いくら王族でそれは国のためなら当たり前と言われても、あのくらいの年の子には受け入れられないわよね。まして男の子でしょう。そりゃあ『お母さんは僕が守る！』ってなるわね……）

アデライーデは重鎮貴族達からの挨拶を受け終わると、「慣れぬことをしたので今日は、早く休みます」と、なにか言いたそうなアルヘルムに気がつかないふりをして笑顔で早々に自室に引き上げた。

部屋に戻ると、マリアは何も言わずお風呂の用意をしてくれ入念なマッサージをしてくれた。「今日は美容マッサージではなく、お疲れを取るためのマッサージにしますね」と。

（マリア……良い子だわ）

マッサージが終わり部屋着に着替えると、ブーケがアルヘルムから届けられていた。「お詫びと感謝を込めて」とのカードを見つめ陽子さんはため息をついた。

（元の世界でも国の公式行事に未成年を出さない理由がよくわかったわ……許す方も許される方も後始末に大変なんだわ。確かに一般庶民でも親族の冠婚葬祭で子供がやらかして、後々まで親の躾《しつけ》がどうのとか言われるものね。国レベルだとヒソヒソ話くらいじゃ済まないってことよね）

マリアにブーケを渡し、夕食を一緒に食べましょうと誘うと、マイヤー夫人にメイド達が給仕をすることの許可はもらっているらしく「ご一緒させていただきますわ」と、すんなり返事をされた。

その日の夕食はお魚づくしのコース料理だったので、料理の話をあれやこれやとマリアとして、寝酒にワインを頼むと、飲み慣れた赤ワインが出てきた。

驚いているとマリアが「お輿入れの品の中にちゃんと入れていただいています。ベック卿に出してきていただきました」と言いながらグラスをテーブルに置いた。

「ありがとう。さすがマリアね」

「アデライーデ様付きの侍女でございますから」

マリアが出ていくと陽子さんはグラスにワインを注いだ。

※※※

「大丈夫か」

執務室に入ってくるなり、タクシスはアルヘルムに声をかけた。

「あぁ」

「……とてもそうは見えんが？」

アルヘルムはソファに深くもたれかかり、手には強い蒸留酒《シュナップス》がなみなみと注がれたグラスを持っていた。

「どうだったんだ」

「…………どれのことだ？」

「……全部だ」

アルヘルムの口は重くなかなか口を開かない。

「世話のやける奴だなぁ。じゃ聞いてやるよ。フィリップはどうしてあんなことをしたんだ？」

グラスの酒を飲むと、眉間を押さえながらアルヘルムが答えた。

「テレサ付きの女官達の話を聞いたらしい。帝国から皇女が正妃として来ればテレサの立場は無くなり追い出されるとか、皇女との間に子が生まれればフィリップ達は王位を継げないとか、そんな話を聞いて追い帰したかったらしい」

「…………人事考えとくよ」

噂話をするなとは言わないが、仮にも王妃付きの女官が噂話を王宮内の他の誰かに、まして当事者に聞かれるなんて迂闊《うかつ》すぎる。

「フィリップに父上はアイツが来たから母上を捨てるのか、自分達はもういらないのかと責められた」

「…………」

タクシスはグラスにワインを注いでアルヘルムの前に座ると、

「王子とは言えど、まだ十歳の子供に大人の都合はわからんさ」と言ってワインを飲んだ。

「先王もお前も妾妃《しょうひ》を持たなかったしな」

「そんな金はない」

「金があっても持たなかったろう？」

「あぁ」

「それでフィリップは今どうしてる？」

「部屋で謹慎させている」

「テレサ様はどうしてる」

「自分の教育のせいだから、フィリップを廃嫡《はいちゃく》にしないで欲しいと泣かれた」

「……おい、廃嫡って……」

「最悪の場合だ……」

アルヘルムはぐいっと、蒸留酒《シュナップス》をあおる。

「テレサはフィリップを廃嫡にするなら自分が代わりに修道院に入るから許してもらえないかと言い出して今まで止めていた。………勝手なことをしたら許さんとテレサも部屋に謹慎させている」

「皇女様はお赦しくださったじゃないか」

「宰相付きのヨハン・ベックがいただろ」

「あぁ、あの全く表情が読めない奴な」

タクシスはヨハンの名前を聞いて嫌な顔をした。ニコニコとしていて懐柔しやすそうに見えるが、とらえどころがなく交渉相手にはしたくない男だ。

「奴が帝国に報告すればどうなるかわからん。なにかある前にこちらで対処したとなれば、帝国も何も言えないだろう」

「まぁな……」

二人とも帝国がそんなに甘くないことはわかっている。わかってはいるが口には出せなかった。

あの後、アデライーデとの白い結婚の受諾のためにヨハン・ベックと会った時、ヨハンは先程のことなど露ほども気にしていないような笑顔で受託書を受け取り「確かにお預かりいたします」とだけ言って、退出しようとした。

タクシスは、バルク国に帝国への叛意《はんい》はなく、この婚儀を心待ちにしていることを伝えると「皇女様もそのようでございますね。喜ばしい限りです。アデライーデ様の花嫁姿を拝見できるとは栄誉なことでございます」と笑顔で応《こた》えられてしまった。

謝罪も何もさせない、触れもしない。話の手がかりすら与えずに宰相の文官は爽やかに退出していったのだ。

「皇女様はどうしてる」

アルヘルムは、アデライーデがどう思っているのか気になっていた。あの場では気にしないと言っていたが、本心かどうかわからない。フィリップを年端もいかぬ子供と言っていたが、アデライーデもまだ子供なのだ。それなのに、取り乱すことも怒ることもせず、大したことではないと笑ってあの場を収めた。

「部屋に帰ってから、風呂に入り侍女と食事をしてゆっくりしているらしい」

「何か話していたか？」

「メイド達の話では、フィリップのことはなにも話題に出なかったらしい。機嫌も良かったようだ。料理長はどんな人なのかと聞かれたくらいだと言っていた。メイド達も最初はビクビクしていたらしいが、あまりに普通で本当に気にされていないようだと言っていたな」

「そうか……」

「ただな……名目はアデライーデ様が飲むワインを取りに行くということで、侍女がヨハン・ベックのところに行った」

「………」

「輿入れの品の中からワインを一ケース取り出したいが、重いので男手が欲しいと言われて、侍従の一人を連れて行っている。侍従は特に二人は話し込んでいる風でもなく、単に受け渡しだけで終わったと言っていた」

「本当に皇女様自身は気にしていないんじゃないか」

「そうだといいんだが……明日もう一度確かめてみる」

そう言ってアルヘルムは、グラスの蒸留酒《シュナップス》を飲み干した。

※※※

マリアが部屋を出てから、帝国にいた時と同じように暖炉の前でワインを飲むと、この世界に来て一番の深い深いため息を陽子さんはついた。

(結婚イコール相手が独身って、王侯貴族の常識じゃないことは本では読んで知っていたけど、いざ自分の身に起こるとすっぽり抜けていたわ。アデライーデをこの国に輿入れさせるってことは、陛下達は帝国にとってもアデライーデにとってもメリットがあると思っているのよね。陛下達もアルヘルム様に妻子がいるのはわかっているはず。でも、多分二人にとって、ん?それが?って、感じなんでしょうね……)

陽子さんは、皿に盛られたチーズに添えられた蜂蜜をかけた。口に入れると柔らかいチーズに蜂蜜がよくあって美味しい。

(帝国を出る時に、穏やかに暮らせと言われたけど……陛下達にとっての『穏やか』と、日本の庶民にとっての『穏やか』の差がありすぎるわ……)

ワイングラスを持ってソファの上で膝を抱えて、暖炉の火を見つめる……。

(でも、長い間戦争をしていた陛下達にとって、穏やかに暮らせるって何よりも幸せなことなのかもね。陛下達はアデライーデを大事に思っていたもの。現代人の普通や当たり前ってこの世界では、とても幸せなことなのね。そう言えばおばあちゃんも言っていたな。平和な世の中で食べていけるだけで幸せだって。ちょっと前の日本もあまり変わらないのかも……)

多分、陽子さんが言うちょっと前は百年くらい前の話だ。

陽子さんのおばあちゃんが生きていれば百歳ちょっと。戦争経験世代だ。

「食べていくために結婚したのよ」

おじいちゃんとなんで結婚したの?と聞いた時に、そう答えたおばあちゃんに軽いショックを受けたけど、今日のアルヘルム達を見てなんとなくわかるような気がした。

(襲われたからと呼ぶ警察も裁いてくれる裁判所も無くて、平和も安全も確約されたものではないから、昔は王族の婚姻でそれを補完するって本で読んで、皇女の務めを果たしますなんて言っちゃったけど、わかったつもりだったのよね)

子供の失言でも国を荒廃させる可能性が少しでもあるなら、親子ほど年下の少女相手にも躊躇《ちゅうちょ》なく膝をつき頭《こうべ》を垂れていたアルヘルム達。

アデライーデの後ろの帝国に、王として膝をついた。

アルヘルムも妻子がいてもアデライーデを正妃に迎えると決めたのなら、それはこの国にとって何かしらのメリットがあるから受け入れたのだろう。

(若いのに覚悟が違うわよねぇ、私とじゃ)

陽子さんは、ワインを飲み干すとグラスにワインを注ぎ足した。

(テレサ様だったかしら。アルヘルム様は他にもお妃様はいるのかしら。紹介されなかったってことはいないのかも……)

知らなかったとはいえ、彼女がどんな気持ちで今日挨拶をしたのかと思うと、一人の妻として陽子さんは胸が苦しくなる。

(きっと、いろいろなものを受け入れ呑み込んだんだろうな……。彼女もまた立派な王妃なのね)

グラスを持って、暖炉の前に座り床にグラスを置いた。

(バルク国の国益にとっては良くてもアルヘルム様のご家庭にとって、アデライーデは家庭崩壊の原因よね。下の子達はまだよくわからないだろう年だから、まだ良いとしてもフィリップ王子にとって私は敵認定決定だろうし……。思春期入り口の難しい年頃の子に、自分とあまり変わらない義母ってないわよね……。でも、結婚の辞退や離婚は国としての取り決めとして無理よね。アデライーデが王妃にならないということは、多分アルヘルム様も国王として望まないだろうし)

パチパチと燃える薪《まき》をぼーっ眺めて、なんとかならないものかと思うが、何も浮かばす夜は更けていった。

第七章

父と子

「おはようございます。アデライーデ様」

マリアの声と紅茶の香りで目を覚ますと、いつものようにかけてくれるストールが少し薄手のものになっていた。

身支度を整え、朝食を済ませると……やることが無い。帝国にいた頃は調べ物をして色々忙しかったが、ここは輿入《こしい》れのバルク国のお城……。

食後のお茶を、ベランダに持ってきてもらい庭を眺めると鳥の囀《さえず》りが聞こえる。

いい天気だ。

マリアは普段使いのドレスや小物を整理整頓したり、記帳したりと忙しそうにしている。

(やっぱりお妃教育とかあるのかしら。一週間後に結婚式があるってことしか聞かされてないのよねぇ)

お散歩にでも行こうかとお茶を飲んでいると、ナッサウ侍従長の目通りをマリアが告げに来た。

ナッサウをベランダまで通してもらうと、アルヘルムの昼食をご一緒にしませんかという誘いだった。

否と言う理由がないので、「楽しみにしています」とお返事をしてナッサウを見送り「さぁお散歩に」とマリアに声をかけようとすると、いい笑顔のマリアが近づいてくる。

(そうですね、お支度ですね……)

デコルテのお手入れが終わったあと、爪のお手入れをしてもらうために窓辺のソファにマリアと並んで座り、マリアの膝上のクッションに手を置いた。今の時間はマリアと二人きりだ。

「ねぇマリア……お父様もそうだったけど、王妃の他にお妃様がいるのは普通よね」

「テレサ様のことですか？」

「ええ……」

「そうですね。高位貴族の方や裕福な商人などは、第二、第三夫人がいることが多いですね。アルヘルム様のようなお立場でしたらお世継ぎは一日でも早く、できれば数人王子様がいらっしゃる方が安心ですからね」

（マリアのように若くてもそう思うのね）

「皇帝陛下も弟様方達を早くに亡《な》くされましたから、ご苦労も多かったと思います」

（え？）

「私……その話はあまり知らなくて……」

「不幸ごとですので表立ってお話しすることではないですが、ご幼少の頃お二人、成年後にフィリングス公爵……ハインリヒ様をご病気でお亡くしになったと聞いております。私も父から聞いたくらいであまり詳しく存じませんが」

マリアは、アデライーデの爪を磨きながらそう言った。

「そう……知らなかったわ」

「アデライーデ様も、何よりご健康を大切になさってくださいませ」

「ええ、気をつけるわ」

ベアトリーチェを亡くしているアデライーデを気遣うマリアに、陽子さんは素直に返事をした。

（ベアトリーチェ様も若くして流行病《はやりやまい》で亡くなっているものね。インフルエンザみたいなものだった

のかしら……医療の進んでいる日本でも毎年千人単位で亡くなっていたから、この世界ではかかったら命取りよね）

不意にマリアが、「……アデライーデ様は、ご立派でしたわ」と言って、アデライーデの手のマッサージを始めた。

「え？　何が？」

「膝を上げてくださいと、アルヘルム様の手をとられたことですわ」

「だって子供の言ったことよ。大げさよ」

「子供でも公的なご挨拶の場での失態がどういうことか、アルヘルム様もあの場の皆もわかっていたと思いますわ。でもアデライーデ様は笑ってお赦《ゆる》しになられましたわ。ご立派でしたわ。他の皇女様でしたらどうなっていたことか」

「………どうなっていたの」

「破談にでもなれば、お困りになるのはバルク国だけでなく帝国もですわ」

（………面子《メンツ》の問題なのね）

「それをアデライーデ様は丸く収めたのです」

マリアのマッサージが高速になり始める……。

「あの時のアデライーデ様は金色の衣装を纏《まと》った女神様のように、頭《こうべ》を垂れるアルヘルム様の手をとって微笑《ほほえ》まれて……絵師がいたらどんなに良かったか……」

あの場を思い出して、うっとりと空《くう》を見るマリア……。

（マリア、何か……何か違うわ。すごい勘違いをしているわ……）

「マリア……戻ってきて……」

「はっ！　…………、失礼をしました……」

戻ってきたマリアは少し顔を赤くしながら、そろそろお時間ですのでドレスのご用意をいたしますと、クローゼットへそそくさと向かっていく。

（マリア、時々夢見がちになるのよね……）

淡い空色のドレスに着替えて、迎えに来たナッサウに案内され、庭園の東屋《あずまや》に設《しつら》えた昼食の場に着いた。

すでに席についていたアルヘルムが立ち上がって、アデライーデを迎えると「今日は天気も良いので、ここで昼食をとろうと思ったのですよ。花も盛りですからね。貴女《あなた》にお見せしたかった」と椅子を勧めた。

東屋の周りは白い花に囲まれ、テーブルの上の花も同じ花が飾られていた。

「お招きありがとうございます。こんな感じで外で食べるのも素敵ですね……」

ナッサウはアルヘルムの後ろに控え、給仕が白ワインをグラスに注ぐと二人だけの昼食が始まった。

アデライーデの好みをと考えられたのであろう、白身魚のゼリー寄せやチキンのソテーが少量ずつ運ばれてくる。

アルヘルムは、早くに部屋に帰ったアデライーデが本当は昨日のことをどう思っているか、注意深く観察していた。食事中の会話の中に、アデライーデの不機嫌や不満を見つけることができず最後のお茶を飲んでいる時に、アルヘルムはフィリップのことを切り出した。

「昨日は貴女にフィリップが不快な思いをさせてしまったのに、快く今日の誘いを受けていただいて言葉がありません。もし……」

もし……アデライーデが望むならフィリップは二度とアデライーデの目につかぬよう…………廃嫡に……と、言いかけたアルヘルムの前に涙ぐむテレサが浮かび、声が出ない。

アデライーデは、ティーカップをそっとテーブルに置くとアルヘルムに「昨日のことですか？」と微笑んで尋ねた。

アルヘルムは、アデライーデの唇からどんな言葉が出るか凝視する。

「フィリップ様は、お母様のことが大好きで守りたいと思われているだけだと思いますよ。まして、あの年頃の男の子に突然お父様に新しい妃ができるなんて、受け入れられるはずがありませんもの」

「しかし……、公式の場でフィリップは貴女を侮辱しました」

「公式の場？　おかしいですわね。私が知る限り未成年は公式の場には出られないはずですわ」

首を傾《かし》げつつ、ティーカップを手に取る。アデライーデも未成年だが、それはこの際棚に投げうっておく。中身は三回ほど成人しているし。

「私は昨日、アルヘルム様のご家族の紹介というごく『私的な』場に出ました。公的な場は、謁見の間でのバルク国の大臣達や高位貴族からのご挨拶の場だけだったと記憶していますが……違いましたか？」

アデライーデは、にっこり笑ってティーカップの紅茶を口にした。

「……………痛み……入ります。殿下……」

アルヘルムはテーブルの下で拳を握りしめていた。アデライーデが、あの場は『私的な場』だと言い切るのであればフィリップの廃嫡は無くなる。

（…………殿下と呼ぶはおやめください）

ピュロロ……ピュロロロ……。

駒鳥《こまどり》の囀りが、午後の庭園に響いていた。

※※※

「テレサ！」

「陛下……」

アルヘルムはテレサの部屋にノックも無しに入ってくるなりソファに座り、とうに冷めてしまった紅茶のティーカップを前に、ぼうと座っているテレサに、大股で近づいてくる。

立ち上がり、テーブルの横に出てカーテシィをとろうとするテレサを掻《か》き抱《いだ》きアルヘルムは強く抱きしめる。その茶色の髪の上に何度も唇を押し当て、テレサを苦しいほどに抱《いだ》くと頬と頬を合わせ、テレサにしか聞こえない震えるかすかな声で「いいんだ……いいんだ……もういいんだ。テレサ……」と呟《つぶや》きながらアルヘルムはテレサをより強く抱きしめた。

アルヘルムに強く抱かれ、焦点の合わない目で天井を見つめていたテレサの目から一筋の涙が溢《あふ》れる……。

「本当……に？……」

「あぁ……」

「本当に……」

「あぁ、本当だ……！」

テレサは、溢れる涙をそのままにその細い指をアルヘルムの上着に食い込ませ「陛下…………陛下‼」と繰り返す……。

女官達の姿は、とうに無い。

アルヘルムがやっとその腕から力を抜き、まだ涙に濡《ぬ》れているテレサの頬にキスをした。

「私的な場だと言われた……」

「私的な場……」

「あぁ。あれは家族の紹介という私的な場で、公式な場は大臣達からの挨拶だけだったと。それにフィリップのことも、あの年で私がアデライーデ様を迎えるということを受け入れられるはずがないと理解を示された」

「帝国は……」と不安げにアルヘルムをテレサは見上げる。

「アデライーデ様があれは私的な場と言い、帝国にフィリップのことを何も訴えないのであれば、帝国は介入しようとはしないだろう」

少なくとも帝国が表立って介入する理由はなくなった。

「フィリップはお慈悲をいただけたのですね……」

「あぁ、そうだな」

「私から皇女様に感謝のご挨拶を……」

「そのうち……時期を改めて整えよう」

「はい」

「フィリップには廃嫡の可能性があることを話しているのか？」

「いいえ……私からは何も……」

「私から話す……」

「はい」

「カールとブランシュを頼む」

そう言うと、アルヘルムはもう一度テレサを強く抱きしめ部屋を出ていった。

テレサは、アルヘルムを見送るとソファに腰を下ろし両手を唇の前で握りしめ「皇女様、感謝申し上げます……」と呟いた。


アルヘルムが、謹慎させているフィリップの部屋の扉をノックするとフィリップ付きの女官が出てきた。目配せをすると、女官は黙礼し静かに部屋を出ていく。入れ替わりでアルヘルムがフィリップの部屋に入ると、フィリップは窓から外を眺めていた。

「フィリップ」

アルヘルムはフィリップに声をかけるが、フィリップは振り向かない。

「聞こえているのだろう、こちらに来なさい」

再度アルヘルムに声をかけられ、フィリップは渋々アルヘルムの側《そば》にやってきた。

アルヘルムはフィリップをソファに座らせると、フィリップに向かい合って座った。

「お前に伝えておくことがある。その前に、お前はいずれこのバルク国の王となる自覚はあるのか」

「……あります」

「では、自身の行いがこの国の運命を左右することを自覚しなさい。お前がしたことはお前だけの問題で済むことではないのだから」

「罰は受けます。罰は受けますが、間違ったことをしているとは思いません。母上を追い出そうとするのはおかしいです」

フィリップは、この国の王となるために周辺国との付き合い方、王になる心構えや臣下への態度などの帝王学を学んでいる。最近は、周辺国からの使者や王族の出迎えの場などに短時間だが同席することや紹介されることも増えてきた。

アデライーデのこともテレサから、帝国から皇女がバルクに降嫁すると聞かされていた。降嫁とは、と、テレサに聞くと「皇女様を家族にお迎えするのよ。皇女様はお一人で遠くからいらっしゃるから、歓迎しましょうね。皇女様が寂しくないように優しくしてあげてね」と笑って教えられた。

フィリップは、自分より四つ年上の皇女が父上と結婚し家族になることを密《ひそ》かに楽しみにしていた。姉ができるような気持ちだった。教師や女官に聞いても『おめでとうございます。帝国と縁が結べることは願ってもない僥倖《ぎょうこう》、バルク国も安泰だ』と言われていた。

剣術の稽古が終わった時、アデライーデが到着したと聞きテレサに知らせたくて、いつもは通らない廊下を急いでいると、横の廊下からテレサ付きの女官達の声が聞こえた。泥のついた稽古着を咎《とが》められるかもしれないと、とっさに側の彫像の陰に隠れると女官達の噂話を耳にした。

「皇女様がやっぱり王妃になるのかしら」

「ご身分はテレサ様より上だもの……」

「帝国の皇女様と同列とはいかないわよね」

「第二妃となるのかしら……」

「……テレサ様、おかわいそうに」

「帝国に降嫁させると言われたら、逆らえないもの……」

「…………皇女様がお子様を授かったらフィリップ様達はどうなるのかしら」

「それは……皇女様のお子様が上位になるわね」

「王女様ならまだしも、王子様がお生まれになったら」

「フィリップ様達は、第二、第三王子になるのかしら」

「そうなれば、王宮を出て離宮暮らしになるわ……」

「そんな……今まで仲睦まじくお暮らしだったのに」

女官達はフィリップに気づかず通り過ぎて行き、フィリップは気がつくと自室に戻っていた。学習机の上には二枚の地図が置かれていた。家庭教師がアデライーデを迎えるにあたって、フィリップに色々教えるつもりで用意したのであろう。一枚はバルク国を中心にした周辺国地図で、帝国はバルク国の西に位置していた。もう一枚は大陸地図で、フローリア帝国の他にも大国がいくつも記されている。バルク国は大陸の東、フローリア帝国よりずっと小さく記されていた。

フィリップは、むっとした顔でその地図を睨《にら》んでいた。


翌日、テレサと話がしたくて女官に取り次ぎを頼んだ。が、王妃様は支度がありお時間がございませんので代わりにお聞きいたしましょうかと言われたが、言えるわけもなく時間だけがどんどん過ぎてゆく。テレサと話ができるかもと、支度を早く済ませてもらい控室に行くが、テレサはぎりぎりの時間に入室してきた。

「母上！　お聞きしたいことがあります」

「フィリップ。今は時間がないわ……後でね」

「でも！」

「お時間となりました」侍従の一人が時を告げると、テレサは「ちゃんとご挨拶するのよ。いつものように」と抱きしめ女官にドレスを整えてもらいゲオルグのあとに続いていく。

母に続き貴賓室に入室すると、父の隣に皇女がいた。

父は皇女に笑いかけエスコートし叔父を紹介している。そして父が母を紹介した時に、母はまるで臣下のように皇女に挨拶をした。

喉の奥が熱くなる。

(そこはお前の場所じゃない。母上の場所だ!)

いつも父の隣には母がいた。今その場所には皇女がいて、母は追い出されている。

女官達の話が頭の中を駆け巡る。

「母上を追い出そうとしているくせに! お前なんか帰れ!」と叫んだあとは、父の怒声とカール達の泣き声が聞こえ、母に引きずられるように貴賓室から連れ出された。

自室まで母に引きずられるように連れてこられた。テレサは女官に退室するように告げ、フィリップの肩を掴《つか》み目線を合わせると「フィリップ。なぜあんなことを言ったのです!」と青ざめた顔で問いただす。

「あいつは母上を追い出そうとしています! なぜ母上の場所にあいつがいるんですか!」

「皇女様をあいつと呼ぶのはおやめなさい! ご紹介なのよ? ゲオルグ様もご一緒していたでしょう?」

「あいつが王妃になって、母上は第二妃になるのですか?」

「……………フィリップ……なぜ」

テレサは驚きを隠せなかった。フィリップはどこでそんな話を聞いたのか……。

「…………父上は、帝国にあいつと結婚しろと言われて母上を離宮に追い出すのですか? 私やカール達も……」

「いいえ！　いいえ！」

そう言うと、テレサはフィリップを抱きしめた。

「フィリップ……何も……何も心配はないのよ……」

母がフィリップに部屋にいるように告げて出ていくと、しばらく経《た》って父がやってきた。テレサに聞いたことと同じことを尋ねたが父もそれには答えず、誰にその話を聞いたのかと問われた。廊下で母上付きの女官の噂話を聞いたことを話すと、謹慎を言い渡され父は出ていってしまった。

母も父も、自分の問いには答えてくれない。家庭教師も来ず、今まで自室に閉じ込められていた。


「罰を受けると？」

「はい」

「お前が受ける罰は、どんな罰だと思う？」

「それは……」

フィリップは、どんな罰かまでは思い浮かばなかった。今まで受けた罰は、家庭教師から逃げ出したりいたずらをした時の書き取りや壁を向いて立たされたり、自室に謹慎させられたりしたことぐらいだった。

「廃嫡だ」

「はいちゃく……？」

聞いたことが無い……いや、王家の歴史で家庭教師が何代か前の王子が廃嫡になり、弟王子が王になった話をしていたことを思い出した。

「私は王になれなくてもいいです。母上と一緒にいれるな……」

アルヘルムは表情のない顔で、フィリップの言葉を遮った。

「廃嫡となれば二度と王家の者と会うことは許されず、死ぬまで王家の塔に幽閉され、死してのちも塔の地下に埋められる。墓石も許されぬ。そして未成年のお前が廃嫡になるということは、さらに王家の歴史書の中から生まれたことすら消され、いなかったものとされる」

「そんな……でも、家庭教師は……」

フィリップは愕然《がくぜん》とした。

「お前はまだ幼い。家庭教師が教える国の歴史や帝王学は表向きのことだけだ。表向きの歴史書の中で書かれる廃嫡とは成年後奇行が目立ったり、謀反《むほん》を起こそうとして公《おおやけ》になり隠せなかった時だ」

「…………」

「生まれてきたことすら無かったことになる……。未成年のお前を廃嫡にするということは、そういうことなのだ」

フィリップはアルヘルムの言葉に強いショックを受け、何も言葉が出ない。

アルヘルムの言葉は続く。

「真の帝王学とは王から次代の王へ少しずつ教えていくものだ。国を統治するということは表に出せるきれいなことだけではない。私が先王から教わったように、本来はお前が子を生《な》せるようになった時に教えるつもりだった」

アルヘルムは、呆然《ぼうぜん》となっているフィリップを見て「聞けるか」と尋ねた。

「はい……」フィリップはごくりと生唾を呑み込んだ。

「少し早いがいい機会だから教えておく。王族の結婚は政略だ。王家、つまり国に利益のない結婚はしない。王たる私と、お前達の母とも政略結婚だ」

　フィリップは目を見開いてアルヘルムを見つめる。アルヘルムの表情は変わらない。

「テレサは、我が国の有力貴族の娘だと知っているな？」

「はい」

「当時、数名の王妃候補がいた。その中から一番国の役に立つ家の娘を先王と選んだ。それがお前達の母だ」

「役に立つのであれば……母上でなくとも……良かったと……」

「そうだ。だが、幸いなことに私達の出会いは政略結婚であったが心が通じ、愛し合えるようになった。先王ご夫妻と私達は王家では珍しく睦《むつ》まじい王と王妃なのだよ」

「他は……」

「他の王と王妃か？　他の方々も役目を立派に果たした。子を生し次代に血筋を繋《つな》ぐように努力された」

「努力……それは……どういう努力でしょうか」

「……閨《ねや》教育というものがある。そう遠くなくお前も受けるだろう。その時にわかるだろうから、今はそういう努力があるのだということだけ覚えておくといい」

「はい」

「テレサは婚姻後、世継ぎを……お前をすぐに産みカール、ブランシュを産んだということで王妃としての一応の地位を固めたと言ってもいい。王妃に男子がない場合は新たに妃を迎え、妃達に男子が生まれなかった場合は、王弟に早めに代が譲られる」

「私やカールがいるのに、なぜ父上はあいつを……」

「皇女様と呼びなさい」

アルヘルムは強く言い付けた。

「はい……」

「皇女様の降嫁の話がなくとも、重臣達からは妾妃または第二妃の話は常に出ている」

「え……」

「二人では足らないのだよ」

「足らないって……」

「流行病《はやりやまい》や戦争、そして王としての資質がない者がいる場合を考えると、王子は五人ほどいた方がいいと言われている。より良い王を選べるからな」

「そんな……私達をなんだと」

「お前は王を……王族をなんと思っている？」

「国を統治する権力を持っているのが王で、高貴な一族と習いました」

「王とはバルクという国への奉仕者なのだよ。国のために生まれ婚姻し子を作り、その生涯のすべてを捧《ささ》げて国のために尽くす……それが王だ。そしてその王を生み出し支える一族が王族だ。いずれ、カールには王弟としての、ブランシュには王女としての心構えを教える」

「ゲオルグ叔父上も先王様から受けたのですか？」

「そうだ。だからゲオルグは今も婚約者もなく、私を支えお前達を見守っている」

「見守っている？」

「お前とカールの間にはもう一人子が生まれるはずであった」

「え……」

「テレサの腹の中にいる間に、儚《はかな》くなった。公表する前に儚くなったので、知る者は限られている。

ゲオルグは、私に数人王子が生まれたら公爵となり婚姻する予定だ。もし……ゲオルグが次代の王になれば王に相応《ふさわ》しい王妃を娶《めと》らなくてはならないからな」

フィリップは、頭がクラクラしていた。今まで家庭教師から教わった王や王族という「もの」の概念が音を立てて崩れていく。

「驚いただろう」

「はい……」

「私も初めて父上から聞いた時は、驚きしばらく誰とも会いたくなかった」

そう言うとアルヘルムは当時を思いだしているのか、しばらく目を閉じていた。そして、おもむろに目を開けフィリップを見つめる。

アルヘルムは立ち上がり、フィリップの部屋の隅に置かれている小机の上の水差しからグラスに水を注ぎ、一つをフィリップに一つを自分の前に置いた。

「喉が渇いただろう。飲みなさい」とアルヘルムに言われてフィリップは喉がカラカラに渇いているのに気がついた。

グラスに口をつけると、薄く切って入れられている檸檬《レモン》の香りが鼻をくすぐった。アルヘルムもごくごくと水を飲んだ。

「今回の皇女様の降嫁だが、表向きは帝国からの戦勝への褒美だ。だが、帝国への同盟と合わせてもこの小国に対して過分すぎる。帝国の真意はわからんが、バルク国にとっては利益がある」

アルヘルムはグラスをテーブルに置く。

「バルク国から帝国への輸出税は大幅に下げられ一定量の買上げも約束された。少しは民達の生活も潤うだろう。私はバルク国の王として皇女様をお迎えすると決めた。テレサも王妃としてこの国のためにと理解してくれている。お前は、その皇女様を皆の前で侮辱したのだよ」

自分のしでかしたこととはいえ、フィリップは真っ青になる。

「私は……わたしは……」

ただ母上を守りたかった……その言葉は、父の話を聞いたあとでは口にすることはできなかった。

「お前がテレサに連れられていった後、皇女様に膝をつき、赦しを乞うた。ゲオルグもだ」

王である父上が膝をつく……。

「皇女様は、私の手をとり子供のしたことですからと、お赦しくださった。しかし、あの場には帝国から来ていた文官もいた。皇女様が赦しても、公式の場であれば帝国から皇女を侮辱したと破談や報復をされてもおかしくない。私は王として国を守るために、お前の廃嫡を決めていた。カールやゲオルグがいるからな」

フィリップの手が震えだした。見上げたそこに父の顔はなく、バルク国王としてのアルヘルムがいた。

「テレサは、お前の代わりに自分が修道院に行くからどうか廃嫡しないで欲しいと懇願してきた。テレサも、お前が廃嫡になるとはどういうことか理解しているからな」

「母上……」

フィリップの目から涙が溢れ出る。守ろうとした母は、自分の身と引き換えにフィリップを守ろうとしている。

「先程、皇女様と話をした」

「父上……」

「あの場では赦すと言われたが本心かどうかは、わからなかった。皇女様が望むのであれば、お前を廃嫡にと申し出ようとして……私は口に出せなかった……お前もテレサも失いたくはなかった……私も……王としては……まだ、未熟なのだ」

アルヘルムは、フィリップから目を離しテーブルの上のグラスを見つめている。

「ち……父上……」

「皇女様は、笑ってあの場は公式ではなく私的な場だと、未成年は公式の場に出ることはないのだからと言われ、子供が父親に新しい妃が来ることを受け入れられないのは、当然だと言われたのだ」

「うぐっ……う……」

「皇女様が私的な場だと言うのなら、お前の廃嫡は無くなる。お前は赦されたのだよ」

アルヘルムは立ち上がり、隣に来るとフィリップを優しく抱きしめ「良かった……」と告げた。

「父としてアデライーデ様には感謝しかない。廃嫡をと言い出せなかった時、心の中で私はアデライーデ様に縋《すが》ったのだよ。私の手をとり気にしないと言ってくれたのだから、フィリップの廃嫡など望まないで欲しいと……。アデライーデ様でなかったら、私はこうしてお前を抱くことはなかったろう……お前はいずれ王となる。国のために生き婚姻し子を生し、そして、国のために妃や子を差し出さねばならぬ時もある。辛《つら》いことの多い道を歩ませるだろう。それでも、王家に嫡男として生まれたからには避けられぬ」

「……はい、父上」

フィリップは涙を拭《ぬぐ》うとコクリと頷《うなず》いた。

※※※

「良かったな」

「聞いたのか？」

フィリップの部屋を出て、執務室に戻ったアルヘルムにタクシスが声をかけた。すでに、夕闇が迫る時刻になっている。

「ナッサウが涙ぐみながら報告してくれた。飲むか？」

「頼む」

アルヘルムの言葉にタクシスはグラスにワインを注ぎ、ボトルをテーブルに置いた。

「そのワインは……」

「ナッサウからだ」

懐かしいワインラベル。テレサと二人でデザインした……いやほとんどテレサがデザインしたフィリップが生まれた年のワインラベルだ。子供が生まれるたびに、成年したら一緒に飲むつもりで作らせたものだ。

「ナッサウに赤と白一本ずつ渡しただろう？　白はテレサ様のところに持っていくと言っていた」

グラスを合わせ口にすると、ビンテージワインにはまだ若い口当たりだ。

「フィリップのようだな」とタクシスが言うと「あぁ、そうだな。まだこれからという味だ」と、アルヘルムも同意した。

しばらくワインを味わうと、タクシスがソファに深くもたれかかった。

「フィリップは、今回の顛末《てんまつ》を理解したのか？」

「あぁ。少し早いが色々教えようと思う」

「それがいい。フィリップ達は、お前とはまた違った状況になるからな」

「違った？」

「帝国の皇女を義母に持つんだ。まだ、婚約者もいないしな。お前の時のように国内からだけでなく、周辺国からもそのうち打診は来るだろう。皇女様との間に王子ができれば、また話はややこしくなるがな」

「そうだな……」

「二年の猶予があって良かったと思うぞ。仮に十四、五歳年が離れていれば後継争いは起こりにくい」

「…………」

「聞いているのか？　どうした？」

アルヘルムはグラスのワインをじっと見ていた。

「なんというか……今まで会ってきたご婦人……いやご婦人では失礼か、未成年だから少女か？」

「？　何を言ってるんだ。落ち着け。ご令嬢だろ？　どうした？　安心して、気が抜けすぎているんじゃないか」

常に気が張っているアルヘルムは、大きな判断をしたあとはしばらく腑抜《ふぬ》けになる……テレサにも見せられない無防備な姿を、タクシスは執務室の中で何度見てきただろうか。

今回は『フィリップの死』とも言える廃嫡がかかっていた。昨日からほとんど寝てもないだろうアルヘルムの返事を待たず、タクシスはグラスに口をつける。

「あ？　あぁ……そうだな……ご令嬢だな。アデライーデ様は本当に十四歳かと……フィリップと四つしか違わないのに……あの胆力はとても十四歳とは思えないんだ……安心感みたいなものすら感じる。ははっ、子供に安心感とはおかしいな」

アルヘルムは、フィリップと同じ年のワインを飲みながらそう言うと、グラスを置いた。

「何て言うかな……達観していると言うか……フィリップとそう年も変わらないのに『あのくらいの年の男の子は』なんて言うだろうか？　まるで子供を何人も育てたことがあるような口ぶりだった」

「確かに、紹介の時の場の収め方は手慣れた感じはあったな。最初こそびっくりしていた顔をしていたが、すぐに落ち着きを取り戻したし……」

「あと、浮ついたと言うか熱っぽい感じがまるで無い……」

「ん？　どういう意味だ」

「第二妃候補の令嬢達や未亡人と比べると、気に入られようとか気をひこうとか、そういう雰囲気を全く感じないんだ……二度しか食事をしてないが、聞かれるのは食事のこととバルク国のことだけで、私自身のことは聞かないんだ」

陽子さんは王様相手にどこまでプライベートを聞いていいかわからなかったので、仕事モード《偉い方バージョン》で接していた……。

「……すべての女性は自分に興味を持つはず……というわけか」

タクシスがニヤリと笑って自分のグラスにワインを注ぐ。

「茶化すなよ……」

ムッとしながらアルヘルムはタクシスの手からボトルを奪い自分のグラスに注いだ。

「いや、茶化してないぞ。王のお前に気に入られたい女性はたくさんいるからな」

「フン！　どうだか……」

アルヘルムはソファに深くかけ直し天井を見上げた。政務の手伝いのためにこの部屋を与えられてから十数年。変わらぬ模様だが、ろうそくの煤《すす》で少しくすんできている。

「……かと言って、全くこちらに関心がないわけでも無い……。フィリップのことも『貸しにしてやるから』という雰囲気も何もなく、本当に気にしていない……むしろ、なぜそんなことを気にするのかという感じだったよ」

「ふむ……」

しばらく二人とも無言だった。アルヘルムは天井を見つめ、タクシスはくるくるとグラスを回していた。

「皇帝は、なぜうちに、当初の予定の皇女と代えてまでアデライーデ様を送ってきたのだろう……遠く離れた貧しい国だぞ。何もない……」

「さぁな」

「娘を他国に嫁に出すって、どんな心境なんだろうな……」

「ブランシュ姫はまだ二歳だぞ……」

アルヘルムの言葉にタクシスは訝《いぶか》しげに返した。

「…………」

「ゾフィー様だったかな……帝国の第一皇女で、西の大国に輿入れされた方も噂では穏やかな方らしい。他国に輿入れさせるのはそういう方を選ぶんじゃないか？　最初は厄介払いとも思っていたが、それもどうだかわからないしな」

タクシスはそう言うとワインを飲み干して、グラスをテーブルに戻した。

「………アデライーデ様で良かった」

「ん？」

「そうでなかったら、フィリップはどうなっていたかわからなかった……」

「そうだな……ナッサウも慈悲深い方に来ていただいたと……」

そう言いかけてアルヘルムを見ると、緊張から解放され疲れが襲ったのだろう、ソファに体を預け寝入ってしまっている。暖炉の薄明かりで見て取れる顔には、薄っすらとクマができていた。

タクシスは、ソファから立ち上がると暖炉に薪《まき》をそっと焚《く》べ、寝ているアルヘルムに振り向いた。

「テレサ様にはうまく言っといてやるよ。貸しだからな」

と小声で呟くと執務室の扉を閉めた。

第八章

仔馬と二枝

「暇だわ……」

午後のベランダで、ぼーっと庭を眺めながら陽子さんは途方に暮れていた。

昨日はアルヘルムとお食事をした。その後マリアとお散歩もした。今日は何をしよう……またお散歩に行くべきか……。

隣の部屋でマリアはドレスの目録作りをし、メイドさん達は手分けしてお掃除をしている。

(良いな……楽しそう。やることあるって良いことよね)

朝、マリアにこっそり「お掃除でも手伝おうかしら?」と提案してみたら、怖い顔で「絶対だめです！」と怒られた……。

マリア曰《いわ》く、主《あるじ》が部屋の掃除をするなんてメイド達の仕事がなっていないと暗に言うようなもの。メイドにとっての侮辱、下手《へた》をすればメイド達はクビになるかもしれないのですよと、こってり怒られたので、もう言えない……。

しょぼんとしていると、「それでは汚れを見つけたら教えていただければ……」とマリアに言われたが、障子の桟《さん》を指でつっつーとして「あら、嫁子さん、ここにホコリが……」と言う古典的なお姑《しゅうとめ》様のイメージしか浮かばなかったので、丁重に辞退した……。

暇なのよーと言ってみたら、「では、刺繍《ししゅう》でも……」と言われ、やる気もなく(陽子さんは針仕事がかなり苦手)針を持ってみたら……。

刺繍職人ですか?というくらい素晴らしい茶色のうさぎの刺繍があっと言う間に出来上がっていた

……。

（すごいわね……アデライーデってどれだけ刺繍をしてきたんだろう。この世界では刺繍って、貴婦人の嗜《たしな》みらしいし、みんなすごいわね……。私なんてせいぜい体操服のゼッケンをつけるくらいだわ……それもすぐにアイロンゼッケンにしたくらいだもの）

陽子さんは、刺繍枠からうさぎの刺繍のハンカチを外すと刺繍箱の引き出しを開けた。

（あ。これ……持ってきちゃったわね）

その中のフローリア帝国の紋章にぐるりと蔦《つた》の刺繍がされたハンカチを取り出した。

そのうち、手紙と一緒に送ろう。きっとアデライーデが陛下のために刺繍したのだろうから……とそっと引き出しにしまった。

「アデライーデ様、何を刺繍されたのですか？」

マリアは興味津々《しんしん》で尋ねてきた。

「茶色のうさぎよ」

「まぁ、かわいいですね」

マリアはハンカチを見て笑うと「アデライーデ様、アルヘルム様に何か刺繍されたらいかがですか？」と勧めてきた。

「そうね……そのうちね」と答えて、うさぎを引き出しにしまった。

（テレサ様は良い気持ちにはなれないだろうしね……）

マリアは悪意なく言っているんだろうが、陽子さんは、家庭不和の原因になりかねない物を贈るのは気が引けた。

午前中はそれでも、何とかうさぎで時間を潰せたが、午後は丸々予定なし。

(気軽にウィンドウショッピングというわけにもいかないしねぇ。こっそりお忍びって聞くけど、さすがにすぐには無理よね。貴婦人は基本、料理はしないらしいし、家事もしないなら日中は何をするのかしら……刺繍？　素晴らしい物ができるけどしたいわけではないし……。貴婦人と言えばお茶会や社交？　……人付き合いって、そんなに好きじゃないのよねぇ、むしろ苦手……できるだけご遠慮したいわ。政治？……無理無理。論外だわ。乗馬や狩り？　乗馬は観光地で馬に乗ったことあるから引いてくれるならいいけど、狩り？鷹《たか》狩り？弓を使うのかしら……当たらない自信しかないわ)

ひとしきり悩んでみたが今できることといえば……。

(やっぱり、お散歩に行こう)

紅茶を飲み干すと、マリアを伴い庭に出た。

帝国の庭園も広かったが、ここの庭もなかなか広い。木立もあって、散策するにはいい感じだ。小鳥やリスもいる。

木漏れ日の落ちる小径《こみち》を、ゆっくりと歩く。

(薫達が小さい頃、よく自然公園に行ったわね。懐かしいわ)

陽子さんが思い出に浸っていると脇の茂みがザザッと揺れ何かが飛び出してきた。

(鹿？？)

飛び出してきたのは鹿ではなく、葉っぱを頭につけたフィリップだった。

「あっ！」

遠くから見つけたとかではなく……。顔だけひょっこり茂みから出たわけでなく……。勢いついて茂みから飛び出してきたので、今更隠れるわけにも逃げるわけにもいかずフィリップは顔を青くした。

(なんでこんなところに！)

謹慎はとけたがアルヘルムに教えられたことに頭がいっぱいになり、勉強する気になれず午後の家庭教師が来る前に部屋を抜け出したのだ。

昨日、あまり眠れなかったせいか午餐《ごさん》の後のせいか、お気に入りの木のウロの中で色々考えていたら、うたた寝をしてしまった。どのくらい寝てしまったんだろう、走れば間に合うかもと、近道に茂みをかき分けて小径に飛び出したらアデライーデがいた。

昨日の今日だ……。一番顔を合わせたくない相手にバッタリ出くわしてしまった。しかも、手を伸ばせば触れられるくらいの近さに……。


(あ～びっくりしたわ……。鹿かと思ったわ……。ここは……王宮の庭だからアルヘルム様ご一家と会ってもおかしくはないけど……)

気を落ち着けてフィリップを見つめると、フィリップが青い顔をしているのに気がついた。

(昨日こってり怒られたって感じね……可哀想《かわいそう》に)

ひと呼吸置いて、フィリップに笑顔で声をかけた。

「ごきげんよう。フィリップ王子」

「あ……はい……」

フィリップは、なんと返事をしていいかわからなかった。

「えっと……お散歩？　かしら」

「……いえ……はい……」

まさか、お気に入りの秘密のウロでうたた寝して、勉強の時間に間に合いそうにない……などとは言えなかった。

(緊張してるわね。余程酷《ひど》く怒られたのかしら。まぁ、みんなの前で帰れとか言っちゃったものね)

「あ……あの……皇女様」

「はい、なんでしょう？」

「昨日は、申し訳ありませんでした……それに、お許しくださってありがとうございます……」

フィリップは下を向いて、か細い声で謝った。自分のしたことの重大さを思うと声が小さくなる。

「いいのよ」

アデライーデは、少し屈《かが》んでフィリップの頭についた葉っぱを取りながら言った。

「え？　あの……ひどいことを言ってしまって……」

「気にしてないわ。それに今ちゃんと謝ったじゃない。もういいの」

フィリップは、恐る恐るアデライーデを見上げた。

「お母様を守りたかったのよね？　お父様が結婚するって聞いて、お母様が追い出されるんじゃないかと心配したのよね？」

こくりとフィリップは頷《うなず》いた。

「心配しなくていいのよ」

「あ……あの」

「大丈夫、私はお母様を追い出したりしないわ」

「本当に……？」

フィリップは目を見開いてアデライーデに問いかける。

「ええ。子供は心配しなくていいのよ。大人《おとな》で何とかするから……」

（可哀想に、不安だったのよね……こんな小さな子を心配させちゃだめよね。なんとかしないと……）

「皇女様……？」

「アデライーデよ」

フィリップの服についていた草を払って、にっこり笑った。

「皇女様じゃなくてアデライーデって呼んでくれる？」

「でも……皇女様……」

父上に皇女様と呼ぶように言われたが、アデライーデに名前を呼ぶように言われて、呼んでも良いのかと戸惑っているとアデライーデは、名前で呼ばれる方が落ち着くからそう呼んで欲しいと告げた。

「……アデライーデ…………様……」

「じゃ、ちょっとお散歩しながらお話でもしましょうか？　フィリップ王子は毎日何をしていらっしゃるの？」

「……書き取りや、計算とか乗馬の稽古や剣術の稽古をしています」

「まぁ！　すごいのね。色々するのね。誰から習うの？」

「家庭教師と、剣術は騎士の指南役から習います」

最初は緊張気味だったフィリップも、気軽に話をするアデライーデに段々と緊張も取れ、こんなことを習っていると、たくさんおしゃべりをし始めた。

※※※

その頃……いつまで待ってもフィリップが現れず、家庭教師の知らせでフィリップ付きの女官達は王宮内をあちこち探し回っていた。

「まだ見つからないのですか？」

マイヤー夫人の呆《あき》れたような問いかけに女官達は「申し訳ございません……王宮内をくまなく探しましたが……」と報告していると、一人の女官が血相を変えて女官長室に入ってきた。

「女官長！　フィリップ様が見つかりました！」

「どちらに？」

貴婦人として許されるスピードで急いで来たのだろう……ゼイゼイと息を切らしている。

「庭園に……そして、皇女様と……ご一緒に……」

マイヤー夫人の問いに女官が切れ切れと答えると、マイヤー夫人は真っ青になった。

「皇女様と？　フィリップ様はまさか……また皇女様にご無礼を……」

マイヤー夫人が声をなくしていると女官は首を振った。

「いえ……楽しそうに……お過ごしでございます」

「なんと……」

マイヤー夫人は驚いた顔になり、すぐさま「参ります」と女官を連れ部屋を出ていった。

「女官長……これは、持たないといけないものなのでしょうか……」

「ええ、持たないといけません」

問うた女官に、キリッ！　と答えるマイヤー夫人の両手には、茂った枝があった……。

フィリップ達を見つけた女官と二人、両手に茂った枝を持ちその枝に隠れながら——隠れているかは……別として——アデライーデとフィリップの近くのちょっと離れた茂みに二人で潜んでいた。

フィリップの居場所を知らせてくれた女官を伴い庭園に来たマイヤー夫人は、遠くに三人の姿を見つけると手近にあった木の枝を力任せに二本ボキリと手折《たお》った。

（えっ!!）

女官はいきなりのことに声も出せずに驚いた。

「お持ちなさい」

マイヤー夫人に、当たり前のように枝を渡されてどうしていいかわからずにいると、マイヤー夫人はさらに続けて枝を二本手折り！両手に一本ずつ持って隠れながら？フィリップ達に、近づいていく……。

（え？　え？？）

今の状況が理解できない。それでも上司であるマイヤー夫人に逆らえるわけもなく、同じように枝を両手に持ちマイヤー夫人の後をついていく。

少し離れた茂みから枝越しに三人を見ると、皇女様とフィリップ様はベンチに座り楽しそうに話している後ろ姿が見える。

皇女様付きの侍女はベンチの後ろに立っていた。

「ここではあまり聞こえませんね……」

そう言うとマイヤー夫人は、果敢に三人に近づいていく……。

（見つかったら、どう言い訳するんですかー！）

女官は心の中で悲鳴を上げた。

そんな女官に気がついたのか、マイヤー夫人は振り返ると小声で「何をしているのです……行きますよ」と囁《ささや》く。

（行くんですかぁ……）

一番近い茂みに、運良く？着くとアデライーデとフィリップが楽しそうにベンチで話しているのが聞こえた。

「書き取りも計算も、あまり好きではありません……」

「あら……そうなの？」

「はい……」

「フィリップ王子は何がお好き？」

「剣術や乗馬の稽古が好きです」

「体を動かす方が好きなのね？」

「はい！」

（男の子はそんなものよね。興味が出れば俄然《がぜん》頑張るけど、好きと思えないと、なかなか……。裕人にも苦労させられたわ……。九九と繰り上がりの計算の時は付きっきりで教えたっけ。覚えてしまうと何でもないけど、覚えるまでがねぇ。本人も大変だろうけど、家庭教師の方も大変だわ）

と、昔を懐かしんでいるとフィリップが嬉《うれ》しそうに話しかけてきた。

「今度、一人で馬に乗ることになったのです！　鞍も作ってもらいました」

「一人で？」

「はい。今までは小型の馬だったのですが、今度から大人と同じ大きさの馬になります。とっても楽しみなのです」

フィリップによると、ポニーのような小型の馬から乗っていき、身長に合わせて小型↓中型↓普通サイズの馬と慣れさせていくらしい。

(補助輪付きの自転車から補助輪が取れたって、感じかしら)

「それは、楽しみね。鞍はもうできているの？」

「はい！　この前見せてもらったから厩舎《きゅうしゃ》にもうあるはずです。お見せしますから、厩舎に行きましょう！」

アデライーデの手を取ってフィリップが立ち上がった。

「伏せて！」

小声でマイヤー夫人が指示を出す。女官はしゃがむと枝で頭を隠し、ギュッと目をつぶった。

(見つかりませんように……見つかりませんように……こんな姿を見られませんように！)

三人が厩舎に行くのを確認すると、マイヤー夫人は女官に振り返った。

「厩舎に行かれたようですね……なぜ目をつぶっているのです？　それではどこに行かれるかわからないでしょう？　枝を持っているのですから、ちゃんとご様子を見て。話も聞くのですよ」

(無理——!!)

しかし口にはできず、「申し訳ございません……」と謝罪するとマイヤー夫人は許してくれた。

「仕方ありません。貴女《あなた》は初めてですからね。次から気をつけなさい。行きますよ」と言い三人の後を追いかけ始めた。

女官は後をついて行きながら、女官は自分一人なのを納得したのだ。

(それで誰も付いて来てないのね……みんなひどいわ！)

そう……彼女以外の女官は一度は経験があるのだ。だから皆、王宮内を探しても庭園は探さない。

犠牲は最小限で良いのだ。


「…………何をしているのだ？　マイヤー夫人は……」

「…………」

庭園を横切って王宮に登城しようとしていたタクシスは、マイヤー夫人が女官を伴い枝を掲げて移動している様を見て、呆気《あっけ》に取られ隣にいたナッサウ侍従長に尋ねた。

「…………マイヤー夫人はきっと、フィリップ様を見守られているのでしょう」

ナッサウ侍従長が、顔色も変えずに重々しく答えた。

「あれで？」

思わず指差したタクシスは、貴婦人に失礼なことをしたと指を引っ込めた。

「陛下がお小さい頃から、あの姿で見守られておりました」

伝統？

「ご一緒に、タクシス様もでございましたよ」

「は？　え？　俺も？」

思わず素で聞いてしまった……。

「お二人はよく家庭教師からお逃げになっていましたからね……ああやって危ないことをしないか、マイヤー夫人は見守っておりました。ああすれば、子供は気がつかないと思っているようです」

ナッサウは、にこりとタクシスに笑いかける。

「大人には丸見えです。が、それを言わないのが大人というものでございますよ」

ナッサウは、呆然《ぼうぜん》としているタクシスにお時間が迫っておりますと告げ、登城を急《せ》かした。

※※※

「え～！　普通の馬ではないの？」

「フィリップ様、普通の馬でございますよ。少し小柄なだけでございます」

どうもフィリップが思っていた馬のサイズと、厩舎にいたこれからフィリップが乗る馬のサイズが違ったらしい。

突然フィリップがやってくることは度々あったらしいが、先触れもなく皇女様を連れてくるとは思ってなかった馬丁は恐縮しきりだった。

「フィリップ王子、体に合わぬものは危のうございます。体が大きくなれば、段々と大きな馬を乗りこなせるようになりますとも」

「う～」

馬丁に宥《なだ》められていたが、アデライーデに普通の馬に乗れるといった手前、恥ずかしくて顔を上げられないフィリップに陽子さんは声をかけた。

「私には、この馬は大きく見えますが……」

「父上はもっと大きな馬に乗っているのです」

（あ～、大人と同じものにこだわる年頃よね。子供扱いされると嫌がるし、何でもパパのマネをしたがったわね。裕人も……）

「すぐにフィリップ王子も大きくなりますよ」

「…………」

アデライーデが宥めてもフィリップは、拗《す》ねて返事をしなかった。

「今まで乗っていた馬は、どの馬ですの？」

「あの馬です」

フィリップが指差した先には小柄な馬がいた。その隣にはポニーが草を食《は》んでいる。きっと最初はあのポニーに乗って練習したのだろうと陽子さんは思うと、一計を案じた。

「フィリップ王子、乗馬を教えてくださいませんか？」

「え？」

「私、馬に乗れませんの。だから是非、教えて欲しいのです」

「でも、私は教えたことはありません」

「最初はどの馬に乗ったのですか？」

「あのポニーから練習しました」

フィリップはポニーを指差すと、ポニーは何か感じたのかこちらを見る。馬丁はそわそわと何か言いたげにこちらを見ているので、アデライーデは馬丁に目配せをしてフィリップにお願いをした。

「今日は用意も何もしていないのでそのうちにですが、フィリップ王子が新しい馬を乗りこなせるようになったら教えてくださいね。先生」

「はい！　たくさん稽古をしてすぐに乗れるようになります」

「楽しみにしていますね」

フィリップは、今まで教わることはあっても教えることなどなかったので、キラキラとした目で答えて先程の馬を撫《な》でに行った。

目の端に馬丁のホッとした顔が見える。

(良かったわ。前向きになったかしら……)

「ところで、今日のお勉強はないのですか?」

「あ……」

フィリップは午後の授業をすっぽかしていたことをすっかり忘れていたのだ。青い顔をして、どうしようと立ち尽くしているフィリップを見て陽子さんは気が回らなかったことを悔やんだ。

(悪いことしたわ。怒られちゃうわね。もしかして今頃フィリップ様を探し回っていて、騒ぎになってるかも……)

「私がお散歩しましょうとフィリップ王子を誘ったのですから、私も一緒に行って謝りますわ。フィリップ王子は悪くありませんよ。よく考えもせず誘った私が悪いのですから」

そうフィリップに声をかけて、王宮に戻ろうとした時にマイヤー夫人が茂みから現れた。

……手には何も持たずに。

「フィリップ様、こちらにいらっしゃったのですね」

「マイヤー夫人……」

茂みからのマイヤー夫人の登場に皆は驚いた。後ろから女官が、なぜか恥ずかしそうに続けて出てくる。

フィリップは青い顔をさらに青くしてうなだれている……。

「あの、マイヤー夫人……フィリップ王子を叱らないでください。私がフィリップ王子をお誘いしたのです。申し訳ありません」

アデライーデがそうマイヤー夫人に説明すると、マイヤー夫人はアデライーデにカーテシィをしてフィリップに向かいこう告げた。

「フィリップ様。貴方《あなた》様のために家庭教師はずっとお待ちになっておいででした。家庭教師とのお約束を無駄にしたことを、今から行ってお詫《わ》びなさいませ。お部屋でお待ちですよ」

「はい……」

フィリップはうなだれて、マイヤー夫人が連れてきた女官と一緒に王宮に向かって行く。マイヤー夫人は、二人の姿が見えなくなるまで見送るとアデライーデの方に向き直った。

「フィリップ様は、アルヘルム様と同じで時々授業をおサボりになります。けじめはつけなければなりませんので」と言うと、深くカーテシィをした。

「皇女様、フィリップ様をお赦《ゆる》しくださり、また親睦を深めようとしてくださったことに感謝申し上げます」

「マイヤー夫人……」

マイヤー夫人は姿勢を正すと、失礼いたしますと王宮へ帰っていった。

その日、フィリップは家庭教師から注意はされたものの、途中で入ってきたマイヤー夫人に耳打ちをされた家庭教師から、いつもの書き取りの罰は受けずに済んだ。

第九章　申し出とウェディングドレス

「アデライーデ様、昨日はフィリップが貴女《あなた》を連れ回したようで……重ね重ね申し訳ありません」

翌日の晩餐《ばんさん》の席でアデライーデを迎えたアルヘルムは、すぐさまアデライーデにお詫《わ》びをした。

「いえ、私の方こそフィリップ様のお勉強のお邪魔をしてしまい、配慮が足りませんでしたわ。どうぞ、フィリップ様を叱らないでいただけますか？　私に誘われて、断れなかったのだと思います」

昨晩マイヤー夫人からフィリップのことを聞き、また何かやったのかと肝を冷やしたが、マイヤー夫人の「お二人はまるで姉弟のように庭園と厩舎《きゅうしゃ》を散策されておりました」との報告に一応は安堵《あんど》した。

が、先日のこともある。確かめなくてはと、時間をやりくりして晩餐に誘ったのだ。

アデライーデの言葉に、アルヘルムはホッとした。続けざまにフィリップには心配させられる。

「しかし、フィリップには先を越されました」

「はい？」

「庭園をご案内する役目です。厩舎にまで連れて行かれたと聞いています」

「そうですね。新しい馬や初めて乗ったポニーを紹介してくれましたわ」

「馬の紹介ですか？」

二人は笑いながら席につくと晩餐を始めた。

人参《にんじん》のポタージュは、昨日の馬にかけているわけじゃないわよねと味わっていると、アルヘルムが同じことを考えていたのか、ポタージュを見てくすりと笑い出した。

「昨日、フィリップはアデライーデ様に励まされたのが嬉《うれ》しかったようで、午後の乗馬の稽古はいつもより張り切っていたようです」

「良かったですわ……褒められれば子供は頑張りますもの。そう言えばお聞きしたいというかお尋ねしたいことがございます」

アルヘルムは、ドキリとして食事の手を止めた。

「なんでしょうか」

「私は何か学ぶことがありますか？　お妃教育とか……」

「帝国の皇女様にお教えすることはないかと……むしろこちらの方がご教示いただきたいくらいですが……」

「この国にはこの国のしきたりみたいなものがあるのではないですか？」

「確かにあるにはありますが……」

「もしよろしければ、そういうものを学んでおこうかと思います」

「それは……この国の王妃として……ですか？」

「いえ、ここでの生活のためですわ」

シーフードがちりばめられたサラダをつつきながらアデライーデは、にっこり笑った。

「生活のため？　ですか？」

「ええ、だって王妃様はテレサ様がいらっしゃるではないですか」

「…………王妃はアデライーデ様ですが……」

「私はお飾りで良いのではないですか？」

「は？」

「アルヘルム様にはすでに立派なご家庭があるではないですか。子供も三人。跡取りも二人いるし、これから数人は生まれるでしょう？　私が割り込む必要性は無いと思いますが」

ナッサウ侍従長がサーブする、焦げたバターの香り高いスズキのソテーを口にしながら、アデライーデはそう言った。いつの間にか給仕達は下がり、ナッサウがすべてを取り仕切っている。

「政略結婚というのは、お互いの国や家の結びつきを深めるためのものですよね。この輿入《こしい》れにより帝国とバルク国は結びつきます。『私とアルヘルム様のご家族が仲違《なかたが》いせず仲良く過ごす』それが国と国との仲を強くすると思いますの。私に子はなくとも、この国で穏やかに過ごしているのであれば、それが帝国との強い結びつきだと思うのです」

「…………」

アルヘルムはアデライーデの意図がわからず、皿の半分も口にせず下げさせた。

「私の子が必要であれば、テレサ様とフィリップ王子が同意してくだされば養子という形を取って、私の子ということにもできますわ」

「しかし、皇帝陛下がそれを良しとお思いになるでしょうか……」

「お父様からは『穏やかに暮らせ、幸せになれ』と言われましたが、立派な王妃になれとは、一言も言われませんでしたわ。仮に私に子供ができれば、それはこの国の諍《いさか》いの元となるでしょう？」

陽子さんは確信していた。決して、陛下も皇后様もアデライーデに権力闘争に明け暮れるような生き方を望んでいないと。それはきっと、ひっそりと暮らしてきたアデライーデも同じだと。

「…………」

「アルヘルム様、確約が必要ですか？　必要であれば、お父様になにがしかの文書を私が求めますわ」

「アデライーデ様……お話をお伺いして私やテレサ、フィリップにとっては願ってもないことですが、アデライーデ様にとっては何の利益も無いように思いますが……」

「ございますよ」

アデライーデは笑って、ナッサウのサーブしたワインを口にした。

「穏やかな生活ですわ……私は誰かと妍《けん》を競ったり、アルヘルム様の寵愛《ちょうあい》をテレサ様と争ったりする気はございません。まして、子供達を泣かせたり不安がらせたりすることも望みません」

アデライーデの立場では、普通の庶民の感覚は見当違いかもしれない。

でも、間違っていない。

「そして、お願いなのですが……」

アルヘルムは、アデライーデを見つめた。

「できれば王宮を出て、離宮で暮らしたいのですが……」

「いや、しかし……王妃が王宮で暮らさぬとは、なんと言われるか」

「体が弱いから静養させるために離宮暮らしをしているとでも……なんでもいいと思うのです。それなりの理由があれば。私が王宮で一緒に暮らせば、横からいらぬことを言う者も出るでしょうし。何よりテレサ様がご心配されるでしょう？　適度な距離をもって、たまに会う程度でいたほうがお互い良い関係を築けると思うのです」

「…………」

「すぐにお返事をとは申しません。お互い知り合ったばかり……婚儀はすぐですが、無理に夫婦になる必要はないと思いますの。政略結婚ですもの。婚姻するだけで、お互い十分に役目は果たしているはずですわ」

「確かに……おっしゃる通りです。アデライーデ様とは成人まで白い結婚をとなっていますが、それでは……」

「白い結婚？　あぁ、そうですね。私は成人前でしたわね」

「アデライーデ様？」

「それも良い口実ですわね。幼いのでゆっくりバルク国に馴染むために……というのも離宮で暮らす良い口実ですわ」

ふふっと、笑うアデライーデをアルヘルムはただ見ていた。

「フィリップ王子を見ていると、アルヘルム様とテレサ様は良いご夫婦だと思いましたのよ。お父様に憧れているし、お母様のことも大好きだというのがよくわかります。子供は幸せと思える環境で育つのが一番ですわ……」

「アデライーデ様……貴女は一体……」

アルヘルムの呟《つぶや》きは誰にも聞こえなかった。

※※※

それでは…………と、
アデライーデは挨拶を済ませて晩餐室を出て行った。
アデライーデを見送り、アルヘルムは晩餐室にひとり残り、自席につくとナッサウがグラスを取り出しワインを注ぐ。
アルヘルムは注がれたワインに口をつけることなく、晩餐時のアデライーデの申し出を心の中で反《はん》芻《すう》していた。グラスを眺めていると、食器を載せたカートを廊下の給仕長に渡し、ナッサウがアルヘルムの側《そば》に控えた。

「アルヘルム様、してやられましたな」

ナッサウは、アルヘルムにそう言うとおかしそうに笑った。

「してやられたとは？」

「まるで、先代の王妃様に諭されているようでございました」

ナッサウは懐かしむようにそう言うと、アデライーデの出ていった扉を見つめた。

「帝国の皇女様というのはああいうものなのか。あの年であれが当たり前というなら、我が国はいつまで経《た》っても小国かもしれん」

アルヘルムはグラスを手に取り、ワインを飲んだ。今日の晩餐は食べた気がしない。

「あのお方は特別なのだと思いますが……。先代様よりお仕えし、他国の王族のお方も拝見させていただきましたが、あのお年であの落ち着き。周りを見てのご判断、身の振り方の交渉も素晴らしいと思いますな」

先程のアルヘルム達の会話を思い出しながら、ナッサウはしみじみと言った。

「アルヘルム様の弱みを握った上で魅力的な条件の提示。いやはや老練なと、思います。いや、お若い貴婦人に老練なとは失礼でございますな」

ナッサウは、笑いを噛《か》み殺して言葉を正した。

「弱み？」

アルヘルムはピクリと眉を動かしてワインを飲む。

「テレサ様のことでございます。誰になんと言われても第二妃を召されなかったアルヘルム様が、それでも国のためにと皇女様のお迎えをお決めになったのちも、テレサ様の処遇を決めかねておられました」

「………」

子供の頃からアルヘルムに仕えているナッサウには、お見通しだったらしい。

アルヘルムの此度《こたび》の輿入れでの一番の悩みは、テレサの処遇だった。妃は離宮暮らしと定められている。だが、長く共に暮らした王宮を出て離宮に行かせるのは忍びなかった。

「アデライーデ様のお申し出で、後継のご懸念《けねん》も無くなるのではないですか？」

「…………」

空になったアルヘルムのグラスにワインを注ぎながら、ナッサウは続けた。

「貴族の中にも第二夫人や妾《めかけ》を持つ者は多うございますが、ご婦人方同士で仲良くしようという話はなかなか聞きませんな。まして他の方のお子様を尊重し、そのために子を持たぬという話は皆無です」

「そうだな、必要なら養子にすれば良いと言われた時には耳を疑った。女性は子を持ちたがると思っていたのだが……」

結婚した女性貴族に求められるのは跡取りを産むことだ。最低限男子を二人と女子を一人。家の存続のためにできるだけ早く三人は産むことを求められる。

グラスを見つめアルヘルムは、先程のことを思い出していた。

離宮暮らしで子は持たぬ。そしてテレサ達と適度な距離で付き合いたい……。

気位の高い婦人なら第二夫人はもちろんのこと、自分の子のために他の子供達を排除しようとしてもおかしくない。アデライーデの申し出は貴族社会では考えられないことだ。

「ナッサウは、アデライーデ様の言葉をどう思う」

「………ご本心かと思います。離宮での穏やかな暮らしをと言うのは、今までのお暮らしをお望みなのでは？」

先代に仕えていた時から重要な会議や晩餐などに必ず控えていたナッサウは、タクシスと共にアルヘルムの貴重な相談相手だ。相手の挙動ひとつ見逃さない。そのナッサウが、相手の言葉をそのまま受け取って良いと言うのは珍しいことだった。

「あのようなお方が、政治や後継のことなど表向きのことに関心を持たれないことは、皆様にとっても良いことだと思います。お望み通りお静かな暮らしをされ、皆様と良い関係を結ばれることが国のためかと……」

「アデライーデ様の申し出が一番ということか……」

「はい」

「年齢で言えば、フィリップの妃として迎えた方が良かったかもしれんな」

「それは、無理でございましょう」

「無理か？　仲良くしていたと聞いているが……」

「お父上を圧倒し凌駕《りょうが》する方をフィリップ様に……というのは酷でございます」

呆気《あっけ》に取られているアルヘルムに、ナッサウは大真面目にそう言った。

※※※

「アデライーデ様、帝国よりウェディングドレスが届きました。ご確認をお願いいたします」

そう言ってヨハン・ベックはにこやかにお辞儀をすると、帝国から来た侍従達に命じて荷物をアデライーデの部屋に運び込んだ。侍従八人で小型のタンスのようなドレスケースを二つ。また布の掛かったカートを二台運び入れる様を見てアデライーデは目を丸くし、マリアとメイド達は目を輝かせている。やはり、いくつになってもウェディングドレスという響きは女性の心をときめかすものらしい、ヨハンを案内したマイヤー夫人も退出することなくマリアやメイド達の側にいて、心なしかソワソワしている。

「まずはウェディングドレスから……」

ヨハン・ベックは、侍従に目配せすると四人の侍従達は運び入れたドレスケースの大きい方を開き始めた。観音開きに扉が開き、パタパタと分解できるタイプらしい。現れたドレスに、マリア達から声が上がる。

純白のドレス……艶《つや》やかな光沢の生地をたっぷりと使ったトレーンは二メートルくらいだろうか。胸元は緻密なレースで飾られ真珠やビジューがちりばめられている。清楚《せいそ》な中に気品がある素晴らしいドレスにみなの目は釘付《くぎづ》けになった。

ヨハン・ベックは、皆がドレスに目を奪われているのを満足そうに見渡すと、アデライーデにドレスの説明を始めた。

「こちらのドレスは皇后様が婚儀の際にお召しになったドレスでございます。アデライーデ様にお召しになっていただきたいとドレスの作り手のマダム・シュナイダーに依頼されアデライーデ様のために作り変えられました。皇后陛下はアデライーデ様のお幸せを願っておられるとのことです」

そう言うと、アデライーデに恭《うやうや》しく銀のトレイに載った一通の手紙を差し出した。中にはアデライーデにこのドレスを贈るから着てほしい。このドレスが貴女の身を守ることを願うと、優美な文字で認《したた》められていた。

「皇后様……ありがとうございます」

陽子さんは、アデライーデへの皇后の気遣いに胸が熱くなった。皇后が着たドレスを贈られるということは、アデライーデが皇后から大事にされているということを周りに印象付ける。それだけでこのドレスはどんな鎧《よろい》よりも強くアデライーデを護《まも》るだろう。

渡された手紙を読み終わると、ヨハン・ベックに促されトレイに戻した。「後ほど他の物とご一緒に、お渡しいたします」とカートに手紙は戻された。

もう一つのドレスケースの中には、縁取りに刺繍《ししゅう》が入った豪華なベールと靴が入っていた。下にはコルセットやパニエが入っているであろう大きな箱がある。

「アデライーデ様、明日にもマダム・シュナイダーが参ります。調整はマダムにお任せください」

「マダムがこちらまでいらっしゃるの？」

「はい、調整までが仕事の範疇《はんちゅう》だとのことです。昨日《さくじつ》ドレスと共に入国いたしましたが、長旅でお疲れのご様子でしたので明日とお願いいたしました」

「ありがとうございます。マダムのお年では馬車の旅はご負担ですものね」

若い体になっている陽子さんでも、腰とお尻が痛かったのだから実年齢が近いマダム・シュナイダーなら相当負担だったろうとヨハン・ベックの気遣いに感謝した。

「では次に、陛下からの贈り物でございます」

ヨハン・ベックは目配せをし、一台目のカートに掛かっていた布を侍従に取らせた。銀のトレイには紅桔梗《べにききょう》色のサッシュが載せられていた。

この色は帝国の国花である桔梗の色に紅色を加えた濃い紅紫色で、金のラインが両端に入っている。

サッシュは肩から斜めに掛けるようにした幅の広い飾り帯で、勲章を帯びるのに用いるものだ。

「陛下から、国外にお輿入れされる皇女様へと贈られるフローリア勲章でございます」

ヨハン・ベックがそう言うと、銀のトレイに載った黒いビロードの箱を、侍従が恭しく差し出した。

アデライーデがその箱を手に取り恐る恐る開けると、中にはダイヤとアメジストで桔梗を模した勲章が光を受け誇らしげに輝いている。これも国外に嫁ぐ皇女達を護る剣なのだろう。身につけることで、出自は帝国の皇女であることを知らしめる。

「こちらは、ティアラでございます」

勲章をじっと見つめ感慨にふけっていると、ヨハン・ベックは勲章の箱の隣の大きな赤いビロードの箱を指し示した。促されるまま箱を開けると、そこにはダイヤと大粒の真珠をあしらった花綱《フェストゥーン》模様のティアラが入っていた。

豊穣の意味を持つフェストゥーン。花は桔梗を模している。

エルンストのアデライーデへの想いが込められているようなティアラだった。その他にもたくさんの宝飾品が贈られ、その一つ一つの見事さに、皆声も出せずにヨハンの説明を聞いていた。

「陛下からは以上でございます。次は皇后様からアデライーデ様への贈り物でございます」

ヨハン・ベックの声と共に二台目のカートが進み出る。侍従がカートの布を取ると、そこには種々の扇と手袋が並べられていた。どれも刺繍やレースが施され趣向を凝らした極上の品である。繊細な作りの扇やハンカチは、貴婦人の持ち物としては欠かせないものらしい。

アデライーデがすべてのものを確認したあと、ヨハン・ベックは、ウェディングドレスを衣装部屋へ移動させるにはどのようにすれば良いかと尋ねた。

マリアが、マイヤー夫人とメイド達に手伝いをしてもらいながらドレスをクローゼットルームに移動させている時に、ヨハンは胸元から手に握り込めるくらいの小箱を取り出すと「皇后様からのご伝言で、後ほどご覧になっていただきたいとのことです」と告げ、その小箱をアデライーデに手渡した。

「？　はい……」

ウェディングドレスもさることながら、博物館や本でしか見たことがない大量の宝飾品に圧倒されていた陽子さんが渡されるまま小箱を受け取ると、ヨハン・ベックは小声で「お一人の時に……とのことでございます」と囁《ささや》いた。

「？？」

何を？　と聞こうとした時に、マリア達が戻ってきたので渡された小箱を握り込む。

「それでは、私はこれにて……」とマリアに目録を手渡すと、ベックは爽やかに挨拶をし、侍従達を連れて退出した。小箱の説明もせずに。

(何かしら……この小箱。一人の時に見てって……)

陽子さんは小箱が気になって仕方ないが、マリア達はカートの上の陛下達からの贈り物が気になって仕方ない。小箱をさっと胸元にしまうと、そわそわしているマリア達の熱い期待に応《こた》えて、目録を広げながら宝飾品を再度確認していくことにした。

「言葉もないくらいに見事な宝飾品の数々ですわ……」とマイヤー夫人がほぅと息をして宝飾品の載ったカートを見つめていたが「目録も絵付きとは……取り入れるべきですね」とすぐに仕事モードに戻っていった。さすがである。

「こんなに間近に拝見できるなんて！」

「素晴らしすぎて、うなされそうです！」

「ステキです！　素敵です！」

……メイド達は少し壊れている。

マリアも興奮気味に宝飾品を見ていたが、皇后様から贈られた扇を見て「もしかして……」と呟いた。

「どうされましたか？　マリア様」

マイヤー夫人がマリアに聞くと「こちらの扇なのですが、アデライーデ様、広げてみてくださいませんか？」と扇を差し出した。

「え？　ええ、良いわよ」とアデライーデが扇を広げると「やっぱり！　この扇、皇后陛下とお揃《そろ》いですわ！」とマリアは興奮気味に言い出した。

「以前西の大国との晩餐の時に皇后様が、同じ扇を持たれていました。こちらの贈り物の品は、多分すべて皇后様と同じ物ではないでしょうか」

「そうかもしれないわ……」

(皇后様にとって、アデライーデは本当の娘と同じくらい大切なんだろうな)

アデライーデはカートの上のハンカチを一枚手にとった。レースで作られたハンカチからふわりと柔らかな香りがする。別れ際にローザリンデに抱きしめられた時と同じ香りだ。

「アデライーデ様は、皇后様に可愛《かわい》がられておいででしたのね」

マイヤー夫人の言葉にアデライーデは微笑《ほほえ》んだ。

「ええ、母のように気遣ってくださるわ。ありがたいことよね」

しばらく他の扇を広げたり手袋をはめてみたりしながら、皆とわいわいと過ごした。十分に楽しんだ後、マイヤー夫人が長居致しましたと退出しメイド達も夕食の準備のために下がると、マリアは宝飾品を鍵付きの小部屋にしまい、扇や手袋をクローゼットルームに運ぶためカートを押そうとして

「ふんっ！」と変な声を上げた。

「どうしたの？」

「失礼しました、このカートすごく重くて……くっ……何か噛み込んでいるのかしら……」

マリアがカートの下のスカートをめくると、そこには女神が描かれた木の箱があった。大きさはみかん箱くらいで脇に鉄の取手がついている。

「アデライーデ様、箱がございます」

「何かしら……。説明し忘れたってことは……（あっ！）」


「アデライーデ様、こちらでよろしいのですか？」

カートの下にあった木箱は、下ろしてみるとそれほど重いものではなかった。

ふかふかの絨毯《じゅうたん》だと押し始めがとても重いだけで、マリアでも運べる重さのようだ。

（皇后様がわざわざ一人で見てとこっそり伝言するくらいだから、一人で見た方が良いわよね。何かしら……嫁に出す娘に持たせるもの……。うーん。へそくり的な現金？　いや、あれだけ宝飾品を贈られているから、それはないわよね）

中身が何か全然見当がつかないが、確認するまでマリアにも言えない。マリアには詳しいことは明日話すからと、メイドさん達が来るまでにとりあえず寝室のベッドの横に隠してもらった。

夕食後、いつものようにワインを用意してもらい、一人になってから木箱を暖炉の前に引っ張り出した。

木箱の上部には女神が赤子を抱いている絵が描かれていて箱の縁は金属の飾りがついている美しい

箱だ。正面には彫刻が施された錠前がついている。

（そうだ。小箱をもらったわ）

食事前にこっそり隠しておいた小箱をチェストから取り出すと、中には薄い一枚の紙に皇后の筆跡で「背中」と書かれていた。

紙の下には紅桔梗色のリボンが付いた小さな鍵が、あった。

鍵を取り出し錠前に差し込んで回すが、くるくる回るばかりで錠前は開かない。

（おかしいわ。壊れているのかしら……。でも皇后様の贈り物が、壊れているなんてありえないわ）

錠前をかちゃかちゃしても、蓋はぴったりと閉まり開きそうにない。

（そうだわ！　紙に書いてあった背中って、錠前の後ろかも！）

しかし、錠前をひっくり返しても鍵が入りそうな穴は無い。

背中背中……とぶつぶつ言いながら、箱の後ろを調べるが鍵穴のようなものはない。

（でも、錠前の後ろじゃなきゃ箱の後ろしかないわよね……）

箱の後ろにはザクロの木の下に立つ貴婦人がザクロの実を取ろうとしている絵が描かれて、縁の金属の四隅の飾りはザクロの実がデザインされている。

「あ！　動くわ」

上部の左右の飾り彫りのザクロを触ると動かせることに気がついたアデライーデが、ザクロを動かすと小さな鍵穴が見えた。

カチリ……。

カチリ……。

左右の鍵穴に鍵を差し込み回すと、箱の背面の板が手前にぱかんと開いた。

「開いた！　すごいわ！　カラクリ細工の箱なのね。前の錠前は、おとりなんだわ」

箱の中身を覗《のぞ》いてみると中には何冊もの本やノートが入っている。手前には、「アデライーデへ」と皇后の字で書かれた封筒があった。アデライーデは、ペーパーナイフでローザリンデの封蝋《ふうろう》を解《ほど》く。


―

私達の娘　アデライーデへ
ちゃんと一人で見ているかしら。

もし、誰かと一緒にこの箱を開けたのなら、本の後ろに隠してある黒い背表紙のノートは気付かれないようにして、すぐに燃やしてしまってね。

そしてヨハンに、「手袋は成人したら使う」と言ってちょうだい。

すぐに新しいものを用意させるわ。

一人で見ているのなら、「手袋は大切に使う」と伝えてね。

あとの本は私が実家から贈られた本なの。

そのうち必要になるから貴女に贈るわ。

侍女には本のことなら教えてもいいわ。あとは侍女が上手《うま》くしてくれると思うから。

この手紙も読んだら燃やしてね。

貴女の幸せを願って。

貴女の母　ローザリンデより

―

ローザリンデからの手紙を読んで、すぐに箱の中の本をどけると、奥から黒い背表紙の薄いノートが出てきた。ノートを持って椅子に座り、数ページを読むと陽子さんは国外に嫁ぐ皇女達を思う皇帝達の思いの深さと、アデライーデの特別な立場に言葉が出なかった。

そのノートに書かれていたのは、非常事態時の対応リストと暗号表だった。

帝国からの緊急の使者が名乗る名。アデライーデが秘密裏に帝国に宛てた手紙を託してよい者の名。反帝国勢力からの暗殺者がアデライーデに向かっている時の手紙の話題。救出部隊が向かっている時の話題。脱出指示の時の話題。そして、バルク国がアデライーデを暗殺しようとしている時の話題。

それらの話題が暗号として、皇后から皇女への何気ない普通の手紙として送られると記《しる》されてあった。

(それは、一人で読めと言うわね。こんなことマリアにも言えないわ。でも、これは保険なのよね。日本とは違う世界なんだもの。非常事態にどう連絡を取るか想定して備えるのは、王族として当たり前か……)

陽子さんはワインをなみなみとグラスに注ぐと、一気にそれを飲み干した。

ページを読み進めると、帝国内の要注意人物の名前が記されてあった。輿入れのお披露目の夜に皇后から名前を聞いた貴族の名前も記されている。最後のページに非常事態の時はノートを燃やすことバルク国は、今のところ帝国に好意的で安全だと記されてあった。

(今のところってとこが微妙だけど……用心しろってことね。この暗号表が役に立たないことを、願うだけだわ)

なんとも言えない気持ちで、陽子さんはローザリンデからの手紙を暖炉に焚《く》べた。黒いノートを箱の後ろにしまうと、手前にあった本を手に取った。

（ご実家から贈られた本って書いてあったわね）

表示に「一」と書かれている本を手に取ってソファに座り、ワインを飲んでページをめくると、書いてあるタイトルを見て思わず「ぶふぉ」と吹き出した！


『初夜を迎えるにあたって』


「こ……こ……これは～」

そう……閨《ねや》の指南書である。


どきどき……

どきどき……


（子供を二人も産んで今更だし、裕人の部屋でこの手の本を発見したこともあったけど……まさか皇后様から渡されるとは思わなかったわ……）

閨教育などで実践を積みながら学んでいく男性貴族と違い、女性貴族は親族以外の男性とは夜会や茶会などの公《おおやけ》の場以外で会うことなく育てられ、個人的に異性と会う時は必ず母親や付添人《シャペロン》がつく。

つまり、デートは女性宅か監視人付きである。そんな女性貴族が結婚する際に問題になるのが、閨の教育なのだ。

抱擁とキス以上の予備知識が全くなく、初めてのことにショックを受けて初夜以後床を一緒にするどころか、顔を合わせるのも嫌だとなる新婦も多かった。運良くハネムーンベビーに恵まれた家は良い方で、初夜にこじれた夫婦はその後大抵夫婦仲も悪くなり、後継のために第二夫人でも迎えた日には、本妻と第二夫人の権力争いになって家庭崩壊の憂き目にあった家も多いのだ。

（そういえば、どこかのお公家様の閨指南書の出来が良くて、有名な武家の方がぜひ写本させて欲しいと言ったって話を聞いたことがあるわ……）

そういう陽子さんも小学校の頃、女子だけ暗幕を張った体育館で、おしべとめしべがくっついてと説明を受けた。おませな同級生達からうっすら聞いていたが、のんびり育った子供だった陽子さんは、かなりショックを受けた覚えがある。

（どんな感じに書いてあるのかしら。やっぱりおしべとめしべが……なのかしら）

ごくり。

興味津々《しんしん》にページをめくると……。

一ページ目に、子供はコウノトリが運んでくるのではありませんとあった。

二ページ目に、夫婦は一緒にベッドで眠るものとあった。

三ページ目に、どんなに驚いても淑女は大声を上げないとあった。

四ページ目に、ビフォーアフターの男性の実物詳細図と説明書き。

（はぁ？？　なんで幼稚園児向きな説明から、いきなり生物学的な詳細図なのよー!!　飛びすぎでしょうが!!）

陽子さんは、指南書に突っ込んでいた。

さらにページをめくると、オーソドックスな体位の図解と説明書きが詳細に書かれている。あとは想定される会話の「正しい問答集」が数ページにわたって書かれていた。

どうだったか
・陛下の愛を感じましたわ。
痛くはなかったか
・陛下の愛に翻弄《ほんろう》されて……よくわかりませんでした。
嫌ではなかったか
※痛くなかったかとの質問の後であれば、強く否定しましょう。
・とんでもありません。幸せでございます。
良かったか
※ここで良かったとは答えてはいけません。
・よくわかりませんが、陛下のお側にいられるのは幸せでございます。

要は、痛かったと言えば相手の技術（?）が下手となり、良かったと言えば、非処女と疑われる。

具体的な質問には「初めてなのでよくわかりません」と答えなさいと書かれている。

そして、最後には「相手にお任せしていればすべてうまくゆく」とあった。

（これって役に立つのかしら。マナー本みたいね……。女性側のメンタルケアとかまるで無いわ）

次の本を開くとタイトルは「お召しが遠のいた時」とある。

○貴女も陛下とお過ごしになるのも慣れてきたように、陛下も少し単調さを感じていることでしょう。
（さりげなく、失礼ね）
○あからさまではなく積極的にお誘いしましょう。含みを持たせた目線や軽く陛下の腕に触れて「ご一緒に月を眺めたい」等と言うのが無難です。
（雨の日や曇りの日には誘えないわね）
○軽いお酒をおすすめし、媚薬《びやく》をしのばせるのも効果的です。
その場合、混入を悟られないように甘いお酒やカクテルがおすすめです。

（それって犯罪では？？　媚薬ってなによ！）
○体位の変化も、男性の心を躍らせるものです。
以後のページに記載されている体位を偶然を装いお試しになるのも、単調な営みの変化をもたらすことでしょう。


そう書かれた次のページからは、いわゆる四十八手的な体位の図解と、行うためのポイントが書かれていた。

（どう見てもアクロバティック的なものもあるんですが……）

そう思いながらも、詳細な図解に顔を赤らめながら一ページ一ページ丹念に見ていく陽子さん。

（こういう本はほとんど見ることが無かったから、何が正しいかなんてわからないけど、何も知らない子にしてみたら何も無いよりマシなのかも。キスでドキドキするお年頃で、いきなり初夜だとねぇ）

指南本を閉じ、他の本を手に取るとそちらは普通の（？）王妃としてのマナー本や心得本と最新の帝国の貴族録のハンドブックだった。マナー本と心得本が少し年代物だが、きっと今も内容は変わらないのだろう。ノートは新品の物だ。その中にメモが挟んであった。

「誰の目にも触れさせたくないものを書くといいわ」とローザリンデの文字がある。

（何も知らないアデライーデに少しでも役に立てばと、送り出す皇后様の親心なのね。異世界からきた既婚で経産婦の私には、ちょっとびっくりな贈り物だったけど、気持ちはわかるわ）

指南書を元通りに戻し、鍵をかけてベッドの横に置いて、ワインのグラスを手にとった。

（アルヘルム様には別居を申し入れたし、白い結婚ならあと二年は指南書は役に立たないわね。愛妻家っぽいアルヘルム様とは、一生白い結婚でもいいと思うんだけど……。ダメかしら……）

第十章

白い結婚と手袋

「アデライーデ様。お美しいですわ」

「本当に」

「言葉がありませんわ」

「お美しい……」

マリアとメイドさん達に絶賛され、アデライーデはマダム・シュナイダーにウェディングドレスの最終調整をしてもらっている。

マダムは相変わらずパワフルで、連れてきたお針子に指示を出している。本当は昨日にも調整はできたらしいが、ヨハンに止められたらしい。

「失礼でございましょう？　気遣いと年寄り扱いは別ですのに！」とぷんぷん怒っていた。

「でも、道中辛《つら》くありませんでしたか？　私も長旅で結構お尻が痛かったのですが……」

「まぁ！　アデライーデ様まで！　大丈夫でございますよ。私の馬車は特別仕立てなのですから」と鼻息荒くピンを打つ。怒りで手元が狂わないか、ちょっと怖い。

お針子の一人が「マダムの馬車は厚みを倍にしたベッドとクッションが入っている特製のものです。どんな悪路でも快適に寝ながら移動できるのです」と小声で教えてくれた。

寝ながらの移動なら腰やお尻への負担は少ないかもしれない。

「さぁ！　侍女殿。鏡をこちらに」

マダムに言われてマリアが持ってきた鏡の中には、美しいウェディングドレスを纏《まと》ったアデライーデが立っている。ドレスは一分の隙もなくアデライーデの身体《からだ》にぴったりだった。

「こちらのドレスは、皇后様のご婚儀のドレスでございました」

「ええ、お聞きしたわ。マダムがドレスをデザインされたのでしょう？」

「はい、元々は胸元がもう少し広くフリルで縁取られていたデザインでお袖も七分丈パフスリーブでしたが、陛下が肌は極力隠すべしとハイネックで長袖のデザインをご希望されましてね」

「でも、これはハイネックではありませんね」

「ええ、皇后様がハイネックだとネックレスが映えないじゃないかと大反対されまして……袖は長袖にしましたが、胸元はベールと同じ帝国の国花である桔梗《ききょう》の花の刺繍《ししゅう》を施したレースで飾らせていただきました。もちろん取り外せます」

背中のラインのチェックが済んだ鏡の中のマダムと目が合った。

「世の父親というものは、そんなものでございます」

マダムはそう言うとウィンクをした。

アデライーデは可笑《おか》しそうに笑う。どんな会話があったか想像に難《かた》くない。

マダムがパンパンと軽く手を打つと、前回ダンスを踊った背の高いお針子がハンガーラックから黒い元帥服を手にとり着用してアデライーデの側《そば》に立つ。

アルヘルムの身長に合わせているのだろう前回より少し踵《かかと》の高い靴を履いて、黒髪をうしろで一つにまとめると涼やかな目元の美青年と言ってもおかしくない。

「まぁぁぁぁ～」

黄色い声がメイド達から上がる。宝塚的な……。

「お式では国王様は、黒い服をお召しと聞いております。お針子の腕に手を回していただけますか？

そして少し歩いていただけますでしょうか」

マダムにそう言われ二人で室内を何度も往復した。マダムはそのたびに立ち位置を変え、鋭くドレスの動きをチェックして裾や襟を細かく調整していく。

何回歩き回っただろうか……やっとマダムの納得の調整ができたようで、ドレスを着替えた時には喉がカラカラになっていた。前回と同じようにお針子が仕上げる間、マダムとお茶の時間になったので、アデライーデはマダムに尋ねた。

「マダム、そう言えば引退されていたのでは？」

「ええ、でもアフターメンテナンスは今もしておりますわ」

そう言ってにっこり笑うマダムだが、これはアフターメンテナンスと言うより、リメイクでの新作の依頼ではないのかしら？　とアデライーデは疑問に思っていたが、マダムの守備範囲は広いのだと思うようにした。聞けば子供服のメゾンもなかなかの評判らしく、ドレスのデザイナーを引退しても忙しさは変わらないらしい。

そんな中、わざわざバルク国まで来てもらって申し訳なく思っていると、アデライーデの表情から読んだのか「ご心配には及びませんわ。これを機にバルク国で新規顧客開拓をいたします。皇后様と皇女様二代続けてのデザイナーの肩書を得られましたので……」といい笑顔で答えられた。

さすがマダムである……。長年の帝国御用達は伊達《だて》ではない。

その後、マダムの厳しい仕上がりチェックを終える頃には夕方になってしまっていた。疲労困憊《こんぱい》のアデライーデとは反対にマダムは、満足げに別れの挨拶をする。

「私達は皇帝陛下より当日まで滞在し、対応をと仰せつかっておりますので、何かございましたらヨハン殿にご連絡くださいませ」

「マダムはどちらにご滞在ですの？」

「城下のホテルに滞在しております。市場調査いたしておりますが、お呼びくだされぱすぐにかけつけますわ」

タフである。

その日マリアと一緒に夕食を済ませ、食後の紅茶を居間のソファでマリアと二人だけでとっている時に木箱の話を打ち明けた。

「マリア。あの木箱ね、その……初夜の指南書だったの」

「やはり、そうでございましたか」

「え？　知っていたの？」

「私は見たことはありませんが、侍女の先輩から聞いたことはございます。嫁ぐ高位貴族のご令嬢は持たされるようでございますね」

マリアもちょっと顔を赤くして紅茶をかき回しながら答えた。

「箱に出産の女神の絵がございましたし、多産のシンボルのザクロの飾りがございましたから……中身はそのようなものかと……」

「マリアも……その……そういう教育を受けたの？」

「いいえ！　私達のような者は……その……色々先輩から話を聞きます。あ。でも、アデライーデ様にお話しするような内容ではございません！」

マリアは恥ずかしいのか、聞くなと予防線を張られてしまった。

「大丈夫よ！　聞かないから！」

（知っているし……とは言えないわね）

「多分メイド達も、あの箱について何も触れないと思いますわ。寝室に保管されるものと聞いておりますので……その……置いておけばいつでもご覧になれますよ」

「そ……そうなの……じゃ……そうしてもらうわ」

こうして微妙な食後のお茶は終わり、前日の夜ふかしと今日のウェディングドレスのチェックで疲れていたせいかベッドに入るとすぐに意識を手放した。

翌日アデライーデが目覚めた時には、木箱はずっとそこにあったかのように寝室のサイドボードの上に鎮座していた。


ウェディングドレス調整の翌日、ヨハン・ベックからバルク国への引き渡しが終わった持参品の目録をお渡ししたいと先触れがあり、午後にヨハンの訪問を受けた。目録に目を通すと思っていたより多くの品数と量に驚いたが、ヨハン曰《いわ》く「嫁がれる皇女様がお持ちになる普通の量」らしい。

(そう言えば、十台くらいの荷車が輿《こし》入れの時について来ていたわね。昔、嫁入りには箪《たん》笥《す》三棹《さお》っておばあちゃんが言っていたけど、そんな感覚なのかしら……)

彼の名前は手紙を渡してもいいリストにあったので、午前中に陛下達に宛てて書いた手紙を託した。

エルンストへの手紙には、結婚を整えてくれたお礼とアルヘルム王は王宮住まいを勧めてくれているが、私自身が穏やかな暮らしを望んでいるので、離宮住まいをするのを許して欲しいと認《したた》めた。

ローザリンデへの手紙には、ウェディングドレスと両陛下の贈り物のお礼とバルク国の皆に良くしてもらっていること、食事も大変気に入りここでの生活が楽しみだと認めている。

そして、ヨハンにはローザリンデの手紙にあったように「いただいた手袋は大切にしますとお伝えください」と告げた。

ヨハンは「贈られた皇后様もお聞きすれば、お喜びになりますでしょう」とにこやかに応じたが、彼がこの伝言の意味を知っているかどうかは、表情からは読み取れなかった。

預かった手紙を侍従の一人に持たせると、ヨハンは咳払《せきばら》いを一つして「婚儀の当日は僭越《せんえつ》ではございますが、私がアデライーデ様を陛下の名代としてエスコートさせていただきたく存じます」と恭《うやうや》しくお辞儀をした。

「はい、よろしくお願いします」

「お許しいただき光栄に存じます。若輩ものですが精一杯務めさせていただきます。それでは当日控室にお迎えに上がりますので、失礼いたします……」

柔らかな笑顔で退出の挨拶をし、ヨハンが侍従と共に下がって行くと、ヨハンと入れ替わるようにして、マイヤー夫人とナッサウ侍従長からの先触れがあった。

その後、数日にわたりマイヤー夫人やナッサウ侍従長から、婚儀は王宮内の王族専用の教会で王族のみの出席であげることや婚儀の後のパレードやお披露目のパーティのことなどの説明を受けた。基本的にすべての準備はバルク国側でし、当日アデライーデは介添え役のマイヤー夫人の案内に従っていればいいらしい。

ウェディングドレスの調整日から婚儀の前日までは、こうやって瞬《また》く間に過ぎていった。

気づけば婚儀の前日となり、久しぶりにアルヘルムからランチの誘いがあった。白い花の咲き誇る庭園の東屋《あずまや》で、グラスを合わせた。蜂蜜酒が東屋の日除《ひよ》けから入る柔らかな日差しを受け、金色にキラキラと輝く。

「先日ウェディングドレスが届けられたと聞きましたが、仕上がりは満足のいくものでしたか？」

アルヘルムは蜂蜜酒に口をつけ、アデライーデに微笑《ほほえ》んだ。

「ええ、とても満足をしていますわ」

そう言うと、給仕がサーブするスープに口をつけた。タイのあら汁に似た澄んだスープにアスパラガスの穂先があしらってあった。懐かしい味だ。

「そのウェディングドレスは、皇后陛下のものを譲り受けたとお聞きしました。素晴らしいものなのでしょうね」

「ええ、とても素晴らしいもので……私も譲っていただけると聞いてびっくりしました。デザイナーはシュナイダーという方なのですが、マダムのドレスはとても素晴らしいのですよ。今回は私用に少しリメイクしていただきました」

ドレスの話がひとしきり終わる頃に、サラダが運ばれてきた。一口大の丸いポテトサラダに香草と小さく刻んだ四角い人参《にんじん》が散らされ、シーザードレッシングが朝露のようにかかっている。

「あの小柄な老婦人が……」

「お会いになったのですか？」

「王宮へのドレスの搬入時に挨拶を受けましたが……皇后陛下のデザイナーとは知りませんでした」

「今はドレスのデザイナーは引退されて、お孫さんにメゾンを譲られたそうなのですが、ベビー服と子供服のメゾンを新たに立ち上げたそうですわ」

「あのお年で？　それはすごいな……」

感心したように言うアルヘルムに、陽子さんは心の中で同意した。

（わかるわー。親と同じくらいの年のご婦人で、六十の今から会社立ち上げようとしているようなものですもんね。現代でも驚かれるわ）

「あの、もしよろしければ、お子様達に贈り物をしたいのですが……」

「贈り物ですか？」

「ええ、アルヘルム様のお許しがあれば、せっかく帝国からマダムが来ているのですから、この機会に子供服を作っていただこうかと」

「それは子供達も喜ぶと思います。皇后陛下のデザイナーに仕立ててもらえる機会は、そうそうありませんからね」

アルヘルムが微笑んでくれたのでホッとした。

陽子さんはフィリップの件でテレサが気に病んでいないか気になっていた。再度ご挨拶をとこちらから言えば、フィリップの件を蒸し返しそうになるので口に出せずにいたが、子供服の贈り物であればこちらが気にしていないと受け取ってもらえるはずと思ったのだ。

一つ肩の荷がおりたところで、メインのローストビーフがやってきた。付け合せにはヨークシャープディングとグリーンピースとズッキーニが添えられている。給仕が黒胡椒《こしょう》と赤ワインで味を調えたグレービーソースをたっぷりかけてくれ、肉厚に切られた柔らかいローストビーフの肉汁と一緒に口の中で混じり合った味は絶妙だった。ヨークシャープディングはもちもちとして、前世のふわふわタイプとはまた違った美味《おい》しさだ。軽めの赤ワインともよくあって美味しくいただいていると「婚儀のあとのお話ですが」と、アルヘルムが少し困惑した顔でアデライーデに話を始めた。

「今朝、皇帝陛下より祝いの書状が届きました」

「はい……」

（お祝い電報みたいなもの？）

「祝いの書状と一緒に、『皇女を気遣い皇女の望むようにしてくれようとしていることを嬉《うれ》しく思う。

皇女は大切に扱われているようで安心した。貴国との盟約が永遠であることを望む』との書状も届きました。陛下は貴女《あなた》の望む離宮暮らしをお認めになるようです」

（え？　ちょっと待って……ヨハンに陛下へのお手紙を渡したのは確か五日くらい前だったはず……返事がくるの早すぎない？？）

「あの……確かに私、陛下にお手紙を書きましたが、五日ほど前で……お返事が早すぎると思うのですが……」

「伝馬《でんま》を使えば、ここから二日ほどで着くことができるはずです。確か五日ほど前に、ヨハン・ベック殿の侍従の一人が、帝国に馬で戻っています」

グラスに口をつけたあと、アルヘルムがアデライーデを見つめた。

「本当に、皇帝陛下も皇后陛下も、アデライーデ様のことを大切に思ってらっしゃるのですね」

「はい……。ありがたいことです」

アデライーデが両陛下を思って言葉をつまらせているのを見て、アルヘルムはしばらく間を置いてから話しかけた。

「貴女の住む離宮のことですが、二つほど候補があります」

「二つ……」

「警護の関係とあまり遠くだと要らぬ噂《うわさ》が立つため、両方とも馬車で一時間、馬で三十分程度の距離です」

「一つは山の方。森の中の離宮で夏の避暑地に使っています。もう一つは海に近い湖の近くの離宮で、引退した先王が余生を過ごす離宮です」

「海の近くに離宮があるのですか？」

「ええ、いつかご案内しようとお約束した港町の近くです。少し海から離れていますが二階の部屋からは海が見えますよ」

アデライーデが目を輝かせたのを見て、アルヘルムは「そちらにいたしましょうか」と勧めてみた。

「ええ！　是非」

遥《はる》かに年上の自分と対等に話し、公《おおやけ》の場での突然の出来事にも冷静な判断を下せるアデライーデでも、年なりの表情をするのだとアルヘルムは少し安心した。

「お住みになるために少し改修をするので、住むのは一月ほど後となりますがよろしいか？」

「もちろんですわ！　アルヘルム様ありがとうございます！」

自分と別居するのを喜ばれるのは微妙な気持ちになる……。たとえそれが最善の選択だとしても。

※※※

「よっ、花婿さん。二度目のバチェラーパーティにようこそ」

「……飲まないぞ」

執務室に入るなり、書類と戯れていたタクシスがいつものようにアルヘルムを軽口で出迎えた。

「そんなに……だろ？」

タクシスは見ていた書類の束を脇に押しやり、サイドテーブルからグラスを二つ出してきて蜂蜜酒のボトルを置いた。

「明日の招待者のリスト、もう一度目を通しておいてくれ」

「あぁ」

アルヘルムがソファに座り手渡されたリストに目を通していると、タクシスがボトルの封を切って蜂蜜酒をグラスに注いだ。

「で、義父殿は別居賛成だって？」

「あぁ。娘の望むようにしてくれているのを嬉しく思うと、離宮暮らし前提での書状が来た」

そう言って、執務机の上にあった書状をタクシスに渡した。

タクシスは書状に目を通しながらグラスに口をつけ、ふぅと息を吐く。

「私文書に見せかけた公式文書だな、これは。使っている紙もサインも……『貴国との盟約が永遠であることを望む』か。……最後にちゃんと脅してきているし、反故《ほご》にして王宮暮らしをさせたり粗末に扱ったりしたら、確実に兵を向けられるだろうな」

「確約が必要なら、陛下に文書を求めてもいいと言われたが、本当に送られてくるとはな。それも婚儀の前に」

「その件だが、帝国は街道に駅を作っているぞ」

駅とは、伝令が乗る伝馬のいる場所だ。一頭の足の速い馬で目的地まで行く早馬と違い、伝令はリレーのように駅ごとに馬を乗り換え、昼夜を問わず走り抜き目的地まで、荷物を運ぶ。長距離になればなるほど早馬より早く書状を運ぶ。

「あぁ、ヨハン・ベックから書状を渡される時に聞いた。そっちは誰からの情報だ？」

「ライエン伯爵だ。街道沿いに最低三頭の馬を置いた駅を作るようにと依頼が来たそうだ。皇后が手紙のやり取りをしやすいように希望された……と発表したらしい」

書状をアルヘルムに渡すと、タクシスは蜂蜜酒を飲んだ。

「花嫁様はどちらの離宮を選んだんだ？」

「湖の離宮だ。海が近いからだそうだよ」

「帝国は内陸国だからな」

「初めてあの年なりのキラキラした笑顔を見たよ。港町に行きたいそうだ。船はどんなものか異国の人はいるのかと聞かれた」

「それで答えてやったのか？」

「答える前に、答えるなと言われたよ」

「なんだ？　それは？」

「自分から質問したが、答えは自分の目で見たいらしい。随分とはしゃいでいた」

アルヘルムがその時のアデライーデの様子を思い出し笑いしていると、タクシスはジト目でアルヘルムを見ながら手酌で蜂蜜酒を注ぐ。

「二年は手を出すなよ」

「何言ってるんだ？」

「皇帝に八つ裂きにされるぞ。お前の好みを外れちゃいないが、大物すぎる。飾って眺めるくらいがちょうどいいかもな」

「お前……明日結婚するんだぞ。それに子供相手だ。ブランシュが大きくなったら、ああなるのかと思ったんだ」

「ふん。そういうことにしといてやるよ」

タクシスはそう言うと、離宮の設計図をテーブルに置いた。

「水回りの設備とカーテンはすべて交換だ。壁は洗わせる。ゲスト用の物はそのまま。庭は好みがわからんから清掃と剪定《せんてい》だけ。家具やリネン、小物はすべて帝国からの持ち込みだ」

「人員は？」

「ヨハン・ベックから輿入れの荷物の御者達が『余って』いるから使って欲しいと申し出があった」

「余っている？」

「奴が帰国する時に連れて帰るらしいが、遊ばせておくのももったいないので掃除や荷運びに使って良いそうだ。帝国では城の修繕や庭の手入れをしている者達らしい。身元は保証すると言われたよ」

「監視は付けるが正直助かる。身元調査してからでは時間も金も足りないからな」

「離宮の警備は？」

「騎士団から交代で三名。警備は小隊で三十名を常駐だ」

「当面、それでいいだろう」

「メイドは？」

「………五人ほど考えているがなかなか決まらなくてな」

「決まらない？」

「今のアデライーデ様付きの三人は続投だが、残りの二人がな……」

「少し給金を上げるか……」

「違う………希望者が多すぎるんだ」

「多すぎる？」

アルヘルムの酒を注ぐ手が止まった。

「今の三人のメイド達から色々聞いたらしい。まぁ、帝国の皇女様の実態はどうだろうと興味津々《しんしん》だったからな。で、あの調査書と同じだよ。是非お仕えしたいと……凄《すご》い人気なんだよ」

アルヘルムは苦笑いしながらグラスに口をつける。

「そのうち城が空っぽになるんじゃないか？」

タクシスが笑いながら言うと、アルヘルムも笑ってグラスを置いた。

「上手《うま》くやれるかな……」

「上手くいくんじゃないか？　相手もそうしようとしてるんだろ？」

「そうだな」

「離宮の話をしたら、目を輝かせて礼を言われたよ」

「変わってるよな」

「あぁ、離宮を用意して喜ばれるとは思わなかった。嫌われてるとは思わないが、離れるのを嬉しがられるとはな……」

アルヘルムはボトルを手にとり、酒をグラスに注いで飲み始める。

（そう言えば、アルヘルムは年上好みだったな……。テレサ様も落ち着いた方で、控えめだが芯の強いタイプだ。アデライーデ様は十四歳だが、とても子供とは思えない時が多々ある……。それに、コイツは迫られることはあっても逃げられる経験はほとんど無かったからなぁ）

タクシスは、アルヘルムの中でアデライーデへの評価が変わりつつあると感じでいた。

パチパチと暖炉の薪《まき》がはぜる。

「もう寝ろ」

「ん？」

「明日は、主役なんだろ？」

「主役は花嫁だろ」

「どっちにしろバチェラーパーティは、もうお終《しま》いだ。二日酔いにでもなって、皇女様に恨まれたくないからな。俺はもう少し仕事をするから、もう休め」

「パーティってよりほとんど仕事だったがな。そうだな、明日は笑うのが仕事だからな」

じゃあと、執務室を出て行くアルヘルムをタクシスはソファに座って見送った。

※※※

「アデライーデ様。おはようございます。起きてくださいまし」

「ふぇ……おはよう……こんばんは？　どうしたの？　まだ夜明け前よね」

寝ぼけ眼《まなこ》をこすりながら返事をした。いつもは明るくなってから起こされるのだが、今マリアの手元にはろうそくがある。

「はい。夜明け前からお支度しないと間に合いませんからね」

（ええ～、そのお支度にかける意気込みはどこから出てくるのぉ）

そう思ってのろのろと身体を起こすとメイドにストールをかけられた。

「スッキリ目覚めるハーブティでございますよ」と、ティーカップを差し出すマリアの後ろには、わくわく顔のメイド達がいた。

この後、朝風呂に入れられてマリアとメイドさん達にピカピカにされた。最近仲良くなったマリアの影響か、メイド達もアデライーデのマッサージやお手入れに意欲を燃やすようになってきた。

入念なお支度をして一旦着替えてから王家が用意する花嫁の部屋に移動する。自室から着替えて出ないのは、控室から王宮内の教会までの道中は、披露宴を支えてくれる使用人達へのお披露目の意味があり、それはバルク王に嫁ぐ妃の伝統とマイヤー夫人から教わった。

花嫁の部屋でマダム・シュナイダーとお針子達に迎えられた。丁寧な婚儀の祝いを受けメイクを済ませてウェディングドレスを着付けてもらう頃、アルヘルムからウェディングブーケが届けられた。バルク国では、花嫁のために花婿がその日の朝、手ずから摘んだ花をブーケにする習慣があるらしい。ラナンキュラス・ラムズイヤー・シレネユニフローラ・ヒメウツギ・イベリス。そしてアイビー。

「陛下が朝露の頃、庭園でお摘みになりましたのよ」と、マイヤー夫人が白い花とグリーンで纏められたブーケを、傍《かたわ》らのブーケスタンドに立てながら言う。

メイド達から歓声が上がる。王自ら摘んだ花を贈られるのはもちろんだが、その花を見ることも滅多にない。

「素敵だわ、アルヘルム様が手ずからお摘みに？」

前世で花束《ブーケ》は何度か贈られたことがあるが、手摘みの花束は初めてだ。

(花を摘むアルヘルム様は、絵になりそうね)

「仕事柄ブーケもよく拝見いたしますが、見事なあしらいですわ」とマダムも感心しきりだった。しかし、マダムの関心をさらっていったのは選ばれた花達についてだ。

(あしらいも帝国で十分通じるものだけど……この花のチョイスは……国王様自らなのかしらね。意味深ねぇ。贈った側の心情か、贈られる側に求めるものかでずいぶん違うわね)

白のラナンキュラスの花言葉は、「純潔」。

シレネの花言葉は「青春の愛」「青春の息吹」。

ラムズイヤーの花言葉は、「あなたに従います」。

ウツギの花言葉は「秘密」。

イベリスの花言葉は「心をひきつける」。

そしてアイビーの花言葉は「永遠の愛」。

マダムはそんなことを思いながらブーケを眺めていたが、お針子の「マダム、終わりました」の声に、思案は彼方に飛んでいった。

ウェディングドレスを纏うと、花綱《フェストゥーン》模様のティアラを足台に乗ったマリアにつけてもらった。マダムがロングベールをマリアに手渡す。メイド達が手分けしてベールをふわりと広げると、マリアはアップにした髪の高い位置に、ピンでベールを留めた。

ベールのバランスを確認しエルンストに贈られた真珠のイヤリングをつける。

「では……アデライーデ様。マダムにベール・ダウンをお願いしてもよろしいでしょうか？」

「ええ、そうね。マダム。お願いしてもいいかしら」

「私で良ければ！」

マダムはにこにこしながら、快く引き受けてくれた。

マリアは足台をアデライーデの前に置くと、マダムの手をとり足台の上に誘《いざな》う。

アデライーデは猫背にならないように少し腰を落とす。

メイド達が後ろからベールをまわし、受け取ったマダムがゆっくりとベールをおろす。

マダムは足台から降りるとベールを整えてくれた。

「マイヤー夫人、花束《ブーケ》を」

マダムがマイヤー夫人に声をかけると、マイヤー夫人はブーケスタンドからブーケをとり、アデライーデに手渡した。

「どうぞ。皇女様」

「ありがとう」

ベールの中でアデライーデは微笑んだ。皆に祝われている時に、ノックして女官が一人入ってきた。

「ヨハン・ベック伯爵様がいらっしゃいました」

マイヤー夫人が頷《うなず》くと女官は、片側のドアも開けてヨハン・ベックを招き入れた。明るい金髪を整え、黒に金の刺繍の入った勅任文官大礼服を纏い白の手袋を着けたヨハン・ベックは、アデライーデの前まで進むと柔和な笑顔で恭しく挨拶をした。

「フローリア帝国第七皇女、アデライーデ殿下。本日まことに良き日を迎えられまして、おめでとうございます。このヨハン・ベック、恐れ多くも陛下の名代を務めさせていただく栄誉をありがたく思います」と、祝いの言葉を述べた。

「お祝いの挨拶をありがとうございます。よろしくお願いいたします」

アデライーデは祝いの挨拶を受けるとヨハンの腕を取った。マイヤー夫人とマリアを従え、花嫁の部屋を後にする。

「アデライーデ様をエスコートされる伯爵様も素敵でしたわ……」

「本当に、絵になる美しさでしたわね」

「お仕えできて幸せだわ」

メイド達は、うっとりと夢見心地に二人を見送ったあと、マダムとお針子達を披露宴のホールへと案内した。

今ヨハン・ベックにエスコートされ、王宮内の教会までの回廊を歩いている。使用人達からの祝いの拍手が鳴り止まない中を、アデライーデ達はゆっくりと進む。

「ヨハン様はグランドール様の弟君でいらっしゃったのですね」

アデライーデは皇后から贈られた貴族録に目を通した時に、ヨハンのページを見つけていた。

「ええ、私はフランツ兄上の三番目の弟になります。貴族録をご覧になったのですか？」

「はい。今まで気がつかず申し訳ありません」

「私と兄上は、全く似ていませんからね。国外では案外便利なのですよ。名前も違いますしね」

ヨハンは楽しげに笑う。

『ベック伯爵』という爵位はグランドール侯爵家が持っている爵位の一つで、ヨハンは仕官と同時に侯爵家から譲られている。名前が一緒ではないほうが、外交上色々都合がいいのだ。

(確かに全く似てないから、貴族録見た時にはびっくりしたわ)

王族が結婚式をあげる教会は古い小さな石造りで、王宮と同じ青い屋根と、背の高い黒い扉だった。

マリアがドレスの裾を整えると、マイヤー夫人が小さく扉をノックした。

しばらくして中から同じように小さなノックが聞こえると、マイヤー夫人は「ご入場でございます」とアデライーデ達に声をかけ、マリアと一緒に教会のドアを開けた。

祭壇の前にアルヘルムの姿が見える。

金のモールがあしらわれた黒い元帥服を着こなしたアルヘルムに向かい、一歩また一歩と進んでゆく。アルヘルムの元に着き、ヨハンからアルヘルムへとアデライーデが託された時、ヨハンが「アルヘルム様」と声をかけた。

「陛下よりご伝言でございます。『娘を頼む』とのことでございます」

「もとより」

そう答えたアルヘルムの腕を取り、アデライーデはアルヘルムと二人祭壇の前に向かう。

参列者はゲオルグ、フィリップのみで最前列のアルヘルム側にフィリップ。アデライーデ側にゲオルグがいた。

祭壇の前で教皇により、婚儀の始まりが告げられアルヘルムにアデライーデを娶《めと》るかとの問いかけがされる。アルヘルムがバルク国王としてフローリア帝国皇女アデライーデを娶ると宣言すると、アデライーデは同意すると宣言を受ける。アデライーデの同意を受け、二人が婚姻証明書にサインをすると、教皇によりこの婚姻が成立したことを宣言された。

アルヘルムが花嫁のベールを上げ、身長差のあるアデライーデを少し抱き寄せた。アデライーデの艶《つや》やかな唇にふわりと誓いの口づけをすると「今より我が正妃となりました」とアルヘルムがアデライーデに囁《ささや》いた。

「はい……」

アデライーデが頬を赤らめそう応《こた》え、アルヘルムの腕をとり祭壇を降りる。

「国王陛下、正妃陛下。ご結婚おめでとうございます」

祝いの言葉をゲオルグが贈り、続けてナッサウ侍従長に促されてフィリップが同じように「父上、皇女様ご結婚おめでとうございます」と祝いの言葉を口にした。

フィリップの目に、父の腕をとりベールを上げたアデライーデが眩《まぶ》しく映る。いつもと違いアップにした髪にお化粧をしたアデライーデはいつもとは違う大人《おとな》の女性に見えた。

フィリップは、アデライーデが家族になったのだと嬉しく思う気持ちと、何か今まで感じたことの無い感情がちくりと胸をよぎったが、それが何なのかはわからなかった。

「ありがとう」

「お二人ともありがとうございます」

そう言ってパレードに向かう二人を、ゲオルグとフィリップが見送る。

アルヘルムは、貴族達が集まる大ホールで結婚の宣言をし、祝辞を受ける。彼ら彼女らは口々にアデライーデの美しさと、アデライーデが纏う皇后から譲られたウェディングドレスやティアラの豪華さを褒めそやす。二人は貴族達の祝辞を受けると、大ホールを抜け城下へとパレードにでかけた。

婚儀を祝うような晴天のバルク城下で国民からの祝いを受け城に戻ると息つく間もなく、ドレスを着替えサッシュと勲章を身に着けた。

アデライーデのウェディングドレスとベールはドールに着付けられ、披露宴の間だけ会場に飾られるらしい。皇女降嫁というバルク国始まって以来の慶事で特例のことらしく、未婚既婚を問わず貴族女性はとても楽しみにしていると聞いている。

披露宴が行われる先程の大ホールの扉の前でアルヘルムがアデライーデを迎えると「お疲れでしょう？　途中で気分が悪くなったら、私かマイヤー夫人に言って下がるといいですよ」と気遣ってくれる。

(優しいのね)

「大丈夫ですわ。花嫁が抜けるのもお客様に失礼になりますので頑張ります」

そう言って握りこぶしを作るアデライーデに、笑いながらアルヘルムは「無理されずに。その時は貴女の代わりにウェディングドレスが皆をもてなしますよ」と頬にキスをした。

思わぬ不意打ちのアルヘルムのキスにアデライーデは動揺を隠しきれない。

「貴女とはしばらく白い結婚ですが、夫婦として仲睦《なかむつ》まじくありたいと思います」

「お……お……お手やわらかにお願いします……」

「貴女でも、そういう顔をするのですね」

アルヘルムはくっくと笑うと、アデライーデに腕を回した。

「さぁ、参りましょう」

第十一章 巣蜜と瑠璃唐草

夜明け前から起こされ、結婚式、パレード、披露宴が終わってお風呂に入ったのは、いつもお風呂に入る時間よりずっと遅い時間だった。

結婚式からパレードまでは良かった。支度に時間がかかったが、両方で二時間もなかった。

披露宴は、延々六時間くらい開催されていたのだ……。

両脇にナッサウ侍従長とマイヤー夫人が控えていて、黒子のように挨拶する貴族達の名前を囁《ささや》いてくれるし、あまりに長い挨拶には咳払《せきばら》いで対応してくれていたが、なにせ人が多すぎる。

ファーストダンスの後のダンスの申し込みも、マイヤー夫人がサクサク捌《さば》いたが、あとからあとから申し込まれる。アデライーデも随分と頑張ったが、最後の一時間は何も覚えていないくらいだった。

途中で退出することなくやり切った感はあるが、明日は絶対筋肉痛だと、お風呂の中で確信していた。

「ふぅ〜〜」

お風呂の中で伸びをすると、メイドさん達が身体《からだ》を洗ってくれる。今日ほど人に身体を洗ってもらうのが心地良いと感じたことはないくらい疲れていた。メイド達がアデライーデに嬉《うれ》しそうに話しかけてくる。

「皆様、アデライーデ様が嫌な顔せず皆とダンスを踊ってくださったと言っておりましたわ」

「そう？　喜んでもらえたのなら良かったわ……」

（踊りすぎて誰が誰だからわからなかったけど、喜んでもらえたら何よりだわ……）

「特例で、皇后陛下から譲られたウェディングドレスを披露してくださったので、ドレスの周りはご婦人やご令嬢の人だかりでしたのよ」

「そうそう！　マダム・シュナイダーがベック伯爵から『彼女はこのドレスのデザイナーだ』と紹介されてからすごかったですわ～」

「婚礼を控えたご令嬢やその母君様から引っ張りだこでしたわね」

「それ以外の貴婦人方も、負けてなかったですわ」

「え……マダムはもみくちゃにされてなかったの？」

小柄な老婦人が大勢に囲まれて、何かの弾みで骨折でもしたらとアデライーデが心配すると、メイド達は「いいえ！」と声を揃《そろ》えた。

「マダムには騎士様がいらっしゃるので！」

「騎士様？」

はて？　そんな人いたっけ？

「あの背の高いお針子の方ですわ！」「黒の騎士服で、マダムを守るようにお立ちになって、ご婦人方やご令嬢方に、カードを配っておいででした」「『マダムにご用命でしたらこちらにご連絡を』と、滞在されているホテルのカードを配っていましたわ」「その姿の凛々《りり》しいこと！『可愛《かわい》らしいご令嬢。貴女《あなた》の魅力をもっと引き出せる機会を……是非……』なんて囁かれたら……きゃ～絶対お伺いいたしますわ」

きゃいきゃいメイド達が盛り上がっているのを見ながら、陽子さんは感心していた。

（……さすがマダム……女子のツボを心得ていらっしゃる……）

男装の麗人効果は素晴らしく、後日マダムの宿泊するホテルのロビーは社交界が移転したかと思われるほどの賑《にぎ》やかさだったらしい。早々にホテルのオーナーに交渉して格安でホテルの一室にメゾンの仮支店を出したという。

「さぁ、準備ができましたわ。アデライーデ様、お風呂から上がられてくださいな」

マリアに言われお風呂から上がると寝室のベッドの上でマッサージが始まった。

「眠たくなったら、そのままお休みくださいませ。今日は、お疲れになったでしょう？」

ラベンダーの香りのマッサージオイルを使い、マリアは優しくアデライーデの疲れた身体を揉《も》みほぐす。

「良い香りだわ……」

「アルヘルム様より、先程あちらの巣蜜が贈られてまいりましたわ」

マリアの言葉に、ベッドサイドのテーブルを見ると、白いリボンで飾られた小箱とブーケが見える。

「こちらの国では、初夜から三日続けて新郎から新婦へ蜂蜜酒と一緒に贈られるそうですの。白い結婚なので巣蜜だけとのことですが」

「そうなのね」

（確かヨーロッパの方では、結婚して一ヶ月蜂蜜を食べるって風習があったわね。バルクでは養蜂が盛んって言っていたから同じ感じかしら……。日本も昔、三日夜餅《みかよのもちい》だっけ？　三日目に婿にお餅を……って。あー、でも、本当に結婚したのね。あまり実感は湧かないけど）

そう思った時に不意にアルヘルムとのキスを思い出した。

教会の時は、緊張していてあまり思い出せないが、扉の前のキスに頬が熱くなる。

（な……何を思い出してるの。アルヘルム様にはテレサ様がいるし！　そう！　この世界では頬へのキスなんて挨拶代わりなのよ！　うん！　きっとそう！）

ベッドにうつ伏せになったまま、ジタバタしているとマリアが訝《いぶか》しげな顔をした。

「アデライーデ様？　どうかなされましたか？」

「……何でもないの……ちょっと身体を伸ばしていただけ……」

(不審に思われるからやめよう……あれは挨拶よ挨拶)

「本日は、素敵な一日でございましたわ。……陛下の名代のベック伯爵にエスコートされた姿も絵になりましたが、やはりアルヘルム様とお二人並んでいるのがよくお似合いでしたわね。ウェディングドレスの時もでしたが、お着替えされたあの蜂蜜色のドレスだと、陛下の黒とアデライーデ様の金がお互いよく映えて……絵師をお呼びしていて良かったと思いますわ。今から出来がとても楽しみですわ……。アデライーデ様？」

マリアは、足を重点的にマッサージしながら今日の感想を熱心にしゃべっていたが、疲れていたアデライーデには心地よい子守唄にしか聞こえず、すぐに眠りについていた。

「やっぱり、すぐにお休みになりましたね……ベッドでマッサージして良かったわ。あのままではお風呂で寝入ってしまいそうでしたからね」

マリアはそう言うと、アデライーデの夜着を整えお布団をかけた。

「ご結婚おめでとうございます。そしてお休みなさいませ。良い夢を……」

アデライーデは、ラベンダーの香りに包まれて眠っていた。

「ふぁ……」

翌日はマリアが起こしに来なかった。自然と目が覚めた時には、もう随分と太陽が高くなっていた。

マリアを呼ぼうと、サイドテーブルの上のベルに目をやると、昨日アルヘルムから贈られた巣蜜の小箱が目に入った。手のひらに納まるくらいの小箱を開けると、きれいな八角形のコムハニーが艶々《つやつや》と輝いて入っている。そっと、指で突《つつ》こうとしたらドアのノックが聞こえた。

「おはようございます」とティーカートを押して入って来たマリアは笑いながら、「ダメですよ。お一人で食べちゃ」と言って、少し濃い目に入れた紅茶を差し出す。

「新婚夫婦《おふたり》で召し上がるものらしいですわ」

「え、でも初夜じゃなかったし……」

「残念だったのですか？」

マリアが笑いながら、スティックに刺したいちごを載せた小皿をベッドテーブルに置いた。

「ち……違うわ！　初夜じゃなかったのに蜂蜜を二人で食べるのも……って思ったのよ」

アデライーデは慌てて紅茶に口をつける。

「蜂蜜は滋養のあるものですから、初夜でなくとも披露宴でお疲れのお二人にはぴったりと思いますわ。アデライーデ様、御御足《おみあし》はどうですか？」

「そんなには……」

そう言っても、疲れはかなり残っている感じだ。

「足枕で少し上げておきましたけど、まだ少し張っているようですね。昨日は大変な一日でしたから……。後ほど午餐《ごさん》を陛下と召し上がる時に巣蜜を添えますね」

マリアはアデライーデの足を確かめながらそう言うと、巣蜜の小箱をティーカートに下げた。

「初夜の翌日の最初の食事は、給仕を付けずお二人だけで召し上がるそうですから、もう少ししたらお支度をしましょう」

「ふ……ふたりだけ？」

「何でも、初夜の翌日はお食事を載せたカートを寝室の前に置いておくのだそうです。でも、白い結婚はバルク国でも初めてのことなので、アデライーデ様がお目覚めになったら、こちらのお部屋にアルヘルム様がいらっしゃるそうですわ」

アルヘルムと何度か食事をしたが、いつも誰かいたので二人きりでの食事は初めてだ。なんだか緊張してしまうと表情に出たのかマリアが「私は給湯室に控えておりますので、何かありましたらお呼びくださると良いですわ」と声をかけた。

マリアは自分が付いてきたとはいえ、ひっそりと暮らしていたアデライーデが遠くこのバルクで正妃としてやっていけるか心配をしていたのだ。口には出して言えないが、すでに妃や王子達のいるアルヘルムに正妃として後から嫁ぐのは後宮に軋轢《あつれき》や諍《いさか》いを起こしやすい。本人達にその気がなくとも周りが騒ぎ立てる。

アデライーデが離宮暮らしを言い出した時には、それはどうなのかと思ったが皇帝陛下がお認めになり、騒ぎを起こした王太子となるであろうフィリップとも上手《うま》くやっているアデライーデを見て、それもありかと思えるようになった。

(最初は値踏みをしているようだった使用人達も、アデライーデ様のお人柄に触れて心を開いてくれているようだし、アルヘルム様とゆっくりと関係を築けていけばアデライーデ様は安泰だわ。アデライーデ様ならきっと、上手くおできになると思うし……)

白い結婚とは言え、結婚後にアルヘルムと二人きりになるのが不安げに見えたアデライーデをマリアは、気遣った。

「そうね……何かあったらマリアを呼ぶわ」

ちょっとホッとしたようなアデライーデは、『初めての食事』に向けてのお支度のために、ベッドから出た。新婚らしく薄い桜色のドレスに着替えると、テーブルを持ち出したベランダに案内された。

食事はテーブル横のカートに載せられ銀の丸蓋《クローシュ》がかけられている。

すぐに白のシャツに黒いトラウザーズといった出で立ちのアルヘルムがやってきた。メイド達はすでに部屋を下がり、マリアはアルヘルムを出迎えると、すっと給湯室に下がっていった。

（緊張するわ……）

「おはよう。昨日はよく眠れましたか？」

アルヘルムは、アデライーデの手を取り笑いかけた。

（近い！　近いわ……アルヘルム様！）

「おはようございます。はい、おかげさまでゆっくりと休めました」

「それは良かった。昨日は結婚式もそうでしたが、披露宴では挨拶やダンスでお疲れでしたでしょう？」

今までの距離と違い、一歩近い距離にどぎまぎしているアデライーデをアルヘルムは構わずテーブルにエスコートする。二人きりなので、アルヘルムがアデライーデの椅子を引く。

「私が用意しますので座っていてください。飲み物は何がいいですか？　果物水はいちごとレモン、オレンジがありますよ」

「では、オレンジで……」

アデライーデがオレンジを選ぶと、アルヘルムは刻んだオレンジとミントが入っているグラスにピッチャーからオレンジの果物水を注いだ。そして、カートの上の銀の丸蓋《クローシュ》をあけ、大きめの皿《プレート》に料理を少しずつ盛ると、グラスと共にアデライーデと自分の席においた。

「初めての食事に」と果物水で乾杯をし、口をつけるとオレンジとミントとほんのり蜂蜜の味が口の中に広がった。

「初めての食事は男性が女性に、サーブするのですよ」

「そうなのですね」

「女性は大変ですからね」

「……そ……そうなのですね。あ……こちらのお料理はなんですか？」

なんで大変か意味がわかる陽子さんは、明るいベランダでの食事時に深くする話題ではないと慌てて話題を切り替える。照れているアデライーデに気がついたアルヘルムは、くすりと笑いながら料理を指差して説明を始めた。

「これは薄く切ったパンにクリームチーズに巣蜜を載せたもの。これはビーポーレン《みつばち花粉》をかけた香草サラダ。こちらはローストポークにハニーマスタードをかけたものです」

「全部に蜂蜜を使っているのですか？」

「ええ……三日間はなにかにつけ蜂蜜を食べさせられますね」

「まぁ」

「でも、今回は白い結婚ですので、この食事だけですけれどね」

そう言うと、アルヘルムはクリームチーズの塗られたパンを口にする。アデライーデも同じパンを手にとって食事を始めた。塩味のあまりないクリームチーズのようで巣蜜の甘さが勝っている。

アルヘルムはパンを食べ終わるとアデライーデに今後の予定を話しだした。

「今日から三日間は貴女と一緒に過ごす予定なのですが、なにかご希望はありますか」

「三日間ご一緒？」

「ええ、本来は三日間寝室に篭もるのですがそういうわけにもいかないので……それとも篭もった方が良かったでしょうか?」

爽やかな笑顔でとんでもない提案をぶち込んでくる……

「いえ! 篭もらない方で! あ! いえ、嫌という意味では……いえ、篭もりたいわけでなく……」

アルヘルムの提案にしどろもどろに答えるアデライーデを見て、アルヘルムは笑いながら詫《わ》びを口にした。

「失礼……結婚したからと、くだけすぎてしまいました。白い結婚なのでそういうことは致しませんので、ご安心を」

「はぁ……」

「そんなことをしたら、陛下に八つ裂きにされますからね」

年に合わぬ落ち着きで自分と渡り合うことがあると思えば、さっきから自分のからかいに慌てたり赤くなったりと忙しいアデライーデは、年相応の令嬢に見える。

(いや、こちらが素なのか? だとしたら随分と可愛らしいな……皇女教育で公《おおやけ》での対応を叩《たた》き込まれたのか? そうであれば今まで一人でよく頑張ってきたのだな)

ローストポークを口にしつつアデライーデを見ると、気持ちを立て直したのか食事を再開していた。

(はぁ……びっくりしたわ……。昨日といい今といい絶対からかわれているわ! 今まで結婚前だから一線を引いていたみたいだけど、中身は結構プレイボーイなのかも……)

プレイボーイ……死語である。

白い結婚とは言え、奥さんを口説《くど》くのはおかしなことではないことに奥手な陽子さんは全く気がついて無かったのだ。からかわれて、ちょっとご機嫌が斜めになっていた陽子さんは、ビーポーレンのかかった香草サラダをつつく。その様子を察したのかアルヘルムは苦笑しながら話しかけた。

「明日は、以前お約束していた港町に行ってみませんか？」

「え？」

「この時を逃すと公務で忙しくなりますし、貴女は離宮に行かれてしまうので、是非と思いまして」

「ええ！　是非」

陽子さんの機嫌は、港町と聞いて結構簡単に立て直った。そんなアデライーデの表情から、アルヘルムは機嫌が良くなったことを察する。

「今日はこれから王宮内と庭園をご案内しましょう。庭園はすでにご存知でしょうが、私からも案内して差し上げたいのでね」

「ええ、楽しみです！」

アルヘルムは食事が終わった後で、王宮内の案内のためにアデライーデをエスコートした。昨日までよりずっと近い距離で。


「え？　馬で行くのですか？」

翌日の朝食の席で、アルヘルムに港町へのお出かけには馬で行くと告げられてアデライーデは、思わずプレーンオムレツをこぼしそうになった。

「ええ……天気も良いですし、馬車より景色を楽しめますよ」

「でも、私は馬に乗ったことがありません……上手く乗れる自信ないです……」

観光地の引き馬くらいなら経験があるが、乗馬なんてしたことがない。前の馬に引かれるにしても走りだされたりしたら、絶対に止めたりできないと考えていたらアルヘルムが笑って大丈夫ですよと言った。

「私が馬を操るので、貴女は私の前で乗っているだけですよ」

「え？　二人乗りですか？」

「少し……狭いかな？　でも、貴女は小柄ですから大丈夫ですよ」

「……」

「気持ちがいいですよ。二人乗りに慣れた馬もいますし、馬なら港町はすぐです」

そう言って、アルヘルムは朝食を平らげ、準備をするからと、席を立った。


「マリア……どうしよう……私、馬になんて乗ったことがないわ……」

乗馬用にパニエを抜いたグレイの上着とダークグレイのスカートのドレスに着替えさせてもらいながらアデライーデはマリアに訴えたが、マリアは笑って宥《なだ》めてくる。

「アルヘルム様にお任せしていればよろしいですよ。アルヘルム様は乗馬の名手とお伺いしていますので、なんの心配もございませんわ」

「でも……」

「さぁ、仕上がりましたよ」

乗馬用に編み込んだ先の三つ編みを襟足に纏《まと》めたヘアスタイルにしたアデライーデに、鏡の中からマリアが励ます。

「それに素敵ではありませんか？　お二人で騎乗なんて」

「そうかもしれないけど……」

自転車にもあまり乗ったことがなく、お世辞にも運動神経が良いとは言えない陽子さんには不安しかない。

「そんな顔をされないで……初めは慣れないかもしれないですが、きっと楽しいですわ」

「……」

(港町に行きたいと言ったのは私だし、楽しみにしていたけど、まさか二人乗りで馬に乗って行くなんて……)

なんでこんなことにと戸惑っていたが、迎えに来たナッサウ侍従長に連れられマリアと一緒に厩舎《きゅうしゃ》に行くと、二人乗り用の鞍を付けられた白馬を引いてアルヘルムが待っていた。焦げ茶のジャケットと乗馬用の黒の長いロングブーツを着こなしているアルヘルムは、いかにも馬に乗りなれているといった風情だった。

(さすがに慣れている感じ……それにとても良くお似合いだわ……)

騎士が四人、騎乗して側に待機している。

「お待たせいたしました……」

「騎乗のドレスも良くお似合いだ。大変に可愛らしい」

「ありがとうございます……」

アルヘルムはそう言うとアデライーデの手を取り手袋の上に軽くキスをする。

(アルヘルム様！　キスが多いです！)

アデライーデが目を見開いて抗議すると、アルヘルムは「騎乗前のご挨拶ですよ」と笑う。

「さぁ、お乗せしましょう」とアルヘルムが言うと馬丁が足台を持ってきた。アデライーデは足台に乗ったがどう乗ればいいかわからずにいると、アルヘルムが馬に乗ってからアデライーデの腰を持ってひょいと横向きに馬に乗せた。

（ひゃあ〜）

声にならない叫びを上げるが、周りの馬丁や騎士達は微笑ましく見ている。マリアに至っては羨望《せんぼう》の眼差《まなざ》しだ……。

「そうそう、右足を上のサドルにかけて……左足は鐙《あぶみ》に……」

アルヘルムはアデライーデが落ちないようにしっかり腰を持っているが、それが余計に緊張を誘う。

（た……高いわ。それにそんなにしっかり腰を持たないでぇ。いや……持ってくれてないと不安定だけど……）

アワアワしながらなんとかサドルに右足をかけると馬丁が失礼いたしますと言って、鐙の長さがアデライーデの左足にちょうど良くなるように調整をはじめた。遠くで聞き慣れた声が聞こえる。

「父上！　遠乗りに行かれるのですか？」

はぁはぁと息を弾ませ、フィリップが馬場の柵を開けて駆けてきた。後ろから乗馬の指南役だろうか、騎士が一人早足で歩いてきている。

「あぁ、アデライーデ様を港町にお連れしようと思ってな」

「アデライーデ様と行かれるのですか？　私も一緒に連れて行ってください！　遠乗りできるようになったのです！」

フィリップはあれから乗馬を頑張り、少しだが城外を走れるようになってきていたのだ。

「ご一緒されま……」

「フィリップ。また今度連れて行ってやろう」

そう言ってアルヘルムは、馬を進めた。

「父上！　アデライーデ様！」

フィリップは、遅れてきた騎士に捕まってなにか耳打ちされているようだ。

「よろしいのですか？」

「…………いいのですよ。また今度連れて行ってやろうと思います」

「フィリップ様！　お土産《みやげ》買ってきますね！」

アデライーデはそう声をかけたが、馬上からでもフィリップがしょんぼりしているのがわかるくらいだった。

「お父様と遠乗りされたかったのですね……ちょっと可哀想《かわいそう》かも……しょんぼりされていましたわ」

「…………」

(可哀想なのは私だと思うが……)

いくらフィリップ達とも仲良くしたいと言われていても、いくら白い結婚でも、新婚二日目で子供を交えての遠乗りはないのではないかと思う。自分は男性として見られていないのか？　アルヘルムはなんとも言えない微妙な気持ちになり、つい馬を速歩《はやあし》にさせてしまった。

「速いです！　速いですわ」

馬が常歩《なみあし》から速歩になり、驚いたアデライーデはアルヘルムにしがみついて抗議する。

「早く港町に、行きたくないですか？　少し急ぎましょうか？」

「急がなくとも……」

「しっかり掴《つか》まっていてください。そうすればすぐに慣れますよ」

「慣れなくていいですぅ」

しっかりしがみついて抗議するアデライーデを見て、アルヘルムは常歩に戻しアデライーデの顔を覗《のぞ》き込んだ。ちょっと涙目になっているアデライーデに「急ぎすぎましたね。申し訳ない」と詫びると、「ゆっくり行きましょう。これからまだ時間はありますから」と、アデライーデの肩を抱いて港町を目指した。

「海だわ！　アルヘルム様！　海が見えます」

小一時間ほど馬を走らせただろうか、森を抜けると眼前の景色が抜けて海原が広がる。キラキラと海面が眩《まぶ》しく光り仄《ほの》かに潮の香りがする。

海岸線の手前には港町メーアブルグのレンガ色の町並みが広がっていた。一際大きな尖塔《せんとう》は教会のものなのだろうか。街の中心にそびえている。

「きれいだわ……」

「貴女が来たがっていた海ですよ。あれは港町メーアブルグです」

どこまでも続く大海原を、小高い丘の馬上から二人でしばらく眺めていた。時折、風に乗ってかもめの鳴き声がかすかに聞こえてくる。

「アルヘルム様、早く行ってみたいわ。素敵な街なのでしょう？」

先程は急がなくて良いと言ったが、アデライーデは早くあの街に行ってみたくてわくわくしていた。街歩きも久しぶりなのだ。

「まだですよ」

「はい？」

「しっかり掴まっていてください。怖かったら目を瞑《つぶ》っていてもいいから」

そう良い笑顔で笑うアルヘルムに、アデライーデは引きつった。

（まさか……目を瞑れって！）

はっ！　そう掛け声をかけアルヘルムは、馬の腹を蹴り港町に続く道とは別の道に馬を駆けた。

（やっぱり！）

森を抜けるまでに、アルヘルムが常歩と速歩を交互に繰り返してくれたおかげで、馬のスピードに慣れてきたが、いきなりの駆け足にアルヘルムの胸にぎゅっとしがみつく。

アルヘルムの広い胸板に、華奢《きゃしゃ》なアデライーデはすっぽりと収まってしまう。左手で手綱を、右腕でアデライーデをしっかりと抱きアルヘルムは馬を駆った。どのくらい走っただろうか……。

「もう、目を開けても良いですよ」

気がつくと馬は止まっていて、声をかけられて恐る恐る目を開けると、目の前にアルヘルムの顔があった。

（近いー！）

抱きついていたのはアデライーデだが、ぐいとアルヘルムの胸を押すと困ったような顔をしたアルヘルムは「怖がらせすぎたかな……ほら、前を見て」とアデライーデの前を見る。

「あ………」

二人はネモフィラの大海のような花畑の中にいた。

ネモフィラは瑠璃唐草《るりからくさ》と呼ばれ、丸みをおびた青い可憐《かれん》な花である。見渡す限りの丘一面のネモフィラの青の中。空の青と混ざり合ってどこまでも青い。

アルヘルムはアデライーデを馬から降ろすと手を引き歩き始めた。まるで空の上を歩いているような幻想的な景色に、アデライーデはアルヘルムに黙って手を引かれていた。

「ここに来るにはどうしても、馬でなければ来られないのでね」

「それで馬で来たのですか？」

「あぁ、貴女に見せたくてね」

「よくここにはいらっしゃるのですか」

「春のこの時期だけだが。政務に疲れた時に、時々ね」

そう言って、立ち止まると彼方を指差した。

「あちらは空の青」

ネモフィラと空の青がグラデーションを作っている。

振り返って「こちらは海の青」。

そう指差す方には海の青と混じり合ってキラキラする青がある。

「ここに立つと空と海が交じるのが見える……」

「本当に……今まで見たことも無いようなきれいな景色だわ」

圧倒的な青の景色の美しさにうっとりと見ていると、アルヘルムがアデライーデを抱き寄せた。

「貴女の青だ」

「え？」

「この花は貴女の瞳《ひとみ》の色と同じだ。淡い青の瞳を見てここに連れてきたいと思ったのですよ」

急に近くなったアルヘルムに鼓動が激しくなる。

「私の？」

「ああ。バルクに来て自分の居場所はここだと。嫁いできて後悔しないような……貴女が気に入ってくれるところが、この国に一つでもできればいいと思った」

アルヘルムの指がアデライーデの頬を包む。

「後悔などしていませんわ。それどころかとても楽しみなのですよ。ここもとても気に入りました。

とっても素敵な場所なのですもの」

アデライーデが、アルヘルムを見上げてそう答えると「気に入ってもらえて良かった」とアデライーデの髪を撫《な》でた。

「来年もここに来ましょう。花の盛りに」

「ええ。きっと」

アデライーデが笑ってそう答えるとアルヘルムは、アデライーデの額にキスをして「そろそろ港町に行きましょう。馬も十分休めたはずだ」とアデライーデの手を引いて歩き出した。

繋《つな》ぐ手が熱い。

馬はやっと来たかと言うような顔をして、二人を見るとアデライーデ達に脇腹を寄せた。利口な馬だ……。

アデライーデの腰を抱え、ひょいと馬に乗せたアルヘルムは、メーアブルグに向かって馬を進めた。花畑の入り口に控えていた騎士達もアルヘルムのあとに続くとメーアブルグを目指す。三十分ほどして街に着くと街の入り口の大きな建物の前にメーアブルグの代官らが勢揃いしていた。

「国王陛下、並びに正妃陛下。ご結婚おめでとうございます。そしてメーアブルグへの行幸、ありがたきことにございます」

筆頭代官が恭《うやうや》しく二人を出迎えた。

「ヴェルフ、出迎え大義であったな。今日もお忍びだ。出迎えだけで十分だ」

アルヘルムはアデライーデを馬から下ろすと出迎えの代官達の労をねぎらった。

「お出迎えありがとうございます。どうぞ気を使わないでください」

アデライーデもアルヘルムに続いて挨拶をする。

ヴェルフと呼ばれた代官は日に焼けたガッチリした大柄な初老の男性だった。港町の男性らしくなかなかに厳《いか》つい面立ちである。

「承知致しました。馬をお預かりいたします。隣の部屋に着替えを用意しております」

そう言うと、礼をして下がっていった。

「いつものようにですか？」

「視察の時は、庶民の服を色々借りるのですよ。少し失礼します」

そう言うとアデライーデを騎士達に預け、アルヘルムは隣の部屋に着替えにいった。

着替え慣れているのか、アルヘルムは裕福な商人風の茶の上着に着替え、すぐにアデライーデを迎えに来た。

「貴女の髪はここでは珍しい色なので、こちらの帽子を被ると良いですよ」と、髪がすっぽり隠れるようなグレイの帽子を持ってきてくれた。目深に被ると確かに髪はきれいに隠れる。

「ほら、じっとして」

帽子には太めのくすんだスモーキーピンクのシフォンのリボンがついている。顎《あご》の下で大きくリボン結びにすると大変に可愛らしい。

アルヘルムは器用にリボンを結ぶと満足げに「よくお似合いだ」と言って姿見の前にアデライーデを立たせた。シンプルなグレイの上着とダークグレイのスカートに、スモーキーピンクのシフォンのリボンはアクセントになって、どこから見てもいい家のお嬢様といった感じだ。

アルヘルムも仕立ての良さがわかる上着で裕福そうな商人に見える。

「目立ちませんか？」とおずおずとアデライーデが尋ねると……「そうかな？　どこから見ても下位

貴族のお忍び夫婦に見えないかい。誰も国王夫妻とは思わないはずだよ」アルヘルムは自信を持って答えた。

（確かに国王夫妻が結婚二日目に変装してここにいるとは思わないわよね……下手《へた》に隠さないで、下位貴族のお忍びって感じのほうが自然なのかも）

お忍びで城下町を歩き慣れている上様《アルヘルム》の言うことは間違いないはずである。

「そうですね！　これで街歩きを楽しめますね」

「さぁ、街を歩こうか」

差し出されたアルヘルムの腕をとり、二人はメーアブルグの街に繰り出した。

護衛騎士達はマントを羽織り、ヴェルフの部下達はバラバラとアルヘルム達に近づきすぎない程度に離れて人混みに紛れた。

久しぶりの街歩きは、それだけで心が踊る。大通りには、たくさんの人が溢《あふ》れていた。子供達は駆け回り、荷物を積んだ馬車も行き交って活気の溢れる街のようだ。

（久しぶりだわ。あー。いいなぁ、自由に歩けるって。建物も素敵ね）

周りの人混みを楽しんでいるとアルヘルムは歩きながら、すっと前の教会を指差した。

「あれがこの街の教会だよ」

尖塔がある立派な建物を指差しながら説明を始めた。

「先王が三十年ほど前に建設を指示され、この街が発展するきっかけになったんだよ。それまで小さな漁村だったんだが、灯台を兼ねた教会が建設されて以降、少しずつ港を整備し外国の船も寄港できるようになってこの街も活気づいてきた」

アルヘルムはお忍びになって少しくだけたしゃべり方になってきている。

「大きな船も来るのですか？」

「いや、この港には入れないので沖に停泊して、船員が小舟でこの街に休みに来るんですよ。ほら、彼らはもっと西の方から来ている船員達だ」

アルヘルムが指差した先には、異国風の服を着た船員が何かを話しながら歩いていた。茶の髪とグリーンの瞳の人が多い中、黒髪黒目の人は異国の人らしい。

「そうなんですね」

船員らしく日焼けした彼らは、ワイワイ話しながら脇道に入っていった。

「さぁ、食事に行きましょうか」

「お食事ですか？」

「ええ、ヴェルフが用意してくれています」

アルヘルムはそう言うと、大通りの一角にある二階建ての大きな食堂にアデライーデを連れて入っていった。一階は、広いホールになっていてすでにたくさんの人達が賑やかに食事をしていたが、二人は迎えに出たウェイターに二階の部屋に案内された。

その部屋は、港が一望できるようになっており大きな窓から光が入る明るい部屋で、その窓に向かって椅子が二脚並んでいる丸テーブルが中央に据えられていた。

早速運ばれてきた食前酒で乾杯をすると、アルヘルムは「せっかく港町に来たのですから、今日はマナーを忘れていつもと違う食事を用意してもらいましたよ」と給仕を呼んだ。

「いつもと違う食事ですか？」

「ええ」

なんだろうとわくわくしていると、ウェイターは銀の水の入ったフィンガーボールを二人の脇に一つずつとナプキンを置き、カートから一抱えもあるような銀の丸蓋《クローシュ》付きの大皿をテーブルにセッティングすると一礼して下がっていった。

「これ……ですの?」

「そう。これ」

給仕が出ていった後、アルヘルムはいたずらっ子っぽい笑顔で笑う。

(何かしら……)

アデライーデが興味津々《しんしん》で見ているのを満足げに見て、アルヘルムは丸蓋《クローシュ》をとった。

「海老だわ!」

丸蓋《クローシュ》がとられた皿から、茹《ゆ》でた海老のいい匂いが部屋の中に広がった。車海老によく似た赤い海老が大皿いっぱいに盛られている。

「お好きでしょう? 是非ここで茹でたての海老を食べてもらおうと思ってね」

「ありがとうございます。こんなにたくさんの海老を見るのは初めてです」

前世でもこんなにたくさんの海老にお目にかかったことはない。アデライーデが喜んでいるのに気を良くしたアルヘルムは、海老の食べ方を教え始めた。

「頭をとって、足をとって……殻を剥《む》く。尻尾をきれいに残すのは難しいんですよ。ほら」

器用に殻をとった海老を、自慢げにアデライーデに見せ子供のように笑うと、海老をアデライーデの口元に持ってきた。

(これは……た……食べろってことよね)

口を開けるとアルヘルムが、海老を口に放り込んできた。

「美味《おい》しいですか?」

アルヘルムは、もぐもぐと海老を咀嚼《そしゃく》するアデライーデの返事を待っているが、ドキドキして味なんてわからない。

「美味しいです……」

やっと飲み込んだアデライーデがそう答えると、アルヘルムは破顔する。

「そうでしょう！　ここの店は海老料理が自慢でね。茹で加減が絶妙なんです。貴女も気に入ってくれてよかった。庶民はよくこうやって海老を食べているんですよ」

そう言うとアルヘルムは海老を剥きだしてパクパクと食べ始めた。

（アルヘルム様の『あれ』はここでは普通なのかしら……それとも特別？　いや……日本人はあまりしないけど、外国人はスキンシップ多いし距離近いって聞くけど……慣れなきゃ心臓が保《も》たないわ……）

結婚後、急に近くなったアルヘルムとの距離に未《いま》だになれない陽子さんが、この世界では『あれ』が当たり前と気がつくのは、いつになるのであろうか。

陽子さんは気を取り直して海老を剥いて口にすると、海老料理が自慢というだけあってしっとりとした茹で加減で海老の甘みと塩加減がちょうど良い。添えてある塩やレモン、カイエンヌペッパーをパラパラとかけていただくとそれだけで美味しい。

蟹は人を無口にするが、海老は人を饒舌《じょうぜつ》にするらしい。それとも城を離れ変装している気安さからか、アルヘルムは王宮にいる時よりも随分饒舌に話を始めた。

アルヘルムは、メーアブルグに王子時代からちょくちょくお忍びで来ていたと言う。

最初は寂れた漁村で野営したとか、灯台を設置してから外国の船がたまに寄るようになって街が栄えだしたとか、難破船をタクシスとこっそり見にいって叱られたとか、楽しそうに話している。

この店も最初は漁師の女将《おかみ》さんが教会建設の人足《にんそく》相手に民家から始めた店で、立派な建物にしたのはつい最近だとか、頼めば今もこうやって昔のように、茹でた海老だけ出してくれるいい店だと、店自慢を始めた。

その顔を見て、フィリップに似ているなぁ、あ、フィリップがアルヘルム様に似ているのかと思いながら話も聞いていたら、いつの間にか海老は二人のお腹《なか》に収まっていた。

まぁ、その大半はアルヘルムのお腹に収まったようだが。

フィンガーボールで指を洗いお茶を飲んでから、窓から見えた広場に向かった。手押し車が店になるらしく、教会の横の広場では思い思いの店があった。

肉や魚の串焼き屋やパン屋、搾りたての果実水のお店と食べ物の店が一番多く、次いで花屋が軒を連ねていた。船員向けの土産屋だろうか、所々に蜂蜜のお店があり蜂蜜の瓶と蜂蜜酒が置いてあってなかなか盛況のようだ。

「何か買いたいものでもありますか」

「そうですねぇ、まずは一通り見てみたいです」

「…………。全部見るのかい？」

「もちろんです！」

新婚二日目の健全な昼下りは、まだ始まったばかりだ。

広場は様々な匂いが溢れていた。

串焼きの肉は香ばしく呼び込みの声の威勢がいい。カットしたフルーツを串に刺している店もあれば、角打《かくう》ちのように酒を一杯ずつ売る店もある。さすがに、食事を済ませてきたので、買食いはできない。いつも旅行では地元の朝市に行って、干物や野菜を買っていたが、それは無理よねとキョロキョロと見回すと、所々に手芸品や民芸品のようなおもちゃを売る店もあった。

「アルヘルム様、フィリップ様にお土産を買いたいです」

「フィリップに？　貴女は何か欲しいものは無いのか？」

「お腹はいっぱいですし……買って帰ると約束したので先にお土産を買いたいです！　マリアやメイドさん達にも何か買いたいわ」

久しぶりに買い物をする嬉しさに、一人はしゃいでいると、アルヘルムは貴女の好きな物を買いなさいと許してくれた。

広場の端のおもちゃを売る屋台で、馬の人形を見つけた。頭が前後に揺れて、ちょっと前世の赤べこの馬バージョンといった感じだ。

フィリップは馬が好きだし、いいかもと手に取ると「お嬢様、良いものを見つけたねぇ！　それはうちの一番人気の馬なんだよぉ」と、店主らしき恰幅《かっぷく》の良いおば様が大声で声をかけてきた。

日に焼けた茶色の髪を後ろで括《くく》った店主は、年の頃は四十五くらいであろうか。

「お嬢様は馬が好きなのかい？」

「ええ、でも、これは馬好きの男の子へのお土産にしようと思って……」

「男の子はみぃ～んな馬好きだからねぇ。絶対外さないよ。いいよ！　これ絶対喜ぶさぁねぇ」とぐいぐい推してくる。

「お土産なんだろ？」

「ええ」

「じゃ、これで決まりだ。女の子にお土産は買わないのかい？」

「あ……えっと……。買います……」

「そうかいそうかい……こっち来てごらん。いくつなんだい？」

「四つ……」

「ちっちゃいねぇ。妹かい？」

「あ、いえ！　四人分……」

「四人！　お嬢様のとこはお貴族様にしちゃあ子だくさんだねぇ」

「いえ！　侍女とメイドさん達にお土産を買って帰ろうかなって……」

貴族というのはバレているらしい……。

「メイドに!?」

店主は驚いたように箱を出しかけていた手を止めて振り向くと、まじまじとアデライーデを見た。

「ええ……日頃とてもお世話になっているので……」

「お嬢様、あんた良い子だねぇ……」

しみじみとそう言うと、店主は出しかけていた箱をしまい、屋台の下から別の箱を取り出した。

「若いメイドなのかい？　何人だい」

「えっと……多分私よりちょっと上くらいで三人」

「じゃ、リボンだね。身につけられて見せられるからねぇ。メイドにはリボンが一番だ」

店主はちゃっちゃと決めていく。異論は認められないようだ。

「一番人気はクリーム色と臙脂《えんじ》と深緑だね」

なぜに一番人気なのに三色なのか……。

「揃いにするかい？　その方が喧嘩《けんか》しないからねぇ」

揃いに決まったらしい……。

「どれにする？」

「えっと……じゃ、クリームで……」

「よし！　決まりだね。次は侍女様のだ」

そう言うと、もっと下の方から箱をゴソゴソ出してきた。押されっぱなしの展開に、チラッと後ろを見るとアルヘルムは笑いを噛《か》み殺して肩を震わせている。

「これこれ！」

そう言って古びた箱のホコリをフーっと息を吹きかけて払ってから蓋を開けると、中から風鈴草《カンパニユラ》の刺繍《ししゅう》が四隅に入ったハンカチを出してきた。

「前に西の国から来た商人から仕入れたんだよ。いいハンカチだろ？　喜ばれる事請け合いだよ！」渡されたハンカチの刺繍は確かにきれいな刺繍だ。満面の笑みで「おすすめだよ」と言う店主の気迫に押され「あの……これ……」とアルヘルムに目をやると「もちろん、買わせてもらうよ」とアルヘルムは笑いながら頷《うなず》いている。

「店主、おいくらかな」

「大負けに負けて、全部で銀貨二枚だよ」

高いのか安いのかわからないが、アルヘルムがお金の入った革袋を取り出しているのを見ると、ボラれてはいないらしい。多分。

「篭か袋は持ってないのかい？」

「なにも持ってなくて……」

「しょうがないねぇ、サービスだよ」と言って店主は大判の布に馬とリボンとハンカチを包んでくれた。

「毎度あり！　それにしても弟様にお土産を買うだけじゃなくて、侍女やメイドにも土産を買うなんざ、良いお嬢さんでお父上様もご自慢でしょうねぇ」

と、アルヘルムからお代を受け取った店主は、うんうんと感心しながらアルヘルムに言った。

ぴきっ!!

「いや～、この商売長いけど、こんなことは滅多にないことですよ！　お父上様の人徳なのでしょうねぇ。またぜひお嬢様とお買い物においでを。勉強させてもらいますよ」

と、にこにこ笑いながら言うとアデライーデにも、

「たまには自分への土産もお父様にお強請《ねだ》りすると良いですよ。父親っていうのは、娘からお強請りされるってのは、そりゃあ嬉しいもんなんですよ」と言うと、包んだお土産をアデライーデに手渡した。

「そうですねぇ」と曖昧《あいまい》に笑って包みを受け取って横目でアルヘルムを見ると、アルヘルムには笑顔が張り付いている……。

店主に見送られながら広場を後にすると、アルヘルムに声をかけた。

「あ……アルヘルム様？」

「ん？　何かな？」

アルヘルムの笑顔《アルカイックスマイル》は崩れない。

「……お土産ありがとうございます」

「うん。良かったね。いい買い物ができたようだ……」

アルヘルムの笑顔が変わらないのが、すごく心配だ……。

「あの……アルヘルム様！」

「ん？　何かな？」

アルヘルムは穏やかにアデライーデに微笑む。

(だめだわ……なんと言っていいかわからないわ)

「そろそろ、帰りましょうか……」

「うん、そうだね。お土産も買ったしね」

帰り道、笑顔のままのアルヘルムと心配げなアデライーデを乗せた白馬は、城までずっと並足で帰って行った。

※※※

ガチャ……。

アルヘルムの執務室に書類を掴んだタクシスが入ってきた。

王は、結婚後三日間は執務をしない。新婚の王は、迎えた妃と甘い二人だけの時間を過ごさなければならないと決められている。アルヘルムには結婚前にある程度詰めて仕事をしてもらうが、その三日間の執務はすべて宰相と文官達が手分けして行う。今は緊急の案件もなく、強《し》いて言うならアデライーデが住まう離宮の工事くらいだ。今の時間は晩餐も終わって二人で閨《ねや》で過ごすはずだが、白い結婚なので親睦を深めるためにおしゃべりでもしているはずだろう。暗い執務室に入り、暖炉の熾火《おきび》を起こそうと近づくとソファにアルヘルムがいた……。

「うぉ！」

誰もいないと思っていたのに、明かりもつけずに真っ暗な室内でアルヘルムが黙って座っているとは露ほども思っていなかったタクシスは、思わず声を上げた。

「何やってるんだ！　こんな所で……明かりもつけずに！　びっくりするだろうが！」

落としそうになった書類を握りしめ、驚かされた分だけ声が大きくなる。

「あぁ。うん」

気のない返事をするアルヘルムを放っておいて、火かき棒で熾火を起こすと持ってきた書類をチェックして、半分は暖炉に放り込んだ。メラメラと燃え上がる火が、焼けぼっくいに火をつけていく。充分に火が回った所でささくれ立たせた薪《まき》を三本ほど入れてタクシスはソファに座った。

アルヘルムは、新しい薪を舐《な》める火をぼっーと見ている。

「で、何があったんだ？」

「うん？」

「今頃は花嫁様といちゃいちゃしてる頃じゃないのか？　喧嘩でもしたのか？」

「喧嘩なんかしてない。さっきまで一緒に食事をしていた」

「ほぅ！」

乱暴に相槌《あいづち》を打つと、タクシスは残りの書類に目を通す。

「食後には土産のリボンやハンカチをメイド達や侍女に渡して、ものすごく喜ばれた」

「土産？　どこかに行っていたのか？」

「メーアブルグに馬で遠出したんだ」

「いいじゃないか。花嫁様は馬に乗れるのか」

「いや、乗れないから同乗した」

「ロマンチックじゃないか。アエロリットに乗って行ったのか？」

アエロリットは、今日騎乗したあの白い馬だ。

「あぁ」

「メーアブルグで何かあったのか？」

「……………………」

(何かあったな)

アルヘルムは先王から帝王学を学んでから、自分から何かを訴えることが極端に少なくなった。子供の頃はどうでもいいこともよくしゃべっていたのに、大人になるにつれ自分の要求や感想を言わなくなった。それは王として必要なことであるが、溜め込みすぎると人としては良くない。

タクシスは、アルヘルムが溜《た》め込んだものを、よくこの部屋で掘り起こす。

「二人で楽しんだんじゃないのか」

「二人では楽しんだ。結構楽しかった……。彼女も楽しんでいたと思う」

「じゃあ、なんでここで暗くなっているんだ？」

「……やっぱり、二人でいると親子に見えるよな？」

「は？」

「二人で広場で買い物をしたんだ。その店の店主にお父上って……呼ばれた」

「…………」

「今まで、お忍びでどこに行ってもお兄さんって呼ばれていたんだ。やっぱり彼女と並ぶと父娘に見えるんだな……。夫婦に見えなくとも年の離れた兄妹くらいかと思っていた。城ではみんなお似合いだと言うが、庶民は思ったままを口にするからな」

「お前……。そう言えば、アデライーデ様との年の差、結構気にしていたな」

タクシスは書類を見ながら苦笑している。

「最初はフィリップとそう変わらない年だから、娘を扱うようにすれば良いと思っていたんだが、今日店主からお父上って言われて、何だか現実を突きつけられたって言うか……」

「……………」

(自分では気がついてないんだ)

最初は国のためにと皇女を迎え入れたが、迎え入れた皇女があれだ。大人びて変わっている彼女を思ったより気に入り始めたら、夫婦じゃなくて親子のようだと言われてショックを受けているのだろう。

(知ってるか？　それ、恋心って言うんだぞ)

教えてやろうかどうしようかと思ったが、面白いので放っておくことにした。

(自分で気がつくまでどのくらいかかるかな……)

こいつも言われて素直に認めるはずもないしなと、タクシスは書類越しにアルヘルムを見た。

「お忍びの服装を変えるべきかな」

見当違いのことを言い出したアルヘルムが可笑しくてならない。チェックし終わった書類を暖炉に放り込むと、タクシスはグラスとワインを出してきてアルヘルムのグラスにワインを注いた。

「焦らなくても二、三年もすれば、あっちがすぐに追いつくさ」

「………」

「あれだけ美人なんだ。成人すれば、幼さも抜けてどう見たって似合いの夫婦だよ。父娘には見えないさ」

「そうか……………そうかもな」

「明日はどうするんだ」

「明日は、離宮の近くの湖に行こうかと思ってる」

「そりゃ良いな。あそこは静かで景色もいい」

(それに湖の近くの村人達はアルヘルムを知ってるからな。下手なことは言わないだろ)

(明日、あの村の村人達にそれとなく聞いてみるか。それにやっぱりお忍びの服は変えるべきだな)

「じゃ、遅くなったが結婚おめでとう」

「ありがとう」

それぞれ別のことを思いながら、祝いの乾杯をした。

第十二章

蜂蜜と檸檬

「国王様、正妃様！　ありがとうございます！　大切にします！」

メーアブルグへの遠出のお土産《みやげ》を食後に渡したら、メイドさん達に声を揃《そろ》えてお礼を言われた。

侍女にご下賜品やお土産はあっても、メイドにお土産なんて聞いたことがなかった三人は、アデライーデに「皆にお土産があるの」と言われた時は耳を疑った。揃いのクリーム色のリボンを見た時は、お互いに頬をつねりあったほどだ。

とても喜んだ三人は、どうやってつけようかと盛り上がっていた。

店主さんの言うように揃いにして良かったようだ。多少強引な印象だったけど、見立ては間違いないようで、揃いのメイド服には揃いのリボンが似合っていてかわいい。マリアもハンカチを嬉《うれ》しそうに受け取ってくれた。

だが、気になるのはアルヘルムで……。

城に戻ってきた時には大分普通の笑顔に戻ったが、食後は「今日は遠出したからお疲れでしょう。私も部屋に戻ります」と紅茶を飲むとそそくさと、おやすみの挨拶をして帰って行った。

（お父上って言われたのが余程ショックだったのね。見た目は十四のティーンエイジャーとアラサー男子？　確かに現代なら職質ものよね。でも、貴族の世界では年の差婚って普通じゃないのかしら。基本的に貴族の結婚は政略結婚みたいだけど……。アルヘルム様は、アデライーデを気遣って仲良くしようとしてくれているのよね。その仲良くって速度が急すぎだけど……）

マリアに、今日は初めての乗馬での遠出でしたから早めにお休みをと言われ、ベッドに入って今日のことを思い出していた。

二人で乗馬での遠乗りやあの青の花畑での出来事も思い出すだけで顔が熱くなる。恋愛偏差値が常に低空飛行だった陽子さんにとって、アルヘルムの言葉や行動は、海外ドラマや映画の中でしか見たことがないことばかりだ。

それなりに恋愛してきたが、相手も典型的な日本人なので、人前でのキスや抱擁なんて一切経験がない。それだけで心臓がバクバクする。今日も広場で何組もの恋人同士が、仲良く寄り添って自然にキスをしていたのを見て、驚いていたのは自分だけだった。ありふれた光景なのか、みな普通にしていて微笑《ほほえ》ましく見たりもしてなかった。

(親子もよくキスしていたから、ここではキスや抱擁は挨拶なのよ。そう！ あれは普通普通……。挨拶挨拶。気にしない気にしない……)

念仏を唱えるようにぶつぶつ言いながら、陽子さんは眠りについていった。

穏やかなほんのりとうすーい甘さの経験値しか持ってない陽子さんにとって、自分に向けられるアルヘルムの高濃度の甘さは衝撃的だった。高濃度の甘さにパニックを起こさないように、あれはここでは普通と自分に言い聞かせないと慣れない出来事に大失態をやらかしかねない。上手《うま》くあしらうなんて高等技術は持ち合わせてないし、「平常心よ」と陽子さんは自分を落ち着かせていた。

恋愛偏差値が低い陽子さんの守りは、鉄壁だ。


新婚三日目。

アデライーデ達は、離宮の近くの湖に来ていた。すぐ近くにこれから住む離宮があるが、改修工事が終わって綺麗《きれい》になってから案内したいとアルヘルムは、連れては行ってくれなかった。ちょっと残念と思う反面、楽しみが増えたと思うことにする。

この湖の側《そば》には六十人ほどの村があると言う。以前はもっと住人がいたようだが、主に畑と湖の魚を獲るくらいの産業しかなく、それでも先王がいた頃にはメイドや侍従の家族がここに住んでいて今より人は多かったらしいが、若い人は港町や王都に移り住んでしまって今は二十軒が空き家らしい。

そんな説明を昨日と同じようにアルヘルムから馬上で聞いた。

やはり今日も馬での移動だ。密着している。何でも馬でおおっぴらに外出できるのは、滅多にないらしい。

「それにすぐに離宮に行ってしまうではないですか。ゆっくり過ごせるのは今日までなのですから」

と微笑まれてしまった。

(確かに離宮暮らしを受け入れてくれたのだから、新婚三日間くらいは二人だけで過ごしても良いわよね)

そう思って、馬に揺られていたらメーアブルグに行くより若干早く湖の村シードルフに着いた。

鏡のように澄んだ水面の大きな湖の近くに、白の漆喰《しっくい》のような壁とオレンジの屋根が森の緑に映える可愛《かわい》らしい家が並ぶシードルフ村は絵本の挿し絵のような村だった。

(絵になる村だわ。森の中の湖の側の村なんて御伽話《おとぎばなし》の村みたいね。港町のメーアブルグはレンガ造りの建物だったけど、小人が住んでそうな村だわ)

「可愛らしい村ですね」

「離宮に合わせて建てられているからね」

「そうなのですか」

「夏の離宮もそうだが、王族が住まう場所の近くだから、たまに国外からの賓客も招く。その時に余りにも廃れた村だとちょっとね」

そう言って、アルヘルムは村へと馬を進めた。

アルヘルムの馬を見つけたらしく、村からわらわらと人が出てくる。子供は数人でほとんどは女性と老人だ。村長と思われる矍鑠《かくしゃく》とした白髪の老人が、アデライーデを馬から降ろしたアルヘルムに近づき挨拶をした。

誰かに似てる……。太い白髪の眉と口ヒゲと顎ヒゲ。大きな犬と一緒にスイスの山に住んでいそうなおじいさん……。

「お久しぶりでございます。アルヘルム様。このたびはご結婚おめでとうございます」

「久しいな。ガリオン」

アルヘルムはガリオン村長と握手を交わすとアデライーデに振り向いた。

「紹介しよう。彼は私の剣の師で近衛《このえ》騎士団長だったガリオン・グリフ。彼女はフローリア帝国から来た私の正妃のアデライーデ皇女だ」

「お初にお目にかかります。近衛騎士団長だったのは遠い昔、今はこの村の村長のただのガリオンでございます」

そう言うとガリオンは胸に手を当て騎士の挨拶をした。落ち着いた所作は年をとっていても騎士のそれだった。アデライーデも笑顔で挨拶で応《こた》える。

「彼女はあの離宮にこれから住まうのだ。ガリオン、よろしく頼む」

「ほぅ……離宮に」

「うむ……まぁ……色々あってな」

「そうですか。村もまた少し賑《にぎ》わいましょう」

「そうだな。警備の者達がまた世話になる」

「さすがに、もう教えることは無いでしょう」

「そうであれば良いんだがな」

「先の戦では武勇をたてられたと聞いておりますぞ」

ガリオンと話しているアルヘルムは、王というより師と話す弟子という雰囲気で楽しそうに話している。城でも見たことのない少年のような笑顔で話すアルヘルムは、ガリオンに心を許しているのが見て取れる。

ひとしきりガリオンと話したアルヘルムは、アデライーデを湖の湖畔の散歩に誘った。村から離れた湖畔に白いテントが建てられ、中に軽食が用意されていた。敷物の上に座って湖を眺められるようにたくさんのクッションが敷き詰められている。

アデライーデに座るように勧め、アルヘルムはゴロリと横になり、あの村は先王に仕えた使用人や騎士が余生を過ごす村でもあると説明してくれた。ガリオンも先王に仕え身罷《みまか》るまで共にここで過ごし、見送った後もこの村に住んでいるという。

「この村は先王の村とも呼ばれていたが、これからは貴女《あなた》の村になる」

「私の村ですか？」

「王妃は化粧領《けしょうりょう》として私有地を実家からもらうのが通例だが、貴女は帝国から嫁がれてきてこの国に領地がない。だからこの村を貴女の村にしようと思う。他の領地のように租税がほとんど無いから名前ばかりで申し訳ないが、必要な物はすべてこちらで用意するので遠慮なく言ってほしい」

「多分、しばらくは陛下が持たせてくれた持参金や輿入《こしい》れのお道具があると思いますので、それで大丈夫かと思いますわ」

確か輿入れの目録の中に現金の項目があった気がする。品物も一生分あるのではないかと思うほどの品数が書かれた辞書のような厚さの目録が数冊あった。

「それに、離宮暮らしに必要なものはそれほど多くないと思いますわ」

社交をする予定もなく、持たせてもらった大量のドレスで充分事足りる。村をもらうということ自体ピンとこない。

「貴女は、本当に無欲なんですね」

アデライーデの方を向き、下から見上げるアルヘルムは少し寂しげに見えた。

「皇帝陛下に比べたら頼りないかもしれませんが、一応この国の王なのですから私を頼ってください。それに貴女の夫なのですよ」

「頼りにしておりますわ。ただ何をどうしていいかわからないだけです」

(確かに余りに頼りすぎないのも良くないわね。アルヘルム様のプライドを傷つけちゃったかしら……でも何をどう頼るべきなんだろう……王族の基準がわからないわ……)

「では、困った時はお手紙を出しますわ」

「それはだめです」

「え？」

「困った時は会いに来てくださらないと。馬車で一時間とかからないのですよ」

「…………」

「どのくらいで困りますか？」

「え？　どのくらいでって」

「月に一度は困ってください」

「はい？」

「せめて月に一度はお会いしたいですし。あぁ、そうですね。私が馬で困ったことはないですかと、会いに来れば良いのか」

ちょっと待ってほしい。それでは御用聞きじゃないのか。王様はそんなに暇なのか？　馬に乗りたいだけじゃないの？

答えに窮して目を白黒させていると、アルヘルムは肩を震わせて笑い始めた。

（この方は他の令嬢とこうも違うのか。他の令嬢は少しでも思わせぶりなことを言うと熱のこもった目をするが……）

（からかわれてる！）

「困った時には会いに行きます！」

アルヘルムはアデライーデがからかわれたと気がついてむくれているのがわかり、身体《からだ》を起こしてアデライーデを抱き寄せた。

「怒らないで、私の正妃様。貴女は約束をしてないとここにずっと引きこもっていそうですからね」

（また！　近い！）

「ちゃんと、会いに行きますから！」

「本当ですか。月に一度はちゃんと困ってくださいね」

アルヘルムは今日が二人だけで過ごす最後の日なのが残念だと思いつつ、アデライーデの額にキスをした。


新婚の三日も過ぎて城に日常が帰ってきた。アルヘルムと朝昼晩と過ごすことは無くなったが、離宮に行くまでの間は週に一度の食事の約束をさせられた。

翌日の久しぶりのマリアとの朝食は、アルヘルムとの遠出がどんなものだったかの聞き取り調査のようなものだった。当日は、慣れない乗馬にお疲れだったアデライーデに聞くのを遠慮してくれていたらしい。

馬でのお出かけというのは現代のツーリングのような感覚だろうか。女子には憧れのデートらしい。王都での人気のデートコースは、城下町で人気のカフェ巡りや森へのピクニック、港町のメーアブルグへの遠出らしい。それならば、アルヘルムのデートコースは人気のデートスポットの王道を押さえているようだ。メイド達はまだメーアブルグに行ったことがないらしく、いつか恋人ができたら、アデライーデが行ったメーアブルグの広場に連れて行ってもらうのだと、熱く語っていた。

マリアもメーアブルグには興味津々《しんしん》だった。海を見たことがないので、どのくらい海が大きいのかわからないらしい。離宮に移ったら皆で行こうと誘うと、四人は大はしゃぎだった。

賑やかな朝食が終わり、食後にフィリップにお土産を渡したいから会いたいと、マリアにマイヤー夫人へのことづけを頼むと、午後の授業の前ならばと時間をとってくれた。

「フィリップ様。はい、お土産ですよ」

「馬だ！　ありがとうございます！　あ！　この馬、頭が動く！」

やっぱり店主の言うように男の子に馬は人気らしい。王子へのお土産にしては素朴すぎる感がするが、喜んでくれるならそれも良いのかもと微笑ましく見ていると、フィリップにはどこに行ったのかと話をねだられた。

メーアブルグの話をしていると、家庭教師がやってきてアデライーデに挨拶をし、午後の授業だと告げるとフィリップは途端につまらなそうな顔をした。

「もし良かったら私も聞いていて良いですか？」

「正妃様？」

「どんな授業か興味がありますの。お邪魔はしませんわ」

驚いていたのは家庭教師だ。それはそうだろう……いきなり正妃から授業を聞きたいと言われて驚かないわけがない。

「アデライーデ様もご一緒にですか？　わぁ。先生、いいでしょう」

フィリップは今まで一人だけで授業を受けていたらしく、アデライーデと一緒の授業を熱心にねだると、まだ若い家庭教師は、渋々良いでしょうと許可をしてくれた。フィリップの願いもだが、家庭教師としても正妃のお願いは断れないようだ。

(先生、ごめんなさいね。急な授業参観で……)

先生にはちょっと申し訳なく思うが、授業にも興味があった陽子さんは許可をもらって喜んでいた。

コホンと軽く咳払《せきばら》いをして眼鏡《めがね》を正すと「今日は昨日の続きで、バルク国の地理から始めましょう」と言い、一枚の地図を取り出した。昨日はバルク国の主な地名と、その土地を治める貴族のことを習ったらしく覚えたてのことを、フィリップは喜々としてアデライーデに教え始めた。

フィリップによると、養蜂の盛んな国と聞いていたが深い森に囲まれたバルク国は林業やガラス産業も盛んらしい。治める貴族の名前は時々家庭教師に助けてもらいながらも、休憩時間を挟むまでフィリップは熱心にバルク国のことを説明してくれた。

「その侯爵様にお会いになったことはあるの」

アデライーデは王都に近い侯爵の領地を指差してフィリップに尋ねる。

「新年のパーティの時にお祝いを言われました。同い年のハロルドのお父上です」

どうやらご学友のお家らしい。

「ハロルド様の家の特産って何なのかしら……」

フィリップは教科書代わりの貴族録を引きながら、友人の家の特産品を探す。

「えっと、ですね……『豊かな小麦』です。ハロルドの持ってくるクッキーはとても美味《おい》しいんですよ」

「それはきっと『豊かな小麦』を使ってクッキーを作っているからかしらね」

「そうかも！」

「じゃ、こちらの領地はどなたの？」

「そこは子爵の……えっと……」

フィリップの説明を止めずに「ここの地名は？　ここは誰の領地ですか」と、アデライーデはフィリップを誘導していく。そう熱心な生徒でなかったフィリップが積極的に説明する姿に、家庭教師は目を細め二人のやり取りを見守った。

「それでは少し休憩をしましょう」

家庭教師が声をかけるまでフィリップは時間を忘れて夢中になっていたようで、気がつくと休憩時間になっていた。フィリップ付きの侍女がティーカートにおやつを載せて部屋の隅で微笑んでいる。

おやつはマドレーヌだった。バターをたっぷり使っているらしく、しっとりとしたリッチな食感はさすが王宮のマドレーヌである。いくらでも入りそうだ。

フィリップには果実水が、アデライーデには紅茶が出された。

「アデライーデ様、次は書き取りの授業なんです。ご一緒ですよね？」

フィリップはそう言うが、無理を言って参加させてもらったのであまり長居は良くないかも……お茶を飲んだあとにお暇《いとま》しようと思っていたアデライーデがチラッと家庭教師を見る。

フィリップの声が聞こえていたのであろう、家庭教師からすぐに返事が聞こえた。

「よろしければ、次の書き取りの授業もご覧になりませんか」

授業の大テーブルで次の授業の準備をしていた家庭教師の返事に、アデライーデの返事より早くフィリップが「ご一緒ですよ」と喜んでいる。お暇はできないようだ。

書き取りの授業というのは、国語の授業のようで有名な詩集の書き写しや朗読をするらしい。苦手だと言っていた書き写しは所々間違えていたが、朗読はなかなか上手《じょうず》だ。

ただ、恋愛の詩の朗読はこの年には少し早いのではないかと思うが、この世界の文化なのだろうか……。

(ごんぎつねとか大きなクジラとか、そんなお話はないのかしら。そっちの方が健全なのに……。アルヘルム様がさらっとドキドキするようなセリフを言うのは、こういう授業で言い慣れているのが下地にあるのかしら……)

ちょっと斜め上なことを考えていたら、フィリップの朗読が終わった。

アデライーデがパチパチと拍手をすると、フィリップは嬉しそうにして「暗唱できるようになった詩もあるんです」と短い詩をいくつか暗唱し始めた。途中でひっかかったりしてはいたが、ちゃんと最後まで暗唱し終えたフィリップに拍手をしていると、家庭教師がアデライーデに話しかけた。

「正妃様はどのような詩がお好きで?」

(…………もしかして私にも暗唱しろと? いや、何も知らないわよ! 詩なんて……お題目だけならハイネの詩とか知ってるけど……読んだことないし。あぁ、『みんなちがってみんないい』なら言えるかしら……薫《かおる》に付き合って何度も読まされたわね……)

なんと答えていいか笑顔を引きつらせていると、家庭教師はなにか察したらしく、眼鏡をクイっと押し上げて「正妃様のためにフィリップ様に暗唱してもらおうかと……」と少し小声でアデライーデに告げた。

「あぁ……フィリップ様にね……」

ホッと胸を撫《な》で下ろす。

（でも、何をリクエストしたらいいのかしら……とりあえず恋の詩はパスね）

うーんと、悩んで「それでは……馬の短い詩を」とリクエストした。馬ならフィリップも好きだし、短いものなら負担もないだろう。「承知しました。それでは……」と家庭教師は挨拶して下がっていった。

「今日の授業はとっても楽しかったです」

「そう？　良かったわ。フィリップ様はいつも一人で授業なの？」

「はい、でも秋から学院に行くのです。ハロルド達も一緒に入学するからすごく楽しみなのですよ」

バルクの貴族は十歳から十六歳までの六年間、王立貴族学院に通う。領地の遠い子弟は寮やタウンハウスに住んでの通学となるがフィリップは、もちろん王宮からの通いだ。ハロルドはタウンハウスから通うという。フィリップは同い年で一人暮らしをする友人が羨《うらや》ましくてたまらない。もちろんメイドや執事や教育係という監視役はつくらしいが。

（十歳で一人暮らし！　しかもメイド付きなんて……さすが貴族ね。うちの子供達なんてアラサーだけど家にいるわよ……）

貴族子女は学院に入学するまで各家庭で教育し、勉学はもちろんだが失敗のできない社交界デビュー前の人付き合いの練習の場として、その学院で実践を積むようだ。

もっとおしゃべりしたいと言うフィリップに、また今度ねと約束して部屋を出た時には日もだいぶ傾いていた。


フィリップの授業参観をして数日。

「フィリップの授業を見てくれたんだね」

約束していたランチの席で、食前酒のワインを口に含んだ瞬間に言われて、思わず吹きそうになった。

（このタイミングで言わないでほしい……）

「ええ、お土産を渡してその流れで……。勉強のお邪魔をしてしまったかも……」

「いやいや、とんでもない。家庭教師から、フィリップがやる気を出しているので、是非また来てほしいと報告を受けたんだ」

アルヘルムは上機嫌でワインを傾ける。

「国史や乗馬はそれなりだが、地理や貴族のことを覚えるのはどうも苦手らしくてね。新しい家庭教師に変えて以前よりは良くなったのだが、このまま貴族学院に入れるにはちょっと不安だったんだよ」

（わかるわ……裕人も地理が苦手で、都道府県と県庁所在地覚えさせるのに苦労したもの……。薫は算数だったわ……）

お風呂で日本地図と九九の表を見ながら二人に教えた記憶が蘇《よみがえ》る。

「フィリップはあれから、詩の暗唱を頑張っているらしいんだ」

「そういえば、家庭教師の先生が授業で詩を覚えてもらうと言っていましたね」

アスパラガスのスープを口にしながらそう答えると、アルヘルムは「馬の詩を希望したんだって？」と笑いながら聞いてきた。

「難問だったらしいよ」

「え？」

アルヘルムが言うには、恋愛や国の詩はよくあるらしいが馬が題材の詩はあまりないらしい。恋愛の詩も貴族の恋愛には必須らしく、子供の頃から覚えさせる教養の一つなのだという。

家庭教師は馬の詩を色々探したらしいが、ちょうどよい詩が無く結局最後は自作したという。悪いことをしたかもしれない。

「先生には、申し訳ないことをしたかも……」

「ゲルツは楽しんでいたよ。馬は初めての題材らしい。それより貴女は教えるのが上手いらしいね。帝国では学院に通っていたのかい」

ぎくっ…………。

「……いいえ。私はずっと家庭教師に教わって……（いたはず……多分）」

「いい先生だったのだね。ゲルツも貴女が上手に教えるさまを見て参考にしたいと言っていたよ」

（二人だけですが、みっちり付き合って教えましたからね……）

キャロット・ラペにナッツを散らしたサラダを豪快に口にしながら、アルヘルムはアデライーデに頼みがあると言う。

「そうだ……テレサが挨拶をしたいと言っていたので機会を設けたいのだが」

「テレサ様がですか？」

「あの初回の挨拶の詫《わ》びも含め、子供達への贈り物の礼もしたいらしい」

「じゃあ、マダムはもうお伺いしたのですね」

「女官達が大変だったらしいよ」

マダムｊ・シュナイダーは結婚披露宴の時に男装のお針子に名刺を配らせ、女官や貴族達に顔を売った。その男装のお針子を伴って、子供服を誂《あつら》える事前挨拶に王宮に出向いた時の女官達の反応は凄《すさ》まじかったらしい。男装の麗人効果は素晴らしく、その日のうちにテレサに目通りが叶《かな》い子供達の採寸を済ませたらしい。

参考までにと持っていったプレタポルテを一人の女官をモデルにして着せて、麗人がエスコートしてドレスの説明をすると、プレタポルテなら手が出せるがテレサが購入しないのに自分達は買えないと、女官達はテレサに猛プッシュしたようだ。

マダムの営業手腕には舌を巻くが、テレサ様は迷惑だったのではないだろうかと心配になる。

「それは……。テレサ様は押し売りにあったのでは？？」

「いやいや、マダムのプレタポルテを見て、いずれドレスを依頼しようと思っていたようだよ。ただ目通りした日に購入するとは思わなかったらしい。普段用のドレスを購入したようだが、プレタポルテなのにとても着心地が良いらしくてね。子供服の仕上がりが楽しみらしい」

メインはフィレステーキだったが、三分の一くらいの量しかないアデライーデと同じスピードでアルヘルムはおしゃべりしながらステーキをするするとお腹《なか》に収めていく。

食後のお茶とデザートはベランダの長ソファに移動していただくようで、初夏の風がもうすぐ夏を知らせるように草の香りを運んできた。

「もし良かったら、テレサ様が購入されたプレタポルテは、私がお支払いして贈り物にしても良いかと思うのですが……」

ないとは思うが、無理に買ったかもしれないのでアデライーデから支払いを申し出た。

「そうだね、テレサへの贈り物。良いかもしれないね。ただね……残念なことが一つあるんだ……」

食後の紅茶に口をつけると、アルヘルムは大きなため息をついてティーカップをソーサーに置いた。

（もしかしてお値段が高額だった？　でも、女官でも手を出せるって言ってなかったかしら）

「残念なことってなんですの？」

「私には………何もないんだ……」

（拗《す》ねてる？？）

「子供達には服の贈り物。それにフィリップはお土産をもらって勉強まで見てもらっている。テレサにもドレスを贈る……。なのに『新婚の』『夫の』私には何もないんだ」

紅茶を飲みながら、わざと『新婚の』『夫の』を区切って強調し拗ねてみせるアルヘルムをちょっと可愛いと思ってしまった陽子さんは、慌ててその考えを打ち消した。

（ご挨拶ですよ？　ご挨拶。大事にしている相手への表現方法が日本人とは違うのよー。思わせぶりな言葉や甘い言葉は、詩集の朗読と同じなのよー）

「考えておきます……」

ニヤけそうになる顔を引き締め、デザートのレモンケーキを突《つ》く。甘酸っぱくてちょっと懐かしい味だ。

でも確かにテレサ様と子供達にあげてアルヘルムにあげないのは、ちょっと可哀想《かわいそう》な気がする……。

「私は新婚なのに蔑《ないがし》ろにされている世界一可哀想な夫だ……」と、かなり大げさな嘆きの入った声が、横から聞こえる……。

「ちゃんと贈り物をしますわ」

「本当に？　何をくれるのかな？」

「えっと……考えておきます」

「今すぐ欲しいな」

「え？」

手に持っているのは、食べかけのレモンケーキしかない。

しょうがない………。

あーんと、食べさせるのは幼稚園の時の裕人以来で照れるが、本人がそれでいいならとレモンクリームを一匙《さじ》すくう。

「あーん」

アルヘルムは一瞬目を見開いたが、大きく口を開けた。

「ん。美味しいね」

「良かったです……」

「でも、違うよ。それじゃない」

残りのケーキを全部よこせと言うのだろうか……。もう少し食べておけば良かった……。

「じゃ、スポンジの部分をもう一口……」

「いや……ケーキじゃない。贈り物だよ。貴女からのキスはまだもらったことがない」

思わず皿をひっくり返しそうになった……。落とさなかっただけ褒めてほしい。

「貴女からのキスはまだもらったことがない」

そう言うと、ニコッと笑ってアデライーデを見る。

「そ、そうでしたっけ」

「そうだね」

「人目ありますし……」

「誰もいないよ」

「え？」

見回すと、先程までいたはずのナッサウ侍従長や給仕達の姿がない。一流の使用人達は、場の雰囲気と主人の心を読むのも一流らしい。マリアを連れてくればよかった……。そう後悔したが、きっとマリアもここにいたらそっと場を離れそうだ。

（落ち着こう……）

もぐもぐと残りのレモンケーキを平らげ、紅茶を飲んでナプキンで口の周りを拭いてチラッと見ると、アルヘルムはまだこちらを見ている。

「今ですか？」

「うん。今。もうみんな贈り物をもらっているし。私はまだもらってないし。誰もいないし。私達は夫婦だし」

「…………」

畳み掛けるように言われて、否定の言葉は何も出てこない。

「では……」

ひとつアルヘルムの方に体をずらして近寄る。

「目は閉じないのですか？」

「見ていたいのだが……」

「閉じてください……」

しょうがないなといった感じで目を閉じたアルヘルムの頬に軽くキスをすると、すぐにもとの場所に座り直した。

「しました」

「貴女は、頬へのキスの時も目を閉じるのか？」

「…………！　目を閉じてなかったのですか！」

「初めての贈り物を落としてはいけないと思ってね。確かに受け取りましたよ」

アルヘルムは笑いながらそう言うと、アデライーデの頭をぽんぽんと撫でて頬にキスをした。

「お返しに」

「はい……」

アデライーデが固まっていると、いつの間にかベランダの入り口に立っていたナッサウ侍従長がコホンと咳払いをして「陛下。お時間でございます」と甘い時間の終わりを告げに来た。

「やれやれ……二人の時間は短いな」

アルヘルムは残念そうにそう言うと、また時間を作るからとアデライーデに別れを告げて執務室に向かって行った。

第十三章

アフタヌーンティーと離宮

今日はテレサとのお茶会に招かれ、アデライーデはマイヤー夫人に案内されマリアと貴賓室に向かっていた。

お茶会と言ってもテレサとアデライーデ二人きりだ。貴賓室に入るとすでに入室していたテレサがアデライーデを淑女の挨拶で出迎える。

「本日は私のためにお時間をとっていただきありがとうございます。正妃様」

「お招きいただきありがとうございます。テレサ様」

そう挨拶を交わすと、テレサはアデライーデに席を勧めた。

丸テーブルには白いリネンがかけられ席が二つ。テーブルにはフィンガーサイズのハムときゅうりのハニーマヨネーズのサンドイッチ、小ぶりなスコーンにクロテッドクリームといちごジャム、それにマスカットのケーキが並んでいた。

(アフタヌーンティーって感じかしら。お昼を控えめにして良かったわ)

女官が香り高い紅茶を淹《い》れてくれる。まずはストレートで味わうとテレサが口を開いた。

「正妃様、先日はフィリップに寛大なお慈悲をありがとうございました。その後もフィリップに目をかけてくださり、フィリップは勉学に励むようになりました。正妃様にはフィリップのこと以外でもお心を砕いていただき、どのように感謝をすれば良いか、わからぬほどでございます」

テレサはその大きな茶色の瞳《ひとみ》を潤ませて、感謝の言葉を口にする。

※※※

アルヘルムからアデライーデがフィリップのことは非公式ということにしてくれたのだから、二人でお茶を飲むということにして、その時にお礼をすると良いと言われていた。

そして、結婚後アデライーデは離宮に暮らすという話をアルヘルムから聞き耳を疑ってしまった。あまりの驚きにそれはどういうことかとアルヘルムに聞き返したくらいだ。正式な妃が王宮に住まず離宮に暮らすなど前代未聞のことである。そして第二妃となる自分はこのまま王宮に暮らし王妃と名乗るのは変わらないと聞いた。

仮にアデライーデ様がそれを望んだとしても、帝国はそれで良いのかとの問いに、帝国も認めていると言うアルヘルムの言葉を、にわかには信じられなかった。重臣達を集めた会議でもそのことに対する異論が出たが、最後は皇帝の手紙を見せると反対する声はなくなったという。

そして何よりテレサを驚かせたのが、アデライーデは子を望まないということだった。必要があればフィリップを養子にして帝国の後ろ盾をつけると言っているというのだ。

「それは……どうしてですの?」

「アデライーデ様がそう望まれているのだ。皇帝も認めている」

侯爵令嬢として、王妃として貴族の価値観を叩《たた》き込まれているテレサには、アデライーデの申し出が理解できなかった。女性貴族に何より望まれるのは実家と嫁ぎ先を血で結ぶ後継者を産むこと。それも男子を数人産むことを強く望まれる。

しかも、表立った行事での王妃としての役目も、今まで通りテレサに任せたいと希望しているらしい。子も望まず正妃としての栄誉の場も望まず、離宮にひっそりと暮らすのは修道院に入るのと変わらないことだ。

「アデライーデ様は、私達バルク王室に波風が立つのを厭《いと》うていらっしゃる。仲の良い家族の不和のもとになりたくない。自分が王宮にいれば、要らぬ争いの元となる。それであれば、今まで暮らしてきたように離宮での暮らしをしたいと言われるのだ」

「そんな……離宮にまだお若い皇女様お一人でお寂しいのでは？」

「そう思って、月に一度はこちらにお招きしようと思う。アデライーデ様はテレサともフィリップ達とも仲良くしたいと言われているのだ。難しいことかもしれないが、アデライーデ様と親睦を深めることを頼めるだろうか」

アデライーデはお近づきの挨拶に、子供達に帝国から来たマダム・シュナイダー夫人に子供服を作らせたいと言う。

テレサは戸惑っていた。

テレサの実家の侯爵家も本妻と第二夫人との確執はあった。正妻の子であるテレサは王室に嫁ぐ際、母親から王に妾妃ができた時の正妻の心構えを教えられていたが、アルヘルムは今まで第二妃を娶《めと》ることなく過ごせたことに、ホッとしているものがあった。

自分は母親と同じ苦労はしないと。

それなのにアルヘルムは帝国から皇女を迎え、王妃とし自分は第二妃になる。しかも、皇女は自分の子供と同じ年頃……。正直複雑な気持ちであったが、王妃としてバルク国のためになるのならと、覚悟を決めていたら嫁いできた皇女は、その持てるすべての権利を自分に譲り、離宮暮らしをすると言う。

（よくわからないわ…………）

「戸惑っているのだろう?」

アルヘルムは優しくテレサの手をとった。

「ええ……」

「私もだったよ。だが皇女様と話してみると良い。不思議な方だ。でもきっと君なら親睦を深めることができると思う」

「……はい」

アルヘルムにそう言われ、今日のお茶会となった。

※※※

間近に見るアデライーデは、この国では珍しい金の髪と海のようなアクアマリンの蒼《あお》の瞳を持つ美しい少女だ。仕草も優雅で落ち着いていてフィリップと四つ違いとは思えない。

アデライーデは、きょとんとした顔を一瞬したがすぐに笑ってテレサに応《こた》えた。

「お気になさらずに。子供のしたことですし、たいしたことではないので。それにこちらこそフィリップ様の授業に勝手に参加してしまって……。でも、今度フィリップ様が詩を暗唱してくださるのを楽しみにしています」

アデライーデが、あっさりとフィリップのことを気にするなと言ったことに、アルヘルムの不思議な方だという言葉が去来した。普通はここでさり気なく恩を売り、優位に立つような言葉を口にするのだが……。

(テレサ様、あの時のことをまだ気にされていたのね。まあ、わからなくはないけど……。でも妻同

士のお茶会って……ちょっと普通じゃないわよね)

この異世界の王族ならそれも普通のことかもしれないが、ごく普通の日本人の感覚しかない陽子さんにとって、妻同士のお茶会は違和感しかない。

しかし、一度はお会いして二人でお話をしてみたかった。

政略結婚で嫁いできたが、現王妃のテレサと、できれば仲良くしたい。しかし、テレサが気持ち的にそれを受け入れられないのであれば、せめてテレサに敵対する気はないと、直接話しておきたかったのだ。たとえ信じてもらえなくとも。

「テレサ様。縁あって私はここに嫁いできました。すでに王妃でいらっしゃったテレサ様は、大変困惑されたことと思います。私はできればテレサ様やお子様達とも仲良くしたいと思っているのです」

「私達と仲良く……で、ございますか?」

「ええ。できれば良き隣人のように」

「それは……もちろん、私《わたくし》達《たち》にとっては願ってもないことでございます」

「すでにアルヘルム様からお聞きとは思いますが、私は離宮で暮らします。テレサ様達は今までと変わりなく、アルヘルム様とお暮らしになっていただきたいのです」

「……しかし正妃様はそれでよろしいのですか」

テレサは思わず聞いてしまった。

「もちろんです。私はのんびりと離宮で暮らしたいのです。争いは好みませんし……。むしろ私が来たことによってテレサ様のお立場が悪くなったりお子様達に影響があることが嫌なのです。すでに跡継ぎのフィリップ様もカール様もいらっしゃるのであれば、私の子は必要ないですし……。帝国にとっては、私がバルク国に政略結婚で嫁いだだけで充分だと思います」

「正妃様……」

「あの……よろしければアデライーデと呼んでいただけませんか？」

そう言って笑うアデライーデに、テレサは戸惑っていたが「では……、そうお呼びいたしますわ。アデライーデ様」と答えた。

正妃という呼称はアデライーデのために作られた公式の場での呼称である。王に複数妃がいる場合、身分の高いほうが王妃となり、次に身分が高い順に第二妃、第三妃となるが、アデライーデが嫌がった。テレサには今までと同じく、王妃の呼称を使って欲しいと希望したのだ。

テレサは王妃としての社交術を身につけ今の茶会に臨んでいるが、その身につけた社交術からなんの警告も感じられず、アデライーデの言葉の裏が全く読めない。

だが、それは当たり前なのである。

陽子さんには裏がない。もとよりあまり器用でない陽子さんは思ったままの言葉で誠実に話す。しかしそれは、相手の言葉の裏を読む社交術に慣れているテレサにとっては、戸惑いでしかなかった。

（アルヘルム様がおっしゃるように不思議な方だわ。ご自身の身分の高さを持ち出すでもなく、駆け引きも感じない。本当に私達と仲良くしたいと思ってらっしゃるようだわ。それであれば、アデライーデ様の言われるように良き隣人として過ごせるかもしれないわ）

テレサがアデライーデに笑いかけると、アデライーデもにっこりと笑って「こちらをいただいてもよろしいですか」と用意したお菓子に目をやった。

その後、用意されたサンドイッチやケーキを食べながら子供達の話になった。マダム・シュナイダーの子供服の採寸のときのこと。フィリップの勉学嫌いやカールの野菜嫌いのことなど、他愛もない話をしてひと時を過ごした。

あっと言う間に一月が過ぎ、アデライーデの住む離宮の工事が終わったとの報告が、ナッサウ侍従長からあった。

ヨハンが帝国から連れてきた輿入れの荷物の御者達の仕事は丁寧で早かったので、もう少しかかるはずがきっちり一ヶ月で終わってしまったという。彼らは本来、帝国の城で修繕や庭の手入れをしている者達だからだろうか。今はアデライーデの輿入れの品を運び込み、遅れている庭の手入れを手伝っている。

離宮に移る前日、あれから三日に一度は顔を出していたフィリップの最後の授業参観のために勉強部屋を訪ねると、フィリップが家庭教師のゲルツ先生を背に赤いカーネーションの花束を持って出迎えてくれた。

フィリップから手渡された可愛《かわい》らしい花束を受け取って、アデライーデが「かわいいお花をありがとう」と礼を言うとフィリップは涙をこらえながらアデライーデに訴えた。

「アデライーデ様、今日で最後になるなんて知らなかったのです。どうして離宮になんて行くのですか？　王宮で私達とずっと一緒にお暮らしになるのではないのですか？」

「フィリップ様……」

「もっとたくさん詩も覚えます。書き取りも計算も国史も……もっとたくさん頑張ります。だから……だから、離宮に行かないでください」

そう言うと、フィリップはアデライーデの手をとり、堪《こら》えていた涙を澄んだ茶の瞳から溢《あふ》れさせた。

フィリップにとって最初の出会いこそ悪かったが、アデライーデは姉のような身近な存在になっていた。苦手な書き取りを頑張れば褒めてくれ、詩を一緒に暗唱したり地図を眺めて貴族の名前を当てっこしたり、庭園を散歩して色々な話をしたり……。今まで憂鬱でしかなかった勉強の時間も、アデライーデと一緒なら楽しくて褒めてもらえるのが嬉《うれ》しくて、あっと言う間に時間が過ぎ、次に会えるのが楽しみでしょうがなかったのだ。

これからも、ずっとアデライーデと一緒にいられると思っていたのに、明日で離宮に行ってしまうと聞いたのは今朝だった。

ナッサウからそのことを告げられ、今までご一緒に授業を受けてくださったお礼のブーケの花を選びましょうと、園に連れられてきたが花を選ぶなどできない。どうしてアデライーデは離宮に行ってしまうのかとナッサウに聞いても「アデライーデ様がそうお望みなので」としか答えてくれなかった。

沈んでいるフィリップにナッサウは、「こちらの花がよろしいでしょう」と赤いカーネーションを指差した。

「……うん」

「カーネーションは、『敬愛』という花言葉を持ちます」

ナッサウは丁寧に花を選びながらパチパチと花鋏《はなばさみ》で摘んでいく。

「アデライーデ様は、フィリップ様のお義母様《かあ》になられました。この花はフィリップ様からアデライーデ様に贈られるのに相応《ふさわ》しい花でございますよ」

「…………お義母様？」

「ええ……そうでございます。アルヘルム様の……お父上の正妃様でございますからね」

そう言うと、ナッサウは器用にカーネーションで小さな丸いブーケを作りフィリップに手渡した。

「アデライーデ様がこれからお住みになる湖の畔《ほとり》の離宮はそれほど離れてはおりません。それに、これから会えなくなるわけでもございませんから」

「…………」

「きっとお渡しすればお喜びになっていただけますよ」

「…………」

ブーケを握りしめるフィリップの背中をナッサウは優しく撫で、フィリップと一緒に王宮に戻った。


「私が……帰れなんて言ったからですか……」

「フィリップ様……。そうではないのですよ」

肩まで真っ直ぐに伸びた明るい栗色《くり》の髪が小刻みに震えている。自分のせいかもしれないと、うなだれて涙を流すフィリップの髪を優しく撫でながらアデライーデは言った。

「フィリップ様、私が離宮で暮らしたかったからなのです」

「…………」

「私は帝国でも王宮で暮らしたことはなく、ずっと離宮暮らしでした。王宮暮らしは慣れなくて……。なのでアルヘルム様にお願いして離宮に行くのです」

「会えなくなるのは嫌です……」

「お会いできますとも。月に一度はこちらに参りますし……」

「今よりもっと会えなくなるじゃありませんか……。ご一緒に勉強したり……乗馬だって……これから……これから……」

そう言うと堪え切れず言葉が出なくなったフィリップを、アデライーデは優しく抱きしめた。

フィリップはアデライーデに抱きしめられ、テレサとは違うふわりとした甘い香水の香りに何故《なぜ》か

わからないが胸がきゅっと苦しくなった。以前も一度同じように苦しくなった時があったが、今は思い出せなかった。

「お寂しいのですね……。秋には学院に入られるのですよ。私以外にも一緒に勉強するお友達がたくさんできるので、寂しくはなくなりますよ」

アデライーデはそう言ってハンカチでフィリップの涙を拭《ぬぐ》うと、フィリップに微笑《ほほえ》んだ。

(違う。そうじゃありません)

そうフィリップは思ったが、フィリップが口にする前にゲルツ先生がアデライーデに声をかけた。

「恐れながら……」

「はい」

「来週には、ご学友との出会いの茶会が開かれます。その後入学まで選ばれたご学友の皆様とご一緒に授業を受けることが予定されております」

「まぁ。フィリップ様良かったですね」

「はい……」

アデライーデは、それであればフィリップが寂しくないと喜んでいたが、フィリップはアデライーデと会えなくなるのが寂しいのだ。離宮に行ってしまう理由が自分のせいではなかったと言われたことにはホッとしたが、アデライーデが離宮に行ってしまうのに変わりはない。

「アデライーデ様、お会いしに行っても良いですか?」

「離宮にですか?」

縋《すが》るように見上げるフィリップにアデライーデはダメとは言えなかった。

「えぇ、お待ちしていますね。ただし! ちゃんと離宮に行くと伝えてからでないとダメですよ。皆が心配しますからね」

コクリと頷《うなず》くフィリップの頭を撫でて「約束ですよ」とアデライーデが微笑むと「では……そろそろ授業を始めたいと思います」とゲルツ先生は二人に声をかけ地図を広げた。フィリップに手を引かれ席につくと「昨日の続きで、バルク国の周辺国の特色を……」といつものように授業が始まった。


「アデライーデ様……最後の王宮の夜を私と過ごさなくても良かったのでは？」

「良いじゃない？　アルヘルム様は明日の時間を捻出するために、どうしても今日は無理だそうよ」

王宮最後の夜、アデライーデはマリアと二人で晩餐《ばんさん》をとっていた。

三人のメイド達も湖の離宮についてくることになって、今日は午後から実家に帰らせていた。馬車で一時間ほどだが、メイド達は城下の家に帰るようには気軽に帰れなくなる。離宮に移る前日の忙しい時に……と、メイド達は渋っていたが、この部屋はアデライーデが王宮に泊まる時にそのまま利用する予定なので、宝飾品以外の物は置いていくのだから、さして忙しいわけでもない。

マリアにテーブルについてもらうために、できるだけワンプレートになるようにお願いしたら、料理長が大皿に一口大にした得意料理を盛り付けてくれたという。

「料理長が嘆いていましたわ。自分は王宮の料理長だから離宮に行けないって。アデライーデ様はいつもお料理に感想を添えられるから、毎食メイド達からの報告を楽しみにしていたのですよ」

「そう言ってもらえるのは嬉しいわ。料理長のお料理は美味《おい》しいものね」

そんな話をしながら、料理長自慢のコンソメのジュレがかかったふんわりとした白身魚のムースを味わった。口当たりがなめらかで、アデライーデがバルクに来てから好物になったものだ。離宮の料理人の選定も希望者が殺到したので、月替りで務めることで落ち着いたらしい。

「アデライーデ様……離宮で何をなさるおつもりですか？」

「まだ何も決めてないわ」

子羊のパイ皮包みにナイフを入れると、バターを切るように入っていく。甘酸っぱいベリーのソースには隠し味にオレンジマーマレードが入っているようで少し癖のある子羊によく合う。

「そう言えば……村をもらったの。離宮のすぐ近くの小さな村なんだけど」

「化粧領《けしょうりょう》ですか？」

「それって、王妃が持つのは普通なの？」

「王妃様だけでなく、裕福なご実家から生涯貸与されるご夫人も多いです。皇后様は接収した領地を一時的に化粧領にして領地を立て直したりされていましたわ」

マリア曰《いわ》く、化粧領の税金は他の領地に比べて安いことが多く、領地の整備も良いらしい。美しい化粧領を持つことは夫人のステイタスになるからだという。

「そうなのね……」

（そういえば、あの村も可愛らしい家で統一されていたわ。アルヘルム様も国外からの賓客があるからと言っていたっけ……）

「私、最初は辺境の小国にお輿入れされるのは……と思っていたのですが、バルクに来てアデライーデ様がアルヘルム様に大切にされているのを見て、お輿入れされて良かったと今は思っています」

「そう？」

「ええ、帝国ではお一人で少しお寂しそうに思えたので……」

そう言うとマリアはワインを一口飲んだ。

「最初は……まぁ……驚くこともありましたけど……、フィリップ様とも本当の姉弟のように仲良くされているので良かったと思っています」

「えぇ。仲良くなれてよかったわ。そう言えばマリアも弟さんが二人いたわよね」

「食べ物と、いたずらしか興味のない弟達ですけどね……フィリップ様のような、あんないじらしくて可愛らしくて思わず抱きしめたくなるような弟達では、ないです……」

ふぅとため息をついて、マリアはワインをまた一口飲んだ。

「アデライーデ様とお庭を散歩されたり、詩を暗唱されたり……今日も、行かないでとアデライーデ様に縋るように言われるフィリップ様は、理想の弟ですわ……」

うっとりと言うマリアに陽子さんはちょっと怪訝《けげん》な顔をする……。

「でも……姉弟ってそんなのじゃない……わよね」

(薫と裕人も姉弟喧嘩《げんか》は結構激しかったわよ？　些細《ささい》なことで取っ組み合いの喧嘩を何度もして、ゲンコツを食らわしたこともあったけど……)

「いいんですよ…………現実は」

(いいんだ……)

「こちらに来てから、アルヘルム様とお二人でいらっしゃる時も絵になるのですが、フィリップ様とお二人でいらっしゃる時もうっとりとするように素敵ですので、絵師に頼むことが多くて……」

「絵師？」

(そう言えば、以前絵師がどうのって言っていたわね)

「はい、こちらに来てすぐヨハン様に絵師をお願いしておりますわ。帝国から急いでお呼びして、ご結婚記念の絵も、もうしばらくすれば完成するのではないかと思います」

(記念写真的なものかしら？)

「そうなのね。楽しみだわ」

「額に入れるちゃんとしたものもありますが、最近帝国で流行《はや》りの大判のスケッチブックタイプのものも頼んでおりますので、お楽しみにされていてください」

アルヘルムとのハネムーンの間に、マリアは絵師に色々な絵を頼んでいたらしい。

「特にスケッチブックのものは、素敵なのです！　フィリップ様とのものものもございますよ」

「そう？」

「新婚の時や子供が生まれた時は、絵師に頼んで記念に残すのです」

この世界、写真はないし絵で記念写真的なものを残すようだ。マリアが楽しそうにしているならそれも良いかと、デザートのスフレチーズケーキを突《つつ》きながら陽子さんは思っていた。

陽子さんは気がつかなかったが、その時マリアが絵師に頼んだスケッチブックの量はアルバム数冊になるような大量のものになっているのである。


アデライーデが離宮に移る日、馬車に揺られていると前回と道が違うことに気がついた。以前よりずいぶん早く道を曲がって森の中に入っていく。

「アルヘルム様……道が違いませんか？」

「あぁ、前回は村に直接行ったからね。今日は直接離宮に行くからこの道なんだ。ほら見てごらん」

そう言って指差した先は、澄んだ広い湖面に姿を映す小さな離宮だ。白漆喰《しっくい》の壁とオレンジ色の屋根の離宮の四隅には離宮と同じ高さの尖塔《せんとう》がある。尖塔の屋根は深いグリーンなのでオレンジ色の屋根によく映えていた。

森を背景に白い離宮が浮かび上がり、鏡のような湖面にもゆらゆらと反射していて、とても優美な離宮である。

「まぁ……なんて素敵」

(今日から、あそこで暮らすのね。夢みたい)

アデライーデは離宮の美しさに目を奪われ、今日から始まるセカンドライフに胸を膨らませていた。

そんなアデライーデをアルヘルムはなんとも言えない気持ちで見ていた。

そこには、厄介払いで押し付けられた皇女なのだから適当にあしらって満足させれば良いかと思っていたアルヘルムはもういない。アデライーデは思慮深くフィリップ《次代の王》を守り、アデライーデにとって複雑な相手であるテレサ《先妻》の立場を、自分の権利のすべてを放棄してまでも気遣った。このバルクを、王家を大切に思ってくれているのは間違いない。そんなアデライーデの言動から目が離せなくなっているのは自覚している。

だが、そのアデライーデの関心の先は自分にはないように感じる。いや、少しはあるのかもしれないが、フィリップやテレサへの関心や気遣いと比べると少なく感じる。今も自分と離れる寂しさなど微塵《みじん》もなく、新しく始まる離宮での暮らしに心を躍らせているのが見て取れる。

もっと私に目を向けてくれてもいいのではないか。

自分の正妃なのにするりと逃げられそうなアデライーデに、恋というか執着というかわからない感情が芽生え始めているのに、まだアルヘルムは気がついていない。

書き下ろし番外編①
狐と芝居

さて、どうするべきか。

ヨハンも目の前で起きた突然の罵倒劇に軽く目を剥《む》いたが、表情には出さず頭をフル回転させ、今後の筋書きを考えていた。

貴族令嬢が、人前で指差され罵倒される。

それはその令嬢だけではなく、その令嬢の家や家門に対する敵対行為と見なされる。

まして、その令嬢がこれからバルクに降嫁する帝国の皇女であり、罵倒したのがバルク国の後継者たる第一王子である。

バルク国が帝国への叛意《はんい》ありとの宣戦布告と、とられても仕方のない出来事だった。

だが、この婚儀は帝国のために、是が非でも『一度は』整えなければならぬ。

この婚儀の真の意味を知るヨハンは、この事態をいかに帝国に有利に導くかと考えを巡らせていた。

(カトリーヌ様なら、楽だったのだが)

激情家のカトリーヌであれば、罵倒された瞬間火がついたように激高し、王子を無礼者と扇で打ち据えるくらいのことはやりかねない。

理不尽な暴言に皇女が激高したとあれば、すぐさま侍従に見せかけた影達に命じて皇女を国境のライエン伯爵家へ移し、有利な条件でバルクと『今後』の交渉ができる。帝国へ報告したのちに、ゆっくりと皇女を説得すればいい。

だが、皇女はカトリーヌではなくアデライーデだ。

華奢《きゃしゃ》で穏やかそうなこの皇女にそのようなことはできそうにないなと、判断した。

ヨハンは兄であるグランドールから皇女はその外見通りのたおやかで繊細なだけではなく、強《した》かさも持ち合わせているとは聞いていた。

しかし、バルクへの道中、注意深く見ていても、侍女の言葉に言葉少なに頷《うなず》き、馬車の揺れに疲れ、領主達の挨拶を受けるのも精一杯で早々に客室に引き上げたアデライーデは、ヨハンの目から見てもおっとりとした深窓の姫君であった。

(成年前、それもまだ幼い王子の罵倒だけでは、少し弱いな)

帝国が完全な被害者となるためには、もう少し理由が欲しい。誰が見ても完全な理由……。

(ここで皇女様がお倒れになれば……いや、動揺しふらつくだけでいいか……。居を移せば、床もあげられぬほどお心を病まれたとでも言えるし)

華奢で儚《はかな》げなアデライーデなら、その脚色《りゆう》がふさわしい。

箝口令《かんこうれい》が敷かれようとも、人の口はゆるい。いずれ使用人の口から少しずつ漏れる。漏れなければバルク王宮に忍ばせた影達に囀《さえず》らせ、焚《た》きつけさせればいいのだ。

数度瞬《まばた》きする間に、これからの筋書きを決めるとヨハンは視線を横に滑らせる。

すると、いつもは指示があるまで自らなにも発しない動かない影達が、ゆらりと動いた。

「閣下……」

低く、わずかに殺気を帯びた声だった。

「待て」

短く影達を制し、これから始まる悲劇の女主人公《ヒロイン》である皇女に目をやる。

言葉を尽くして取り繕うかと思っていたバルク王は、件《くだん》の王子を下がらせたあと、すぐさま膝をつきアデライーデに最上級の謝罪をとった。

(ほぅ。バルク王は、なかなかに賢いようだな)

ここには、宰相以外のバルクの貴族はいない。

だが、使用人達しかいないとはいえ、王が衆目の中で膝をついたのだ。

どの国の王も神以外に跪《ひざまず》かない。

たとえ戦に敗れようともだ。国と国は、言葉と対価で交渉し落としどころを見つけ、それで手打ちとする。

だが、バルクには差し出す『対価』がない。

せいぜい出せるものは幼い王子の首だが、その程度では帝国の威信を傷つけた対価にならない。それを理解し、瞬時に『王の矜持《きょうじ》』を皇女の後ろにいる帝国に差し出したのだ。

意外にも皇女は最初こそ驚いたものの、ふらつきもせず膝をつくバルク王に、穏やかに許しの言葉をかけた。

皇女の赦免の言葉を得てもなおバルク王は膝をついていた。膝をつき、なおかつ一度目の許しで膝を上げないのは、深い謝罪の意味がある。皇女は女神が水をすくうようにバルク王の手をとり、王子の無礼を意に介すほどでもない些末《さまつ》なことと告げバルク王を赦《ゆる》した。

そして、ふわりと手を差し出し、重鎮達が待つ次の間へ案内するように笑った。罵倒劇から悲劇になるはずが、皇女は大団円……、いや、劇そのものを無かったこととして収めたのだ。

(滅多に見ない筋書きだな)

ヨハンは、周りのバルク人を目だけで観察する。

ホッとしているが表情が固い者、安堵《あんど》する者、感動で涙ぐむ者。

騒ぎを起こした王子以外のすべての者が、首元に剣を突きつけられたような緊張感から解き放たれた様子を、ヨハンは気配を消して見ていた。

（バルクに根を張るおつもりか）

ヨハンの言う『根を張る』とは、お飾り妃ではなく王の対としてバルク王宮で影響力を持つということである。

帝国の皇女とはいえ、ここは異国の王宮。まして、後継も産み長年連れ添う王妃のいる後宮で自身の味方を得ることは、容易ではない。だが皇女は、この件で『慈愛あふれる帝国の皇女』として使用人達の心を掴《つか》み、バルク王家へは『皇女の許し』の上に成り立っていると、その立ち位置をはっきりと位置づけたのは間違いなかった。

そして、ヨハンはさほど関心を持っていなかった皇女に大いに興味をもった。

（一瞬にしてご自身の立場を確立されたな。無かったことにすることで大きな貸しを作られた。貴族達の前でなかったことも有利に働く。あれでは今後バルク王は皇女様をお飾りの妃としても扱えまい）

ヨハンはにんまりと微笑《ほほえ》む。

（あれは生来のものか？　兄上は、アデライーデ皇女はベアトリーチェ妃の娘と言っていたが、貴族達の噂《うわさ》する皇后との嫡子という噂もあながち間違ってないかもな。まだ聞かされてないだけかもしれん。楽しみが増えたな）

ヨハンはアデライーデの姿に、老練な貴族《ジジイ》どもを相手にするローザリンデを重ねていた。

立場が違えば視点観点が違う。ヨハンは外交官としてアデライーデをそう評した。

「いかが致しましょうか」

「このまま、予定通りに。見なかったように振る舞え」

「……御意」

不満げな影達に小声で指示を出すと、ヨハンはにこやかに歩を踏み出した。


その晩、アデライーデ付きの侍女が訪ねてくるのをヨハンは当然のように待っていた。きっと何かしら帝国へ内密の話があるはずだと。

思った通り侍女は来た。

だが、一人で来ると思いきや、意外に侍女はバルクの侍従を一人連れてきた。

(バルクの従者を連れてきたのか。侍女殿はなかなか慎重派だな)

わざとバルクの侍従に会話を聞かせるというのなら、入念に行間を読まなければなるまいと、ヨハンは顔を作る。挨拶を済ませると、侍女に席を勧めたが侍女は席を断り、婚礼の荷物の中からワインを取り出す許可を求めてきた。

「ワインですか？」

「はい。アデライーデ様のお気に入りですので。晩餐《ばんさん》には間に合いませんでしたが、本日のこともありナイトキャップにぜひお出ししたく」

「さようですか。すぐにでも手配させましょう。皇女様のご様子はいかがでしょうか」

「恙無《つつがな》くお過ごしですわ。ご機嫌もよろしく、今は寝支度をされております」

ヨハンは傍《かたわ》らの侍従に目配せすると、侍従は静かに部屋を出ていく。

「何よりです。皇女様におかれましては、他になにか、ワイン以外にご要望はございませんでしたか？」

「アデライーデ様からは何もございませんでした。元々あまりご要望のある方ではありませんので」

「……」

ヨハンは笑顔を崩さないままだった。

兄からワインに、なにか仕込みがあるとは聞いていない。だが、わざわざこの日に皇女付きの侍女が意味もなく自分を訪ねてくるとは、考えづらい。

「あ」

「なにかございましたか？　ご伝言でも？」

侍女が思い出したかのようなそぶりで口を開くと、ヨハンは珍しく少し食い気味に尋ねる。

「いいえ、ワインなのですが、今後も定期的に送っていただけますでしょうか。アデライーデ様はあのワインがお好きですので、できれば多めに」

「……そのように手配いたしましょう」

「ありがとうございます」

(定期的に多めに……か。つまり、今まで以上にバルクから目を離すなと、いうことか。であれば、離宮には予定の影だけでなく、追加で影を手配せねばな)

了承の意味を込めて笑うヨハンへ侍女がにこりと返した時に、ヨハンの侍従がワインケースを一箱もって戻ってきた。

「そうそう、侍女殿。帝国から婚儀のための宮廷画家が遣わされております。新婚の皇女様のご負担を少なくするために、ご尊顔の仕上げの時のみ皇女様にお時間を頂戴したいと思います。つきましては頃合いに知らせていただきたいのですが」

「承知いたしました。ご成婚後、落ち着かれた頃にでもお知らせいたします」

「感謝します。ところで侍女殿はティオ・ローゼンなる挿し絵画家はご存知で？」

「スケッチブックのティオ・ローゼン様でしょうか」

侍女の目が、きらりと光る。

「さよう。さすが侍女殿、流行《はや》りには敏感ですな。皇后陛下がそのティオ・ローゼンに皇女様のスケッチブックを依頼されました。本来は皇女様にお話しするところですが、代わりに侍女殿のお時間がある時にローゼンと打ち合わせをお願いしたいのですが、いかがでしょうか」

「もちろんでございます。アデライーデ様のスケッチブックのためとあれば協力は惜しみません。バルクのメイド方にも協力をお願いいたしますわ」

「ならば、後日バルク側に依頼して、宮廷画家とローゼンと引き合わせましょう」

「よろしくお願いいたします。では、私はこれにて」

侍女は含んだ笑いをヨハンに返すと、用は済んだとばかりに小さくカーテシィをして、くるりと踵《きびす》を返した。

「侍女殿」

「……はい？」

思いがけず引き留められ、侍女はきょとんとした顔で振り向いた。

「いえ、本日の殿下の堂々としたお振る舞い、そしてお部屋に戻られたあとも恙無きとお聞きし、感服いたしました」

ありきたりな称賛の言葉に『本日の人心掌握お見事でございます。他にお申し付けは？』と、裏の意味を含ませた。

ヨハンの投げかけた言葉に、侍女はにっこりと頷く。

「アデライーデ様は思慮深くお優しい方でございます。両陛下のご期待通り、帝国の皇女様としてご立派に両国の架け橋となられます。きっと、良いご報告ができると思いますわ」

「確かに」

マリアはその言葉通りに、今日の出来事を荒げることなく婚儀に臨まれることを伝えたつもりだった。ヨハンはその言葉を『この国に根を張り、帝国の有利になるように上手《うま》く立ち回るから安心しろ。あとの交渉は上手くやれ』と受け取った。

にっこりと笑いあうヨハンとマリア。

（見かけと違って肝の座った皇女様だな。土壇場で交代されたわけだ。侍女もこの短期間で使用人に食い込んでいるとは、なかなかの者だ）

ワインケースを受け取って退出する侍女にヨハンは、深々と頭を下げ静かに見送った。

皇帝と皇后の寝所にて

「数日前にアデライーデが無事に離宮に移ったみたいね。グランドールから報告が来たわ」

「あぁ、私も聞いたよ」

寝所でワインを口にしながら、ローザリンデはエルンストに声をかけた。暖かくなってきたとはいえ、まだ夜は暖炉に火を入れないと肌寒い。ぱちぱちと薪《まき》が爆《は》ぜる音が、静かな寝所に時折小さく響く。ローザリンデはお気に入りの寝椅子に横たわり、エルンストは隣のウィングチェアに深く腰を下ろしオットマンに足を預けていた。

以前は政務の合間に皇帝の義務として他の妃の所に通っていたエルンストも、国内外が落ち着き始めた最近は妃達とヒビが入らない程度の通いとなっている。

「アデライーデは、貴方《あなた》に似たのかしら？」

「なにが？」

「バルクの第一王子のやんちゃを上手《じょうず》に収めたことよ。アデライーデはベアトリーチェに似ているから、ちょっと意外だったわ」

フィリップの初対面での出来事は、エルンストの名代として同席したヨハン・ベックの手紙により仔細《しさい》漏らさず報告されている。

ベックからは、アデライーデの胆力を褒める言葉が並んだ報告書が来ていた。確実にアデライーデに好意的なバルクの使用人が増えているらしい。

「ベックは君に似ていると言っているようだが？」

「ふふっ。そういう噂《うわさ》もあるみたいね。でもまぁ、良しに転ぶなら囀《さえず》らせておくわ。悪い噂じゃないもの」

もちろん帝国での披露宴の後の騒ぎも、エルンストとローザリンデの耳に入っている。まぁ、そうなるように仕向けたのは、この二人なのだが。

「私も報告を聞いて、そう思ったよ」

「あら」

ローザリンデは、くすりと笑ってワインに口をつけた。

エルンストの言葉に、いつになく上機嫌になったローザリンデは、少し首を傾《かし》げてエルンストを見上げた。

「でも、アデライーデの機転のおかげで助かったわ。あのままバルク王の『矜持《きょうじ》』と『後継の首』をもらってもね……。交易の交渉はうまくいっても、感情的に拗《こじ》れたままでは今後がうまくいかないわ」

「何事もほどほどだ」

「ね。ふふっ」

ローザリンデは皇后の顔で微笑《ほほえ》んだ。

「それにアデライーデは、ちゃんと次のとまり木を育てているしね」

「とまり木？」

「そのやんちゃ王子よ。姉のように優しくしてあげていると聞いたでしょ」

ローザリンデは、ワインを優雅な所作で口に含むと言葉を続ける。

「嫁ぐのは父親の方だけど、王子の方が年は近いわ。代替わりを考えたら……ね。この件でバルク王は王子に言い含めるだろうし、王子が次の王となっても姉のような『恩義ある義母』を軽くは扱えなくなるわ。たとえ、アデライーデが王子を産んでもね」

「アデライーデが子を産むか……。まだ考えられないな」

「あら。ファーストダンスも踊ったのに？」

ローザリンデの問いにエルンストは応《こた》えず、組んでいた指を組み替え、軽く目を閉じた。

確かに抱きしめもしたし、ダンスも踊った。だが、エルンストはそのアデライーデにベアトリーチェを重ね、目を瞑《つぶ》って思い出す娘は、いつまでも幼い頃のアデライーデのままだった。

「でもあなた、アデライーデが離宮で暮らしたいって言ったのをよく許したわね。バルク貴族達にお飾りとして、軽く扱われるかもしれなかったのに」

ローザリンデは、ワインを飲み干しながら少しだけ心配していたことを口にした。皇后になるべく育てられ、社交と駆け引きに生きてきたローザリンデにとって、周りに侮られるなどあってはならないことである。

「王子の件でのバルク王の対応をみる限り、周りにそれは許さんだろう。私の娘を娶《めと》る者としての身の程は知っていそうだ」

「ライエンもそういう評価だったわね」

エルンストはウィングチェアの傍《かたわ》らにあるサイドテーブルからワインボトルを取ると、ローザリンデのグラスにワインを注いだ。

「その評価が外れるのなら、バルク王は『それまで』ということだ。あの国には王弟もいる。突然の不幸にも困らぬだろう。先王妃として過ごすのもよし。バルク王とは白い結婚なのだからアデライーデが望めば、即位した王弟と正式に結婚してもおかしくはない」

「あら、貴方らしくない、ずいぶん穏やかな方法をとるのね。すぐに攻め込むかと思っていたわ」

くすくすと笑いながら銀のグラスを回すローザリンデに、エルンストは大真面目な顔をして言葉を続けた。

「アデライーデは、『バルク』を気に入っているらしいからな。表立ったことをすれば、アデライーデは穏やかではいられないだろうからね」

エルンストは空になっていた自分のグラスにもワインを注いで口をつけた。


一国の王の命と、その国の命運を些事《さじ》のように話す二人は、かつての敵国から蹂躙《じゅうりん》王と狡猾《こうかつ》女と呼ばれていた。

さもありなん、エルンストは自分では何もできぬと嘆いていたが、彼はわずか二十年も経《た》たずして帝国が何代にもわたって争い続けていた周辺国を平定したのだ。

最初は、若くして帝位を継いだエルンストを傀儡《かいらい》にしようとした国内の不穏分子を皇后の知略と共に潰し、国力を宰相に束ねさせた。最大の危機といわれた十年前の隣国との戦いを勝利で収め、それまで小競り合っては停戦を繰り返していた隣国の同盟国を容赦なく叩き潰し、内通した貴族を苛烈に処分した。皇后はその荒れた地を女神のように訪れ、恭順なる者には恵みを、不従順者には静かに糸を絡めるようにして、その命を摘み取っていった。

「あの国の港町や花畑を気に入っているようね。私もいつか海を見てみたいわ」

ローザリンデは寝椅子の袖にもたれかかると、報告書にあった見たことがない海を想像してうっとりと目を閉じる。

「穏やかに暮らしたいというアデライーデの望みをバルク王が叶《かな》えるかぎり、静かに見守るさ」

そう言ってエルンストはオレンジの火が薪を舐《な》める暖炉に目をやった。

ローザリンデも、エルンストの目線を追って暖炉に目をやる。暖炉は変わらず、ぱちぱちと小さな音を立てて二人を暖める。

「そうね。同じようなことをベアトリーチェも言っていたわ。そういうところはベアトリーチェに似ているわね。そう……そうね。離宮暮らしもあの子らしくて良いかもね」

「うむ」

「カトリーヌは？　ダランベールのご希望通りでいいのかしら」

今の帝国内で皇女と爵位の釣り合いがとれ、カトリーヌを御せるような相手はいない。

帝国最後の大物独身貴族はグランドールなのだが、少し匂わせたら「政務以外の負担は、御免被りたいですな。是が非にでもとのことならば、出家させていただく」と、きっぱり激しく拒否された。

不敬であるが、政務に支障が出ては帝国が困る。

エルンストは当初、バルクに嫁ぐカトリーヌに『専属の侍女』を付ける予定であった。

影の中には薬物を得意とする者も多い。本来は帝国との繋《つな》がりが不安定な他国に嫁ぐ皇女の守りとして付けるのだが、皇女の存在が帝国の不利になる場合や儚《はかな》くなった方が帝国に有利になる場合は、別の役目ももっている。慣れぬ異国で、気鬱や突然の病で命を落とすのは、貴賤を問わずよくあることだ。

カトリーヌの気質によりバルク王家と多少の軋轢《あつれき》は予想しているが、大きく帝国の益を損なうのであれば、それもやむなしと思っていた。だが、カトリーヌはダランベールの思惑とエルンストの気がわりで帝国に残った。

「うむ。もう数年カトリーヌが待てるのであれば、こちらで輿入《こしい》れ先を用意できたのだが、仕方あるまい。ダランベールがお膳立てしてきた奴の派閥の侯爵家は、古くはあるが力はない。公爵にさせてしまえば、家門の勢力の拡大にはならぬからな」

「そう。じゃ、公爵にして終わり？」

「うむ。カトリーヌは子を生《な》せぬが、それなりの地位は保たれる。他国で果てるよりは良いだろう」

「そうね。それで済むなら、その方が良いわね。『体調管理』が得意な侍女を選んでおくわ」

「あぁ」

エルンストは他の妃や子達に、ベアトリーチェやアデライーデに向けるような愛を感じたことはない。だが、我が子に『密《ひそ》やかな眠り』を命じるのを、ためらうくらいの情はある。

だからこそ、エルンストはその侯爵家を公爵へ授爵させる。

本来、公爵は王位継承権を放棄した男子が授かる爵位である。それを皇女の降嫁先に与えるのは帝国の歴史の中でも過去に『恋』をしたと伝えられる皇女の一例だけだった。ダランベールも他の貴族達も、カトリーヌに対する特別な配慮だと受け取るだろう。

カトリーヌは公爵夫人として、王族に準ずる身分を保証される。そして、その名誉と引き換えにカトリーヌが子を産むことは生涯ない。

帝国の慣例として公爵家の後継は嫡男のみ。養子は許されない。

女子も庶子も後継にはなれず、嫡男がいない場合は当主夫妻の死後に爵位は国に返される。皇帝の血統を薄めないためである。過去皇女の降嫁に伴い公爵家となった家も子を生せず、その慣例通り爵位を帝国に返上し今は絶えている。

その皇女にも時の皇帝から秘密裏に『体調を管理する』侍女を、付けられている。

カトリーヌの降嫁先が侯爵家のままでは、カトリーヌの子は王族の血筋を持ちダランベールの派閥の勢力となる。実子がなくとも庶子や養子を立てられれば、『皇族が降嫁した家』との名誉が続く。今しばらくはダランベールの家門の力は帝国に必要だが、今以上の力を持たせることはできない。

新公爵家は、一代で閉じることとなる。

「影達はうまく馴染んでいるかしら？」

「ん？　あぁ。屋敷に入らぬ老いた庭師だからな。村人は元王宮の使用人が多くて口は堅いそうだが、怪しまれてはないようだ」

ローザリンデの声に、まどろみから現実に引き戻されたエルンストはワイングラスではなく、水の入ったグラスに手を伸ばす。

「あとはバルク王宮にいる影達を、離宮にどれだけ入りこませられるかだ」

「まずまずね。あとは、王都だけでなく港町にも入れなくてはね」

「ん？　港町の役人の所にはもう忍ばせてあるぞ」

「ふふっ。絶対、アデライーデはお忍びで港町に行くわよ。魚料理が食べたいって言っていたじゃない？　バルクも護衛をつけるでしょうけど、自由に動ける影が必要よ。役人の所に忍ばせた影は、お忍びの知らせがきても自由に動けないでしょ？」

「ふむ。ならば適当な商会でもやらせるか」

「そうね。交易が始まれば、どのみち影達の足場は必要よ」

「そうだな」

エルンストはゆっくりと目を瞑ると、あの幸せな日々のベアトリーチェを思い浮かべ、思い出に身を任せた。

書き下ろし番外編③

王の夢

慣例として、妃の住まう離宮は実家の爵位の高さと帝国への影響力によって決められる。

その両方がないベアトリーチェには、慣例に則《のっと》り妃の離宮の中でも一番小さくて遠い、質素な離宮が与えられた。

いつだったか、小さな離宮ですまないと詫《わ》びた時にベアトリーチェは「私、この離宮を気に入っていますのよ。静かにゆっくり刺繍《ししゅう》ができますもの」と笑っていた。

「おとうしゃま。おとうしゃま。しずかなのあでらいーでもすきー　それにおはなもいっぱいだもの」

娘が母の口真似をする。

愛《いと》しい娘を抱き上げると、ぎゅっと抱きついてくる。

「でもね。がうがうおばけはきらいなの。たべられちゃうから」

絵本の騒々しいおばけに眉を寄せる娘に、愛おしさが募る。

「そうかそうか。食べられちゃうか、ならば父が退治してやろう」

「良かったわね。お父様が退治してくださるって」

「そしたら、いなくなる？　たべられない？」

くすくすと笑うベアトリーチェに、ぱぁっと顔を輝かせる娘。

「もちろんだよ。小さなお姫様。『どうぞ、この騎士におばけ退治をお命じください』」

「まかせた、ゆうしゃよ。へいわをとりもどすのじゃ」

「ははーっ。必ずやおばけを退治し、姫をお守りいたします」

「まぁ！　この子ったら」

「だって、えほんにかいてあるものー」

おどける自分に、なぜか自慢げに胸を張る娘。

それを見て笑うベアトリーチェ。

親子で笑いあった、あの蜂蜜のように甘くとろりとした思い出。

この十年。絶え間ない戦いと残った国内の不穏分子を制するための分刻みの政務。休息という名の妃達への通いの務めをこなし、一人の寝所で泥のように眠りにつくエルンストの癒しは、寝付くまでのわずかな時間に瞼《まぶた》に浮かぶ愛しいベアトリーチェとアデライーデとの思い出だけだった。

くり返しくり返し、思い浮かべたあの幸せな日々。

エルンストは、ベアトリーチェが逝ったと知ったあの冷たい時雨《しぐれ》が降る日から、その思い出を思い出せずにいた。

代わりに夢に見る最愛の女性の顔は消し炭で黒く塗りつぶされ、頭に響く笑い声は低くかすれ、うめき声にしか聞こえなかった。

もしかして、あの思い出は妄想かと何度も二枚のハンカチを握りしめた。

娘に確かめたい。

だが、真実が己の望むものと違ったら？

いや……、違う。確かに愛はこの手にあった。

「母は臣下の義務として、ただお召しに応《こた》えただけ。陛下をお慰めするために望む言葉を奏上したまで。飽きた母のことも私のこともお忘れだったでしょう？」

顔のない娘が自分に告げる。

違う！　忘れたことなどなかった！　私は……私は……。

「母も私も、陛下のことなど忘れて静かに穏やかに暮らしておりましたのに」

恨んで……いるのか？　……蔑《ないがし》ろにしたと。

「恨む？　ふっ。覚えてもないことをどうして？　どうぞ、陛下もお忘れくださいな」

冷たく乾いた言葉を言い捨てると、娘は踵《きびす》を返し振り向きもせず立ち去っていく。

まっ……待ってくれ……

忘れる？　私には……恨まれる価値すらないのか。

娘を引き留めようと伸ばした手は、空《くう》を掴《つか》むばかりだった。

あの日々は、やはり偽りだったのか。いや、確かに……確かにあった！

……あったんだ。

あった……のか。

自分と同じ顔をした男が後ろから耳元で囁《ささや》く。

「なにを嘆く。皇帝として帝国の長年の悲願を成し遂げたのだ。良い臣下を持ったな。望む褒美をくれてやれ」

臣……下？

褒美？

確かにこの手の中にあったはずの愛は、砂のように指の間からこぼれ落ちていった。

蹂躙《じゅうりん》王と恐れられた男は、夜に怯《おび》えるようになっていた。あの謁見の日までは。

皇后の回想

穏やかな顔で目を閉じるエルンストを、ローザリンデは見つめる。

無防備にウィングチェアに身を預けている皇帝は頬のこけも戻り、血色も良くなってきている。

利発で賢かった少年は、次代の賢皇帝と期待が高かった。少年もそれに応《こた》えるように勉学に励んだ。

皇子時代はそれで良かった。

皇太子となった頃から、それが少し変わりだした。

理想の傀儡《かいらい》とは、そこそこに賢く数多《あまた》の出来事の中から傀儡師《くぐつし》の蒔《ま》いた種を自分で選び、それを正しいこととする、かすんだ目を持つ者だ。

優秀な人間のつもりの傀儡が、お互い一番幸せである。

だが、エルンストは澄んだ目を持っていた。

傀儡とするには手に余ると判断されたエルンストは、水面下で彼らとの溝を深くしていく。だが、皇帝となったばかりのエルンストには、まだ彼らの力が必要だった。足場固めの気を抜けぬ駆け引きと静かな粛清の日々に疲れが見えた頃、エルンストは真実の愛を見つけた。

それまでと比べ、人としての温《ぬく》もりに触れたエルンストの粛清にほんの少しばかりの温かみが混ざり始める。彼らはそれを好機と蠢《うごめ》き始め、あの戦争が始まった。

騎士と影達の厳重な守りの皇宮で、彼らはベアトリーチェには手が出せない。

だからだろう、隙を突かれベアトリーチェの父と兄は彼らの策略により、難しい戦地に赴かされ命を落とした。付けていた影は一人も戻らなかった。

「私は皇帝としてよく調教された馬なのだよ。だから、教えられたやり方しかできないんだ」

エルンストは自分のことをよく馬に例えていた。

その馬はそれを境に、狂ったようにその蹄《ひづめ》で敵を踏み潰し始めた。容赦なく。

(今、貴方《あなた》は幸せの中にいるのかしら?)

ローザリンデは、隣でまどろむエルンストに心の中で問いかける。

ベアトリーチェが亡《な》くなってからのエルンストに違和感を覚えていたのは、ローザリンデだけだった。典医に尋ねても「お変わりありません。少し寝汗をかかれるようですが、陛下の年代には珍しいことではありません」との返事に、納得いかないものを感じていた。

ベアトリーチェの死後一人になったアデライーデを、エルンストは離宮から皇宮の安全な場所に呼び寄せた。すぐにアデライーデのもとに向かうと思っていたのだが、エルンストは動かなかった。毎日の報告はさせていたようだったが、それだけだった。

そして、突然バルクに輿入《こしい》れさせる予定だったカトリーヌとアデライーデと取り替えると言い出した。なぜと問いかけても、目の奥にわずかな怯《おび》えを滲《にじ》ませ「静かに暮らさせたい」としか言わないエルンストの心の内を、ローザリンデは測りかねていた。

アデライーデとの再会ののち、目の奥に強さを取り戻していたエルンストにローザリンデは、まず皇后として安堵《あんど》を覚えた。ローザリンデは、エルンストの『怯え』の正体を察したが、同時に心に引っかかるものも残った。

結婚披露宴の前の晩、ローザリンデはエルンストに「いいの?」と声をかけるべきか迷っていた。声をかけても、この輿入れを取りやめることなどできないのだが。

エルンストは、何か言いたげなローザリンデの隣に腰を下ろした。

「明日は、アデライーデが心残りなく出立できるようにしようと思う」

「良いことだわ」

微笑《ほほえ》むローザリンデの手に重ねたエルンストの手は、少し震えていた。

「父親らしいことの真似事くらい、したいからね」

「きっと、喜んでくれるわ」

「父親として、なにが正しいか……わからないのだがね」

自信なさげに笑うエルンストに、ローザリンデは手を重ねて微笑んだ。

「よろしいのではなくて？　自分なりのやり方で。だって私達、そんなことは教えられなかったじゃない？」

「……あぁ。そうだな」

「ええ、そうよ」

笑うエルンストは、出会った頃の少年の顔をしていた。

大人《おとな》しかいない皇宮で、皇帝と皇后にしかなれない子供達は、そうやっていくつもの季節を過ごしてきた。

書き下ろし番外編⑤

馬車の中で

ゴトゴトと、足の下から車輪が道を踏む音が聞こえる。陽子さんは離宮での暮らしに胸を膨らませ馬車の窓から流れる景色を見ていた。

(素敵だわー。湖面に映る離宮って絵になるわね。きっと、中も素敵よね。王様が住んでいたところだから、ちょっとした美術館に住む感じかしら)

美術館巡りが大好きな陽子さんは、離宮の外観のイメージから離宮の中をあれこれ想像して、浮かれまくっていた。

(お庭も綺麗《きれい》だろうから、散歩もいいわね。村にも自由に出られるなら、足腰のために毎日のお散歩は必須よね。ドレスって結構重いからいい運動になるはず！　それに、またメーアブルグに行ってお魚料理とか食べたいわ。メイドさん達の話だと、焼き魚のサンドイッチがあるみたいだから、次はそれを食べようかしら。この前は海老だけだったしね。お刺身とかはないと思うけど、カルパッチョみたいなのがあるといいな。回れなかった屋台も見たいし、お店に入ってもいいわよね！)

(あ、王都も馬車でしか回ってないから、王都見物も良いわね。ぷらぷら城下町を歩いて、おもしろいお店を探すのも良いわね。メーアブルグと王都に行ったら、あとはバルク国内旅行もいいわよねぇ。離宮の生活が落ち着いたら、メイドさん達に聞かなくちゃ)

帝国でもバルク王宮でも大切に扱われ、もてなしてもらった。多分この世界の最高の部類の生活をさせてもらっている自覚はあるが、『自由』はなかった。贅沢《ぜいたく》な生活だが、起きてから寝るまで常に誰かがいて、きっちりと背筋を伸ばしてお行儀よく過ごす生活は、少し窮屈だ。

楽な服装でインスタントコーヒーを飲み、小腹が空けば冷蔵庫を覗《のぞ》いて、あり物でちゃちゃっとご飯を作って、好きな時にソファでごろんと横になる。そんな生活が身の丈にあっている。

（まぁ、そんな生活は、離宮に行ってもできないんでしょうけどね。でも、王宮に比べたら人の目は少なくなるだろうし、急には無理でも、少しずつ周りを慣れさせればいいわよね）

陽子さんはこれから始まる少しだけ自由な生活を期待して、馬車の窓から流れる景色を見ていた。

※※※

目の前のアデライーデは、きらきらとした顔で窓から見える景色を見ている。きっと、これから始まる離宮での生活を想像しているのだろうと、アルヘルムは複雑な心持ちでアデライーデを見つめていた。

「……楽しみですか？」

「え？」

「離宮での暮らしです」

「はい！　とっても！　あんなに素敵な離宮で暮らせるなんて、夢のようです。それもこれもアルヘルム様のおかげですわ」

「それは……よかった、です」

思った通り、いい笑顔で返されてしまった……。

自分と離れることは、意にも介してないらしい。

「……こほん。（私と離れて）一人でお寂しくはないですか」

「いいえ。マリアもおりますし、ご心配には及びませんわ」

間髪入れずに返された『いいえ』という言葉と、アデライーデの笑顔が、ざくざくとアルヘルムの気持ちを抉《えぐ》る。

「……そうですか」

「？　ええ」

（常に人に囲まれているアルヘルム様から見たら、寂しいだろうなって思うのかしら？　しゃべる相手もいない野中の一軒家に一人暮らしじゃなくて、メイドさん達もいるし、結構賑《にぎ》やかだと思うけどな）

アルヘルムの微妙な笑顔の真意に、陽子さんは気がつかない。

だが、馬車内に漂う微妙な雰囲気には、いち早く気がついた。

（もしかして、離宮暮《ひとり》らしで羽目を外して自堕落な生活をするんじゃないかって思っている？）

「大丈夫ですわ。離宮でも、きちんとした生活をしますわよ。朝もちゃんと起きますし、お酒を飲みすぎたりしませんわ」

アルヘルムを安心させようと、陽子さんはキリッとした顔で話す。

「飲みすぎ？　確かに貴女《あなた》は酒を嗜《たしな》まれているが、自覚があるほどとは……」

（あの時彼女の侍女が、ベック伯のところにワインを取りに行ったのは、ベック伯への報告ではなく、本当にワインを取りに行っただけだったのか？）

(墓穴ーーーっ)

怪訝《けげん》な顔をしたアルヘルムを見て、陽子さんは顔色を無くした。ネットもテレビもないこの世界。数少ない楽しみ、いや、最大の楽しみを制限されたら、たまったものではない。

(な、なにか、別の話題を！)

「そ、そういえば、お忍びのコツってありますの？」

「お忍びのコツ？」

頭をフル回転させて別の話題をひねり出す。幸いアルヘルムは、お忍びの話題に食いついてくれた。

「ええ、私、メーアブルグに連れて行っていただいたのがお忍びの初体験でしたの。お忍びの先輩として、ぜひアルヘルム様に、変装する時に気をつけていることとか、街歩きで気をつけていることとかいろいろお伺いしたいですわ。あ、あの時のお忍びの服はどちらでお求めに？」

アセアセと矢継ぎ早に質問をして、アルヘルムの意識を酒から遠ざけようと陽子さんは頑張った。

いつになく積極的にぐいぐいと話しかけてくるアデライーデに、アルヘルムはくすりと笑う。

(少しは関心があるのか……な。そうだな。まだともに過ごした時間は短い。これから少しずつ近づいていけばいいか)

アルヘルムは、気を取り直すと「それはですね」とお忍びの極意を話し始めた。

あとがき

このお話はまだ会社勤めをしていた頃、スマホ片手に勤務帰りの電車の中や駅前のカフェの片隅、家事終わりの自宅のキッチンで、こつこつと書いたお話です。

「小説家になろう」様で、たくさんの異世界転生のお話で楽しませてもらい「私も書いてみようかな」と、書き始めたのがこのお話のはじまりで、今もキッチンで書いています。

本を乱読したことはあれど、小説のような文章は小学生時代の宿題でしか書いたことがなく、思うがままに書いてきました。

作家さんによっては、きちんとプロットなるものを書き、それに沿ってストーリーを進める計画性のある方もいるようですが、走りながら考えるお気楽者な私の頭の中は、いつもスマホを手にするまで空っぽです（笑）。そうすると陽子さんやアルヘルム達が、自然とお話を進めてくれます。それをしかと見て、物語の目撃者として指を動かしています。

陽子さんは、美味しいもの好きで綺麗なものや可愛いものが大好きな、どこにでもいる普通のお母さんです。しっかり者だけど、ちょっぴり子供っぽくて好奇心旺盛ですが、目立つのは面映ゆいと思っている女性です。

そんな陽子さんが、現実の自分とは真逆の高貴な身分の美少女になったからといって、急に変われるはずありません（笑）。それなりの猫は被っていますが、地のままの陽子さんで突っ走ります。

付け焼き刃は脆いって、人生経験がありますからね（笑）

アルヘルムからの不満を受け、もう少しアルヘルムと親密になるために、こんなことできるかなーって提案しますが「無理無理無理ー」って拒否られるので、作者は何もできず陽子さんの言いなりに(汗)

離宮住まいを勝ち取り、異世界セカンドライフに胸弾ませる陽子さん。どうぞ、陽子さんと一緒に異世界での暮らしを楽しんでいただけたら幸いです。

最後に、読み支えてくださった読者様、感想を書いてくださった読者様、「小説家になろう」様の中で誤字脱字を修正してくださった大勢の皆様。
※履歴に残りませんが、作者の心には残っています!

このお話の書籍化にあたり、ご尽力くださった一迅社N編集長、イラストを担当してくださったアオイ冬子様、日本語が怪しい文章を丁寧に校正してくださった校閲担当の皆様に、ありったけの感謝を捧げます。

そして、はじめましての方々には、目を留めていただいたことに感謝を込めて。

瑠璃唐草《るりからくさ》の咲く頃に

槐《えんじゅ》

ICHIJINSHA

転生《てんせい》皇女《こうじょ》はセカンドライフを画策《かくさく》する

2025年5月5日　初版発行

初出……「転生皇女はセカンドライフを画策する」
　　　　小説投稿サイト「小説家になろう」で掲載

【　著　　者　】槐《えんじゅ》
【イラスト】アオイ冬子《ふゆこ》

【発 行 者】野内雅宏

【発 行 所】株式会社一迅社
〒160-0022
東京都新宿区新宿3-1-13　京王新宿追分ビル5F
電話　03-5312-7432（編集）
電話　03-5312-6150（販売）

発売元：株式会社講談社（講談社・一迅社）

【印刷所・製本】株式会社DNP出版プロダクツ
【　D　T　P　】株式会社KPSプロダクツ

【　装　　幀　】AFTERGLOW

ISBN978-4-7580-9726-0

おたよりの宛先
〒160-0022
東京都新宿区新宿3-1-13　京王新宿追分ビル5F
株式会社一迅社　ノベル編集部
槐先生・アオイ冬子先生